新潮文庫

龍ノ国幻想6

双飛の暁

三川みり著

新潮社版

11809

目次

龍ノ国幻想

主な登場人物紹介

——龍が眠る央《ひさし》大地。その上にある国、龍《たつ》ノ原《はら》では、女は龍の声を聞く能力を持つ。
生まれながらにその力を持たぬ「遊《ゆう》子《し》」でありながら、龍に認められた日織。
しかし、皇尊《すめらみこと》の譲位を狙う軍勢が龍ノ原に進軍。神に守られるが故に
戦いの術を持たぬこの地と民を守るため、日織が挑む謀《はかりごと》とは——

日《ひ》織《おり》 二十七歳

龍に認められ皇尊に即位するも、
不津王《ふつのおおきみ》に譲位を迫られる。
民を守るため、伴有間の許を目指し、
途轍もない計略を持ち掛ける。

伴《ともの》有《あり》間《ま》 二十八歳

幼い頃の壮絶な体験を経て、
反封洲《たんのほうしゅう》国主となる。
日織から協力を求められる。

悠《はる》花《はな》 十九歳

皇尊の「妻」の座を手放し、
日織が皇位を全うする一助となる
ため、逆封洲《さかのほうしゅう》に潜入する。

夏《なつ》井《いの》王《おおきみ》 二十九歳

日織の夫として悠花から
選ばれた、穏やかで聡い男。
悠花の行方を追うことに尽力。

中《あたりの》目《ま》戸《と》 二十四歳

附孝洲《ふのこうしゅう》国主。不津王を傀儡として
龍ノ原に軍勢を率いて進軍し、
侵略をはかる。

央大地の図
（一原八洲）

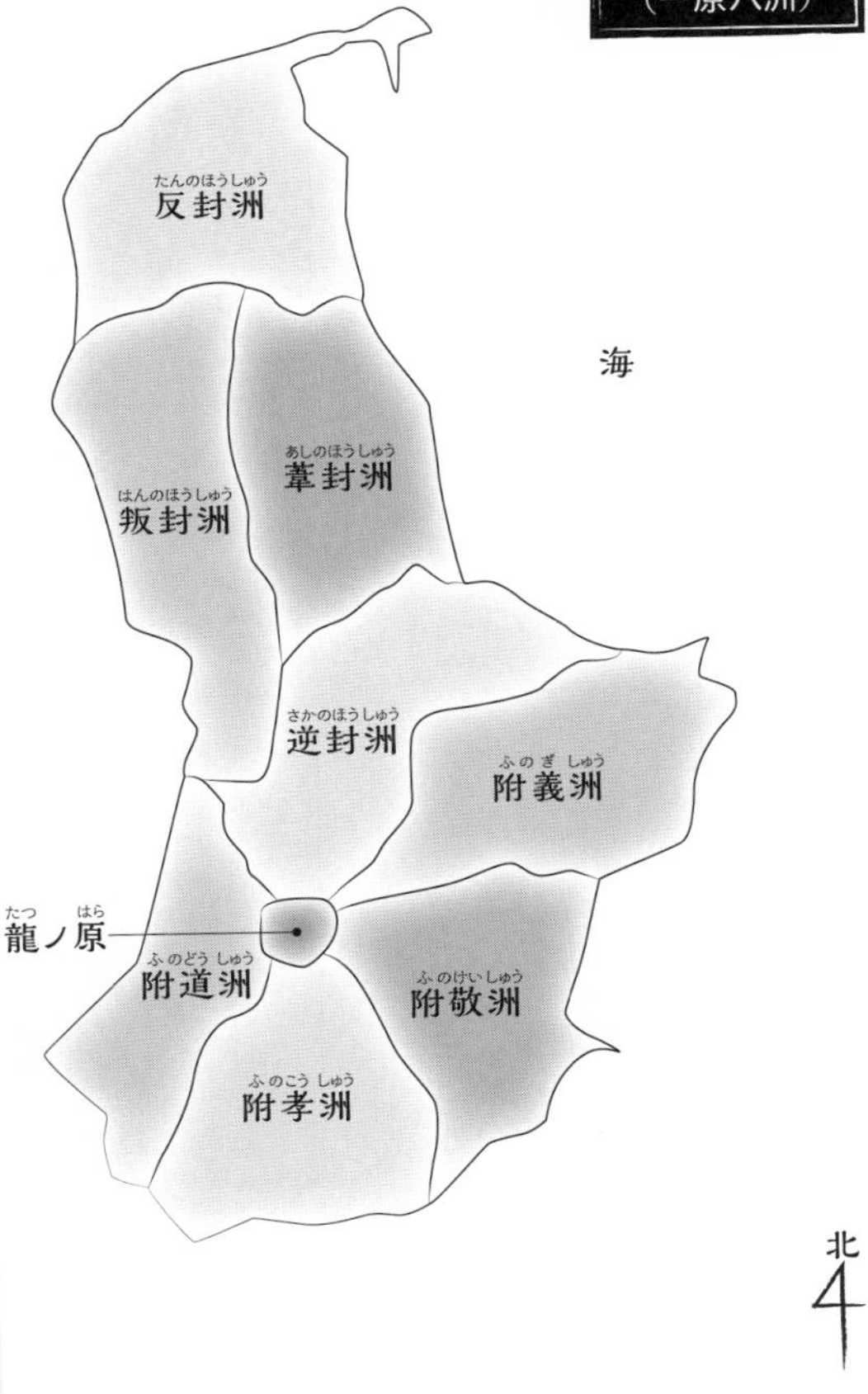
反封洲《たんのほうしゅう》
海
葦封洲《あしのほうしゅう》
叛封洲《はんのほうしゅう》
逆封洲《さかのほうしゅう》
附義洲《ふのぎしゅう》
龍《たつ》ノ原《はら》
附道洲《ふのどうしゅう》
附敬洲《ふのけいしゅう》
附孝洲《ふのこうしゅう》
北

龍ノ原図

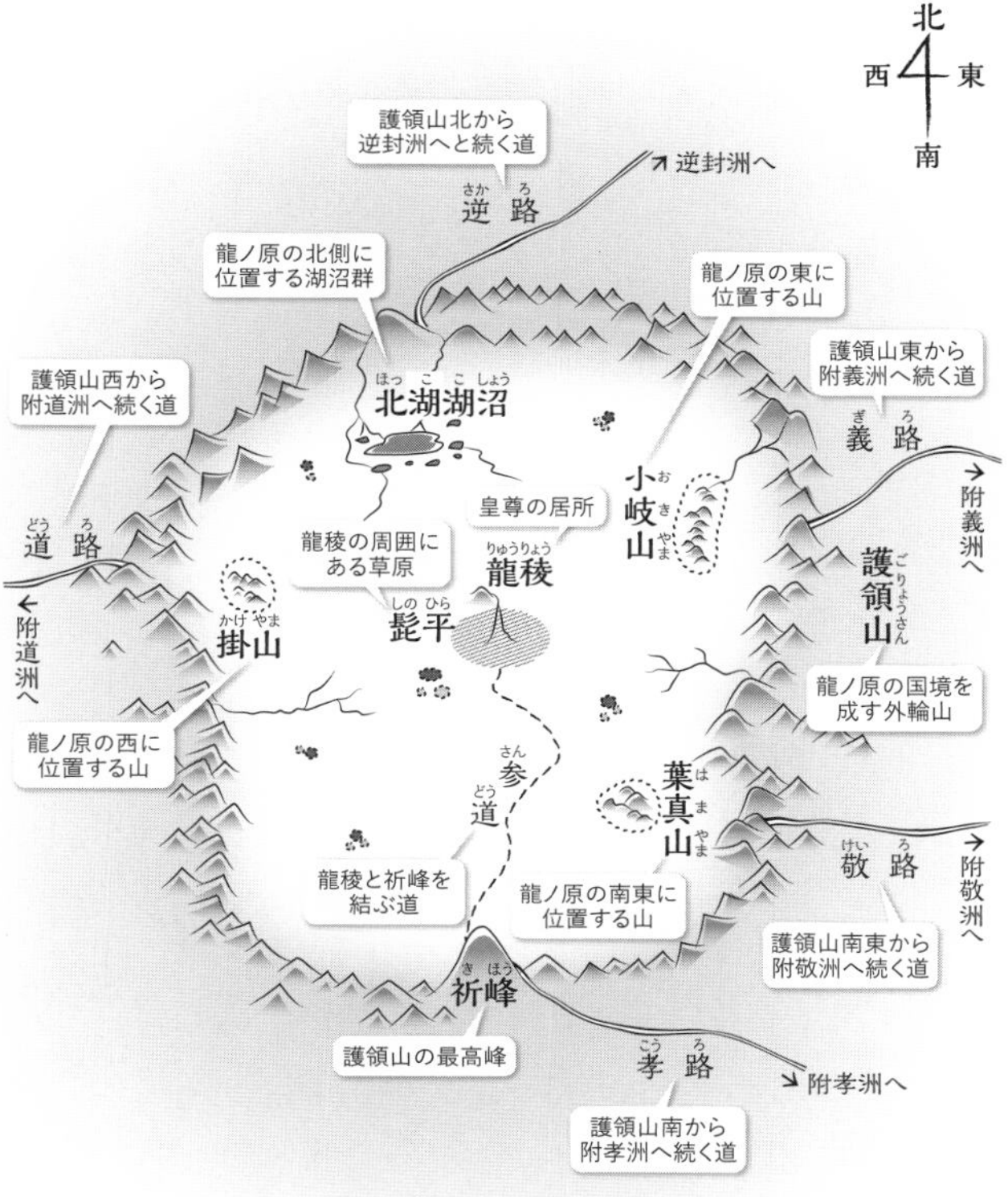

	里《り》	おおよそ10戸の集落
	郷《ごう》	おおよそ500戸の集落

※里や郷は龍ノ原中に点在している。

地図制作：アトリエ・プラン

龍ノ国幻想 6

双飛の暁《そうひのあかつき》

一章　散る石火

一

附孝洲《ふのこうしゅう》の都——賀陽《かよう》は、わきたっていた。

賀陽は海から内陸へ向けて広がる平地にあり、海岸から人の足で半刻《はんとき》の距離。潮の香りがするほど海に近くはない。しかし、頂上を削りならして丘一つを城とした賀陽城から南を見れば、城の足もとから無秩序に広がる家並みの向こうに海が見える。

都といえど、賀陽は意図されて発展したわけではない。当初は国主《こくしゅ》の威光と保護を求めて民が集まった。そのうち人の数を当て込み利益を求めた人々が集まり、人が増えるごとにさらに倍に人が増え、無闇《むやみ》に大きくなった。

板屋根の家並みは蛇行し、路《みち》はうねり細くなり太くなり、建物の間を抜けていく。べったりと平たい家並みのなかに、突如数軒、二層になった建物が集まっていたりもする。二層の建物は央大地《ひさしだいち》では珍しく、附孝洲にしかない造り。遊女がいる召舗《めしみせ》と呼ばれる建物だ。「召しませ、召しませ」と女たちが通りを行く人を呼ぶので召舗と呼ばれる。

複雑に広がる都の路という路に、人があふれていた。

糟湯酒《かすゆざけ》の瓶《へい》を手にしてふらつく者、それを見て笑う者。簡単な飯を出す厨舗《くりやみせ》の軒下の丸太には、人が冬場の小鳥の群れのように肩寄せ合い座り、声高に話している。

召舗の女たちが調子に乗って手持ちの鉦《かね》を鳴らすと、それに合わせて踊るお調子者が現れ、彼らのでたらめな踊りが伝播《でんぱ》していく。物珍しさに舗《みせ》や小屋から人が出て踊りを眺めていると、それらの人も踊り手に促されて引き込まれた。

――附孝洲の民は神に罪を許された

――吾《われ》らは八洲《はっしゅう》で最初に、古《いにしえ》の罪が消えた民踊り騒ぐ連中が勝手気ままに唄《うた》う声が、そんなふうにまとまっていく。浮かれ踊る理由を訊《たず》ねれば、八洲の民であれば誰でも喜ぶだろう。だが騒ぎ踊り出した連中は、理由などどうでも良いかのようにはしゃぎ回る。なんであれ、賀陽の民は騒ぎを楽しむきっかけを欲しているのだ。

　発端は、御前衆《おんまえのしゅう》の命を受けた、国庁《こくちょう》による布告だった。国庁門前に仰々しく現れた喧《けん》吏《り》の布告は、辻《つじ》に立ち、民に講釈を聞かせる講人《こうじん》の口から一気に広がった。

　曰《いわ》く、附孝洲国主は皇尊《すめらみこと》をお助けし、許しを得て龍《たつ》ノ原《はら》に入った。附孝洲の軍団は皇尊の求めと許しのもとに龍ノ原にあることを認められた――と。

『古《こ》央記《おうき》』によれば八洲の民は、八つの罪を犯して龍ノ原を追放された八人の末。八洲の民は罪を負う民という。

　しかしながらいずれの日か罪を許され、龍ノ原に戻れるとも言われる。常日頃、自分たちが科人《とがにん》の末であることに悄然《しょうぜん》としている者などいないが、なにか大きな不運や不幸があると、吾らは科人の末だからなと、ふと思う。気にはしていないが、心の何《ど》処《こ》かにあること。

　ただ附孝洲の民には古くから、八洲の中にあって最も神の許しに近いのは吾らだという自負があった。神代《かみよ》に科人たちが犯した罪、八虐《ぎゃく》の中で最も軽いのが不孝《ふきょう》の罪と考えられていたからだった。附孝洲の民は最も軽い罪を犯した者の末。であれば、他の国々よりも罪は軽く、許されるのも早いはずだと、そんな考えが強かった。

　吾らは八洲の中でも罪が軽い。だからこそ央大地で最も温暖で波穏やかな地にある。実りは豊かで、鉄鉱石が採れるのも、罪の軽い証《あかし》。さらにここ五十年は大きな禍《わざわい》もなく、他洲に比べて民の数が倍になった。国を富ませる国主が立ったこともまた、罪の軽い証である。

　そのうえに――この知らせ。

　皇尊に許されたということは、附孝洲の民は神代からの罪を許されたということ。

　吾らの罪は消えたのだ――と、民は受け取った。

　神代から待ち望んでいた来《きた》るべき幸いの時が来たと、民は躍りあがった。この日がこの時より、神代からの罪が消えた日として、毎年毎年、永劫《えいごう》に祝いの日になると、賀陽の民は信じた。

　八社《はっしゃ》の従氏《じゅうし》も頬を紅潮させ、龍ノ原の祈社《きしゃ》からなんらかの布令が来るかも知れぬと、使者を迎えるために、従丁《じゅうてい》たちに社《やしろ》を念入りに整えるように命じていた。

　騒ぎは夜になっても終わらず、賀陽城の足もとでは、路の筋にそって灯りが揺れている。その景色は光る蜘蛛《くも》の巣のようだ。人の力を誇示して暗闇を追い散らす。

「新しい国主様はお若いのに、たいした御方じゃないか。附孝洲の民の罪が許されたのは、国主様が皇尊をお助けした功によるものだろう。国主様はそういったことをちゃんとわかって、民の罪を雪《そそ》いでくださったと思わんか。なぁ」
言葉と一緒に尻《しり》にのびてきた酔客の手を、その娘は持っていた盆でぴしゃんと叩《たた》いた。糟湯酒を呑《の》ませる酒舗《さけみせ》も他と同じく客でごった返し、客たちは肩を寄せ合いながら、機嫌よく声高に喋《しゃべ》っていた。常連の男は舌打ちし、「他洲の女が」と小さく罵《ののし》ったが、娘はふんと鼻を鳴らす。

娘は小柄で口元に小さな黒子《ほくろ》がある、可愛《かわい》らしい顔立ちで、体つきもふっくらと女らしい。だから時々酔客は不埒《ふらち》な真似《まね》をしようとしたが、彼女は許さなかった。

娘は奥の土間へと引っ込みながら、人々が国主を褒めそやす言葉が気に入らなかった。褒めるのは良い。大いに結構だが、褒め方が的外れなのだ。

（国主様は、ありもしない罪を雪ぐことなんかしないよ、きっと）

なぜなら国主である中目戸《あたりのまと》は、そんな考え方はしないと思うからだ。

彼女が出会った国主――その時はまだ国嗣《くにつぎ》だったが――は、すくなくとも、存在するかしないかわからない神代の罪のために無駄に軍士を連れて遠征したりしない。遠征も戦《いくさ》も、必要だからする人だと思うのだ。

国嗣だった中目戸に娘が出会ったのは、三年前。賀陽のはずれの閑地だった。

娘の両親はそれぞれ、反封洲《たんのほうしゅう》と附敬洲《ふのけいしゅう》の出だったが、食うに困り、豊かさを求めて附孝洲に流れてきた人だった。

附孝洲の者は、他洲の者を、神代からの罪が自分たちより重い者として見下しがちだ。娘の両親は商人に雇われ働き、賀陽に家をもった。都の外れの寂しい野っ原に、賀陽の繁華な方へ向かう一本道がある。その道の脇《わき》に家を建てた。そんな場所でも都の範疇《はんちゅう》だった。

賀陽は都であったが、国主が郡主《こおしゅ》を兼任する額田《ぬかた》郡《ぐん》の郡家《こおけ》が、民や土地を支配している。家を贖《あがな》うためには郡家の支配をうける郡戸《こおこ》の民——戸民《こみん》となる必要があった。両親は雇われている商人の伝手《つて》で郡目《こおのさかん》の允許《いんきょ》を受け、戸民となり附孝洲の民となった。

しかし附孝洲で生まれ育った連中は、いつまで経《た》っても彼女たち一家を他洲の者と呼んだ。両親は「仕方ない」と言っていた。事実、自分たちは他洲の生まれで、附孝洲よりも重い罪を負う民だからと。両親がそう言うのだから、娘も仕方ないと思って我慢していたが、憤懣《ふんまん》は常に胸にあった。罪など——見えもしないのに、なぜ、と。

酒舗で酒を運ぶ仕事を始めたばかりの頃、両親が、酒舗に出入りするごろつきと揉《も》めた。原因は娘で、娘を妾《みめ》にしたいと言ってきたのを拒否し逆恨みされたのだ。

あの日。ごろつきたちが五人、娘の家を襲った。戸を蹴《け》破り、大槌《おおつち》で床や壁を叩き、止《や》めてくれと懇願する両親と娘を笑いながら、暴れ回った。終《しま》いには火をかけた。

娘一家は身を寄せ合い震えながら、野っ原を貫く一本道に立ち、呆然《ぼうぜん》と家が燃えるのを見ているしかなかった。

そこに騎馬の兵《つわもの》が三騎通りかかった。

それが当時国嗣であった目戸と、配下の二人だった。

目戸は燃える家と笑う男たち、震えながら身を寄せ合う一家に気づくや馬を止めた。無言で馬を下りると、慌《あわ》てる配下を一顧だにせず、火の手が大きくなるのを見てげらげら笑う男たちのところへ真《ま》っ直《す》ぐ向かった。彼は男たちに、家が燃えている経緯や、男たちや娘一家の素性を訊《き》いている様子だった。一通り訊き終わると、目戸はいきなり腰に佩《は》いた太刀を抜き、首謀者の男を斬《き》った。驚き逃げようとする仲間も、次々に斬った。

娘たち一家は唖然《あぜん》とした。何が起こっているのか、わからなかった。

配下の者たちが「若」と血相を変えていたが、目戸は無表情だった。「自洲の民に手をかけるなど、してはなりません」と配下の一人が声を高くするが、ごろつきたちは既に全員地に伏して息絶えている。目戸は太刀の血糊《ちのり》を草葉にこすりつけて拭《ぬぐ》いながら、「家に火をかけ笑っているような者は罪人だ。民とて罪人は罰する必要がある。必要があるから、斬った」と淡々と応じたのだ。配下たちは言葉がないらしく、口を開けたまま立ちつくす。

太刀をおさめた目戸は、無表情で一家のところに近づいてきた。その時の一家には、この若い兵が何者かわからず、何をされるかと恐ろしかった。

抱き合って縮こまった一家に、彼は言った。

「罪人は罰しました。怯《おび》える必要も、泣く必要もありません。しかしかようなことがあった場合は、すぐ郡家に知らせなさい」

　感情の読めない冷たい声で言われ、恐怖と情けなさでいっぱいになっていた娘は、怯えて声もない両親に代わって、泣きながら言ったのだ。

「知らせたって周りの人も、軍士だって、助けてはくれないよ！　わたしたちは他洲の者だから、附孝洲の民より罪が深い他洲の者だから」

　泣きながらの訴えに、彼は鬱陶《うつとう》しそうに舌打ちした。

「莫迦《ばか》なことを。都に家をもっているならば、戸民でしょう。他洲の者ではなく附孝洲の民です」

「でも生まれたのは他洲だから、いくら戸民になっても古の罪は」

　彼は訝《いぶか》しげな顔をした。

「それは、ありもしないものです。少なくとも、今生きている誰も見たことがないし、確かめられもしないこと。ありもしないことを理由に罪を放置するならば、それも罪。もし都でそれがまかり通っているならば、父国主に申し上げる」

　父国主という言葉で、娘ははじめて、彼が国嗣の中目戸だとわかった。両親は、畏《おそ》れ多さに一層身を縮こまらせた。

「ただお聞き届け頂けるかは、わかりません。しかしわたしが今預かっている相知郡《おうちぐん》では、そのような莫迦な真似は許していませんので。あなたたちが望むならば、相知郡に戸移《こうつり》するのも良いでしょう。あなたたちも周囲に、はっきりと仰《おっしゃ》い。罪などないと。ありもしないことで哀《かな》しむのも、卑屈になるのも愚かですから」

そう言って背を向けた。

目戸は、躊躇《ためら》いもなく自国の民を殺した。それは彼にとって必要なことだったからだ。

さらに彼は、娘の一家には罪などないと言ってくれた。

相手が死んだからといって、家が戻ってくるわけでも、狼藉《ろうぜき》を受けた屈辱が消えるわけでもない。周囲の視線が、娘たち一家を他洲の者として見るのも変わらない。日常の悔しさは続く。しかし罪などないと、気持ちの良いほどに断言してもらえたことで、卑屈にならずにいられた。都に留まり、働き続けられている。

目戸は、必要ならば何でもする人だろう。だがそれは、ありもしない罪や穢《けが》れなどを雪ぐためではなく、目に見えて必要と思うことならする人――娘はそう感じたのだ。

だから目戸が龍ノ原に入ったのも、彼の目には、必要と見えたからしたことだ。神代から伝わる、あるかないかもわからない罪のために遠征などしない。

（神代の罪のために遠征をするなど、まるで阿呆《あほう》のようじゃない。褒めるのはかまわないけど、そんなふうに褒めないでほしい。あの御方を）

二度と会うこともないし、目戸は娘の名も知らないし、顔かたちも覚えていないだろう。ひょっとすると、娘の一家を助けたことすら覚えていないかもしれない。

いや——きっと忘れている。

けれど娘ははっきりと覚えているのだ。細身の体と、切れ長の目と、冷淡な無表情を。

そして「罪などない」と言い切った、濁りのない声を。


鉦の音と浮かれる唄の声。

民は歓喜している。

□□□

龍ノ原の夜は、月と星の明かりがなければ真の暗闇となる。龍ノ原の民は夜に逆らうことがない。闇に従い、光に従い生活する。

この夜、空に厚く雲がかかっていたので龍ノ原は闇の中だった。

護領山《ごりょうさん》を越える——。その決意をした日織《ひおり》は、すぐさま山越えと、他国を旅する用意をするように命じた。

「護領山を越えると仰いますが、まずどの方角へ向けて越えるおつもりでしょうか。さらにそこから先、目的の地はあるのでしょうか」

廃屋のざらつく床板に座した日織に、土間で跪《ひざまず》く馬木《まぎ》が問う。革布で覆《おお》われていない方の目は鋭く、表情も緊張している。彼も龍ノ原の民なのだから、皇尊が護領山を越えるという、神代より例のない行為に怯えがあるのだろう。

　日が暮れ、闇が濃かった。廃屋の周囲は虫が盛んに鳴いている。夏井《なつい》は少し前に、虫の音を聞きたいと言って外へ出て行った。左《さ》の大臣《おとど》と日織が話し合いをするならば、大《だい》殿出御《でんしゅつぎょ》と同じである。あくまで自分は一官吏にすぎないと思っている節がある彼は、その場にいるのを遠慮したらしかった。

　床板に蠟《ろう》を垂らして固定した蠟燭《ろうそく》が一本、頼りない光を放っている。

　馬木は不安で動揺が大きいようだが、覚悟を決めた日織は、逆に冷静になれていた。

「逆封洲《さかのほうしゅう》へ向けて護領山を越え、央大地最大の津である戸津《とのつ》へ向かう。そこで船を探して海を渡り、反封洲へ行く。目的の地は反封洲だ」

　壁際《かべぎわ》に控えていた空露《うつつゆ》が、安堵《あんど》したような声を出す。

「信頼できるお方の庇護《ひご》を求めるのですね、日織」

「庇護を求めるのではないが、まず最初に会うべき者として有間《ありま》が最適と考えた。どう思う、乙名《おとな》」

　日織の斜め背後には乙名がいた。水を浴び、里長《りのおさ》から借り受けた丈短の衣と袴《はかま》を身につけている。

「まず、人となりを知り信頼の置ける、反封洲国主に会うのは最善と存じます」

「乙名も同じ意見であれば、問題ない。馬木。準備を頼む。それに空露、おまえも何か手づるがあるだろう。馬木と一緒に準備を頼む」

はっと応じた空露が立ち、馬木とともに外へ出て行く。それを見送ると、乙名が静かに口を開く。

「わたしは龍ノ原に留まりましょう」

驚いてふり返った。

「一緒に行かぬのか」

「不津王《ふつのおおきみ》と附孝洲の者どもが、龍稜《りゅうりょう》に入りました。なにを始めるやら、わかりません。もし民に惨《むご》い仕打ちがあったとき、また民が皇尊におすがりしたいと嘆くとき、民のために動く者が必要でしょう。わたしと右《う》の大臣《おとど》がいれば、微力ながら何かができましょう。無論、力などないわたしですが、逃げよと声をかけること、あるいは、逃げるならばどの方向と教えること、そのくらいはできます」

乙名は民のために、日織に仕えているのだ。皇尊が不在となる龍ノ原に民を置いて、自分も日織とともに行くという決断はできまい。

皇尊のみならず重臣たちもいなくなれば、民は見捨てられたと感じ、恐れ嘆く。踏みにじられても助けを求める場所すらなく、怯え竦《すく》む。その時に重臣たちの姿があれば、まだ見捨てられていないと安堵できるだろう。

だが護領山を越えようとする日織も、民と同じように怯えている。成そうとしていることに、誰の助けもなく向かわなくてはならないのだとしたら心細すぎる。

「護領山を越えて、わたしは――」

気弱が口にのぼりそうになる。乙名が、日織の言葉の先を制するように、力強く断言した。

「御出来になります。あなた様は神と龍《りゅう》と縁《えにし》を成した方だ」

日織は、言葉を飲み込む。口に出せば出すほど不安は増すとよく知っているはずだったが、度々忘れそうになる。

日織は、今こそ最も強く、自らを神と龍と縁を成した皇尊だと信じなければならない時なのだ。

「事を成すためには、皇尊お一人では難しいこともありましょう。あなた様の命により、わたしも動かねばならぬ時が必ず来るはず。時を――待ちます。それまでは、龍ノ原で民を護《まも》り支えます」

諭すように言われ、日織は自分が成そうとすることを想像し、頷《うなず》く。

(確かに――。わたし一人では、足らぬ時が来よう)

一つ大きく呼吸して、厳《おごそ》かに告げた。

「わたしの留守の間、龍ノ原の民を頼む、乙名」

乙名は叩頭《こうとう》した。

「微力ながら、力の限りは」

再び乙名が顔をあげたとき、夏井が戸口に姿を見せた。空露と馬木が出て行ったので、話し合いが終わったと察して戻ってきたらしい。乙名がいるのを見ると、無言できびすを返そうとする。

「相談は終わりました、夏井王《おおきみ》。わたしは退《さが》りますので」

立ちあがった乙名は、気を利《き》かせたのかさっさと出て行った。日織と夏井は妻と夫であると、重臣たちは信じている。こんな時だからこそ、二人だけの親密な時間を邪魔してはならないと思うのだろう。

すれ違う乙名に礼をとり、夏井は土間に入ってきた。

「護領山を越える手配は整いそうでしょうか」

床にあがって、日織の前に座りながら問う。

「空露と馬木が、なんとかしてくれよう。整い次第、護領山を越える。越えるのは、わたしと空露だ。乙名は行かぬ。民のために残る」

「そうでしょうね。乙名殿の人となりは、吾ら官吏の間でもよく知られています。民を置いては行きますまい。そして民にはすがる者が必要ですから、皇尊のお姿がないときには、せめて重臣方のお姿が必要でしょう」

日織は、ぽつりと告げた。

「すまぬ、夏井。あなたは、わたしとともに護領山を越えてもらうのが最も安全かもしれない。形ばかりで仮とはいえ、あなたはわたしの夫になってしまっている。わたしの行方が知れなければ、不津も附孝洲の国主も、あなたをわたしの弱点として、捕らえて利用し、わたしをおびき出そうとするかもしれない。それを考えると……あなたも、護領山を越えている方が安全だ。龍ノ原を離れてもらうことになる」

夏井は日織とともにここまで来てくれたが、龍ノ原を離れるとまでは、思っていなかったはず。日織自身すら覚悟したのは数刻前だ。

皇尊の夫という立場は、夏井にしてみれば、突然負わされた望んでもいない役割である。日織との関わりを断ち切ってすむならば、今ここで関係を断つべきだった。

しかし関わりを断ったからと言って、夏井の身は危ういままなのだ。

日織の行方がわからなければ、表向きは夫である夏井に不津の手が伸びるのは必定。日織との関わりを断ち切ったと主張しても、不津が鵜呑《うの》みにするとは思えない。結局彼を護るためには、一緒に護領山を越えてもらうしかない。

「かまいません、参ります」

「あなたを、こんなことに巻き込んでしまった。申し訳ない」

「巡り合わせですので、まあ、致し方ないと思います。そもそも、わたしを仮の夫となされば良いと、わたしの方から献言いたしましたこと。さらに」

夏井は微笑《ほほえ》む。

「龍稜でも申し上げましたが、わたしは好きなものを護りたい性分です。ご一緒するのもまた、あなた様をお護りすることになるでしょう。うっかりわたしが捕まれば、あなた様は苦悩なさるはずですから」

そこで夏井は眉根《まゆね》を寄せた。

「しかし、わたしがそうであるならば、ひとつ気がかりがあります」

「気がかり？」

「悠花皇女《はるはなのひめみこ》が、いずれにおわすかでです。あの方が不津王に捕らえられてしまっては、それこそ皇尊は御自身の命を投げ出しても助けたいと思われかねない。それを危惧《きぐ》します」

「ああ、そうか」

日織は苦笑した。

「大丈夫だ、悠花は。けして不津には捕まらないだろう」

「なぜそう言えましょうか。行方が知れぬのに」

「詳しくは言えないが、悠花は安全なんだ。心配に及ばない」

断言した日織を夏井は不可解そうに見やったが、それ以上追及させないように、言葉を続ける。

「なんにしても準備が整い次第、護領山を越える。あなたにも、心の準備をお願いする」

夏井は「承知いたしました」と応じ、それ以上の問いかけはしなかった。

その夜から密《ひそ》かに、素早く、旅の準備が始まった。

必要な品々を集めるのに鳥手《とりて》の半数があたり、半数は周囲の警戒を続けた。

翌日、日織たちが身を潜める里《り》に、近くの里長がやってきた。附孝洲の軍団が龍ノ原に入り込み、龍稜を占拠したという話を、髭平《しのひら》近くの里から戻ってきた若者が聞いてきたというのだ。事の真偽を確かめるために、代祇《だいぎ》の空露から知らせなどなかったかと聞きに来たらしい。

その間、日織たちは廃屋に身を潜めていた。

空露の父の従兄弟《いとこ》という里長は、そんな知らせは受け取っていないと、わざと心配顔をし、なにかわかれば知らせるとそつなく応対して相手を帰していた。

附孝洲の軍団が龍ノ原に入り込み、龍稜を占拠した事実が、噂《うわさ》となって龍ノ原全土に広まりはじめているようだった。皇尊の崩御や即位のように、祈社から大首《おおおびと》に対して夜《よ》鳴鳩《なきばと》を飛ばして知らせるわけでもないために、人の口から口に伝わるだけだ。それにしては、伝播の速度は常の噂よりも速い感がある。民たちが動揺している証だろう。

話を耳にした民たちは次々に隣接の里郷に走り、これは事実なのか、事実であれば皇尊を頂点と仰ぐ信徒である民たちは、どう振る舞えば良いのだろうか。誰か、何か、知らないか——。そんなことを伝え合っているのだ。

　龍稜を探る鳥手からの報告が、さらにその翌日にあった。

　不津王と附孝洲の軍団は龍稜に入ったが、まだほとんど動きはない。

ただ右の大臣の造多麻呂《つくりのたまろ》と、祈社の大祇《おおぎ》の真尾《まなお》が呼び出され、日織の行方を訊かれているらしい。しかし幸いなことに、両人には、日織の行く先を知らせていなかったので、聞き出しようはないはずだった。

　とはいえ、不津が龍稜に入って既に二日。組織を整え、日織の捜索を始める頃合いだ。日織を捕まえ命を奪わないことには、不津は即位できない。日織捕縛が、なによりも優先されるだろう。

　北湖湖沼《ほっここしょう》は龍稜から遠い。密告などなければ、あと数日、この里は安全と考えて良い。ただ悠長に構えていられるほどの余裕もない。

　里長の助けで、衣や食料、馬など整えていると、空露が比多《ひた》という名の馬引の女を連れてきた。この女が戸津までの道案内役を引き受けてくれるとのことだった。

　比多は里の出身で、逆封洲と龍ノ原の間であれば頻繁に行き来しているので、頼りになると空露は請け合った。

鳥手の中にも、戸津に旅した経験のある者が数人いる。しかし一行は、日織と空露、夏井と、旅慣れない三人。三人を安全に旅させるためには、一人で身軽に旅するのとは別の知識や対処が必要。馬引の比多は荷物だけでなく、人を往来させる仕事もしているというから、心強い。

比多には、附孝洲の軍士が龍稜を占拠したために、皇尊の一族の皇子《みこ》の一人が身の危険を感じ、よしみのある反封洲国主を頼って龍ノ原から逃れる――と、伝えてある。

比多を信頼していないのではなく、彼女が日織の手助けをしたことが露見したときのためだった。何も知らなければ、知らないと言える。仕事を請け負っただけと言えば、責められはしないだろう。

旅の間、空露や夏井、鳥手にも、日織を皇尊と呼ぶのは禁じた。極力、名を呼ばないように努力し、どうしても必要があるときには、「皇子」と呼ぶようにさせた。日織は男姿で旅に出るからだ。女の姿があれば、余計な手出しをしてくる者が旅路にはいる。厄介ごとは少ない方が良いという判断からだった。

護領山を越える決断から、三日後の早朝。

日織たち一行は乙名に見送られ、里を出た。

「逆路《さかろ》を抜けると、逆封洲の行方郡《なめかたぐん》です。行方山地という山脈沿いに北へ向かいます。これは都の来須居《くるすい》に向かう道で、整っておりますから安全ですし、高低差も少なく、距離も稼げる。そこから野津郡《のつぐん》へ入り、戸津へ向かいます。来須居から戸津へは川船を使えば一日半で到着できますが、便が少なく、値も高い。さらに、目立ちたくないというご意向なので、お勧めしません。川船を使えば目立ちますので。なので馬で参りましょう。多少起伏のある山間を抜けますが、護領山よりも低い山々ですから、さほど困難はありません」

　荷を乗せた馬の轡《くつわ》を引いて歩く比多は、たくましい背中をこちらに向け、太い声で説明する。声が幾分弾んでいるのは、空露が同行しているからだろうか。

　空露が比多を日織たちのもとへ連れてきて、「この者は信頼できます」と話しているとき、彼女は、「買いかぶりです」と言いたげな、はにかんだ苦笑を空露の背に向けていた。彼女が空露を尊敬している、あるいは好ましく思っているのは、手に取るようにわかった。

「天候にもよりますが、ここから戸津までの行程は、五日。多く見積もって、六日と考えてください」

自信にあふれる比多の話しぶりは、頼もしい。

頼もしいといえば彼女の姿もまた、頼もしい限りだった。丈短の衣と袴を身につけ、袖《そで》のない毛皮の衣を上から羽織っている。脹《ふく》ら脛《はぎ》から足首には泥よけの布を巻き、足には、足首で縛って固定する、旅慣れた者の履く鞋《わらじ》。使い込まれた皮衣の背中で跳ねるのは、雑に括《くく》った髪の束。日焼けした顔と手足。長身の日織よりも、さらに少し背が高い。

比多が引く馬の後から、空露、日織、夏井の馬が続く。

少し離れて後方から、馬木の馬が来ていた。彼の他にも鳥手は徒歩《かち》で五人いる。馬木を筆頭に、鳥手たちは日織一行とは距離を置き、連れとわからないよう、商人風に身なりを変えて追従している。

比多は当然、馬木たちが身をやつして追従しているのは知っている。そこまでして護ろうとする日織がいったいどんな身分の皇子なのか、不審は抱いているだろうが、あえて問いはしなかった。

陽の昇る直前、護領山の稜線《りょうせん》が紺色に染まる頃に里を出た。

護領山を越える逆路を辿《たど》り始めた時には、まだ陽の光はなかった。

徐々に明るくなる路は、緩くのぼり坂になり狭くなる。龍ノ原から他国へ抜ける路は、護領山の谷間になっている低い場所を通るので、全《すべ》てこのような形になっていた。

坂は険しいのぼりになり、馬の足が遅くなった。路の左右に岩壁も迫り、所々、せり出した羊歯《しだ》の葉が馬上の足首をかすめる。

秋は日ごとに深くなるようで、湿った早朝の游気《ゆうき》は肌寒い。しかし日織の体を萎縮《いしゅく》させるのは、肌寒さばかりではない。

もうすぐ、逆路の最も高い場所を通過する。

（護領山を越える）

逆路の頂点たる場所を越えれば、逆封洲側。龍ノ原を出るのだ。

神代より、護領山を越えた皇尊はいない。

鼓動が速さを増す。

（何か起こるのか？）

薄青く染まる日の出前の游気の中で、平静を装《よそお》っていたが、こめかみがどくどくと脈打つ。空露も夏井も無表情だったが、彼らも身構えていることだろう。

（国境《くにざかい》を皇尊が越えたら、どうなる）

八虐を犯して火に焼かれて死んだ皇子、禍皇子《まがつみこ》の伝説が脳裏をよぎる。

もし皇尊が国境を越えるのが大罪で、神に許されない行為なら、雷に撃たれるかもしれない。あるいは突然、この身が燃え出すのかもしれない。龍道《りゅうどう》に入ってからのことは記憶にないのだが、異様な熱さに全身が焼かれたことだけははっきり覚えている。あんなふうに、突然体が燃え上がりはしないか。

肌は冷えているのに、手綱を握った掌《てのひら》だけが汗ばむ。

国境は目前。

二

息を弾ませ、馬が行く。荒い鼻息を吐き、坂をのぼりきり、わずかに平坦《へいたん》な場所に出て、一歩、二歩——国境を越えた。

坂が下りになる。

手綱を握り、下り坂で馬が焦《あせ》らないように御しながら、日織は背後をふり返った。

国境が、ゆらゆらと遠くなっていく。

ようやくのぼった朝日が、細い路に射《さ》しこんでいる。

馬は何事もなく歩き続け、周囲は徐々に明るくなった。


なにも起こらない。

唐突なことは、なにもない。

ほっと胸をなで下ろしていると、夏井と目が合った。彼は頷き、口の形だけで告げる。

——まだ、油断めさるな。

夏井の忠告通り、国境を越えた一瞬に何かが起こらなくとも、じわじわと異変が始まる可能性はある。しかし、とにかく国境は越えられた。

深い息を吐き、空を見あげた。視線の先は、柔らかな明るさに染まろうとしている。

何度も、背後の龍ノ原の空をふり返る。薄い雲が漂う、ぼんやりと青が滲《にじ》む空に龍の影はない。日織には当然、龍の声も聞こえない。

龍ノ原の空は背後に遠くなる。

生まれてはじめて日織は、龍ノ原から踏み出した。龍ノ原を護るために神に問うという、畏れ多い行為をしてしまった。

（だから、なんだというのだ。神を欺《あざむ》こうとした身で、今更恐れる必要はない）

龍道に踏み込んだときの覚悟が蘇《よみがえ》る。生きて戻り、あんな思いは二度としたくないと思ったのに、またこうして同じような問いを神にしてしまった。

これが望んで得たもので、それにともなう責任なのだ。

歩を進めるにつれ、逆封洲に足を踏み入れた感慨が大きくなってくる。

（悠花がいる国に来たのだな）

目的の地は反封洲だ。逆封洲は通過点に過ぎず、なおかつその先に成さねばならないことを考えれば、悠花への慕わしさなど心の隅に追いやるべきだった。ただ胸に浮かぶ気持ちはどうしようもなく、それがあることは己の弱さにも感じる。己を信じ、皇尊として成すべきことだけに突き進み、他の様々な感情など消してしまえば、楽なのだ。

それができれば、どれほど良い皇尊になれるだろうか。

「空露。この龍ノ原の変事は既に八洲に伝わっていると思うか？」

馬を少し急《せ》かし、前を行く空露の馬と馬体を並べて問う。

もし変事が八洲に伝わっているとしたら、悠花の耳にも入っているかもしれない。そうだとしたら、彼はどれほど心配しているだろうか。

しばし考えるように押し黙った空露は、眉間《みけん》に皺《しわ》を寄せた。

「おそらく附孝洲の動きに敏感な、附敬洲と附道洲《ふのどうしゅう》は、龍ノ原の変事というよりも、附孝洲の動きから事の次第を既に察しているはずです」

肩にかかる髪を馬の振動で揺らしながら、空露は難しい顔でさらに続ける。

「逆封洲と附義洲《ふのぎしゅう》は微妙なところです。不津王が龍ノ原に入ったのは、四日前。龍ノ原を横切る旅人が変事を知り、それを自国へ、あるいは他国へ伝えるとしたら、二日、三日は必要です。しかも旅人は多くありませんから。逆封洲と附義洲については、国境の一部で噂になっている程度かもしれません。そして北の三洲には、まだなにも伝わってはおりますまい」

龍ノ原は周囲を五洲に囲まれているが、公《おおやけ》には他洲の民の出入りを許してはいない。ただ龍ノ原の玉《ぎょく》と鉄を交換するための、小さな商いをする商人に関しては出入りが黙認されていた。玉の数が少ないために、それを交換する商人はおおよそ顔なじみで決まっており、しかも頻繁に来る者でもない。

龍ノ原を横切って、他洲へ旅する者はさらに稀《まれ》だった。

隣接してもいない他洲と行き来したいのはこれも商人だが、商人が品をまとめて運ぶ行為は禁じられていたし、また禁を犯して龍ノ原を横切り護領山を二度も越える労を考えれば、間尺に合わない。他洲にいる知人に会いたいと旅する者もあるが、そもそも、わざわざ遠大な旅をして会いたいほどの知人が他洲にいる者など、滅多にいない。自国から出ることなく、生涯を終える者がほとんどだ。

「逆封洲と附義洲の国主は間諜《うかみ》を置くなりして、龍ノ原の動向を注視していないのか？そういった者たちがあれば、国主の耳には入っているかもしれん」

「断言はいたしかねますが、おそらくないでしょう。龍ノ原は警戒する必要のない国なので。そこに間諜を置くくらいならば、隣接の洲へそれを回し、警戒を厚くする方が良いはず」

「なるほど……。龍ノ原だからこそ、国主たちは警戒する必要がない……っ！」

ぎくりとして、日織は背後をふり返る。

「どうしました、日織」

「国主たちは龍ノ原と接する方向に関しては油断しきっている。そして今、龍ノ原の変事は国境で噂になっている程度だとしたら——好機ではないのか？」

折り本に描かれた一原八洲図《いちげんはっしゅうず》を眺めていたとき、八洲それぞれの国の様子なども記されていたので自然と読みこんでいた。

有間の国、反封洲。それと隣接する葦封洲《あしのほうしゅう》と叛封洲《はんのほうしゅう》の北の三洲は、国主が軍団の将を兼ねる国だという。神代より争いが絶えないために、国主にそのような力が求められた結果だった。

しかし龍ノ原と接する五洲のうちの、四洲。逆封洲、附義洲、さらに附敬洲、附道洲の四洲は、皇尊と似た国主の性格が求められる。神を敬い勧農して国を富ませるのが第一で、その上で軍団を置いて隣接国の脅威に備える。小競《こぜ》り合《あ》いはあれど、北の三洲ほどに激しい争いを国境で起こさない。それもこれも気候が良く、飢饉《ききん》に見舞われることが少ないからだ。

ただ——附孝洲のみが、龍ノ原に隣接する国でありながら、国主が将となる性格を持つ。温暖ゆえの安定した農作物の収穫と、沿岸の豊富な海産物によって、附孝洲は一原八洲の中で最も恵まれた国なのだ。だからこそ——神代より争いを好む。

豊かだからこそさらなる富を求め、求めうる力を保持できる。

附孝洲は民の数も、隣接の国々に比べて二倍。都は夜でも灯りが消えることなく、闇を追い払うかのような賑《にぎ》わいをみせるらしい。

附孝洲と隣接する、附敬洲と附道洲は神代から附孝洲を恐れ続けている。

「わたしなら、虚を突くかもしれない」

日織の呟《つぶや》きに、空露もはっとした表情になった。

「附孝洲が龍ノ原のみならず、他洲へ侵寇《しんこう》すると？」

日織にしてみれば、附孝洲が、なぜそれ以上を求めるのか理解に苦しむ。足ることを知らず、満腹になっていることに気づかず、常に飢え続けているような、奇怪な生き物のようにも思える。恐ろしく、そして気の毒だ。飢え続け満腹することがないならば、苦しかろう。

なぜそんなことになるのだろうか。それが八洲にいる鬼たちの仕業なのか。

満腹で飢え続ける鬼とは——哀れだ。

「龍ノ原は入ってしまえば、終わりだ。不津もいるのだから、入ったその時にすでに龍ノ原は制圧されているのと同じ。であるならば、そこから一気に油断している国に入れば、簡単に領土の一部を奪えないか？　うまくすれば郡の一つも取れるかもしれない。

油断している背後を突けば、千、二千の軍士で主要な道を押さえ、さらに柵《さく》の一つも奪って」

日織は空露に訊く。

「おまえが附孝洲の国主であれば、どこの虚を突く？」

「わたしならば……逆封洲。附敬洲、附道洲は隣接国であるが故《ゆえ》に、常にこちらを警戒している相手。龍ノ原に侵寇したのは承知のはずですから、虚を突くことはできません。残る逆封洲と附義洲。その二国で比べれば、逆封洲には良い港があり潤《うるお》っている。しかも国主は少年。そちらに狙《ねら》いを定めやすい」

「わたしも、そう思う」

附孝洲の軍士たちが逆封洲に向けて進軍してくる可能性がある。それは逆封洲国主の耳に、龍ノ原の変事が届く前に、速やかになされるはず。

それらに追いつかれ、もし日織の身分を怪しまれ捕らえられれば——終わりだ。

「急ぐ必要があるかもしれない。身なりも変えねば」

「馬木と比多に伝え、相談いたしましょう」

空露が馬の歩みをゆるめ、背後からついてくる馬木にふり返り目配せする。空露が日織に遅れ、そこに馬木の馬が近づく。

日織は、先頭で自分の馬を引く比多に馬上から声をかけた。

「今よりも急ぐことは可能か？　比多」

　ふり返った比多は、頷く。

「速度はあげられませんが、馬に少し無理をさせれば、一日の距離を稼ぐことはできましょう」

「それをお願いするやもしれない」

「承知しました。仰《おお》せの通りにいたしますので」

「ありがたい」

　夏井が、日織の傍らに馬を寄せてきた。

「何かありましたか？　皇子」

　坂を下り、平坦な道に入ったところだった。馬上からふり返り、護領山の山稜《さんりょう》が朝日に照らされ、徐々にくっきり空に浮かんでくるのを眺めた。

「背後から来るかもしれない――、鬼というものが」

　龍たちは鬼たちに蹂躙《じゅうりん》される龍ノ原を空から見おろし、何を思うのか。

　そして皇尊の姿が龍ノ原から消えたことに、どう反応するのか――。


　逆路を離れると、行方山地という山の連なりが左手に見える道を進んだ。

逆封洲では、都の来須居へ続く道が幾本も整えられているという。それらは各郡の要所から都を結ぶ、荷運びのための道。

日織たちが辿っている道もそのうちの一本で、切り出した材木を積む、荷台がとてつもなく長い荷車を何台も追い越した。荷車は馬三頭で引き、なおかつ人が十人ばかり荷台にとりついて押している。道の曲がりで脱輪しないよう、道の端に、手持ちの板を並べるなど手慣れた様子だった。

この道は、大きな荷車を通す前提で作られているらしい。曲がりが多ければ、長大な荷車は立ち往生する。それをふせぐため可能な限り曲がりを少なく、あっても、緩やかにしてあるのだった。

道の所々には、旅人が休み宿泊するための里があった。泊里《とまり》と呼ばれるらしいが、龍ノ原にはないものだ。おおよそ五、六軒、大きな里であれば十軒ほどの、掘立柱《ほったてばしら》に床板がはられた小屋が寄り集まり旅人を泊める。泊舗《とまりみせ》と呼ぶらしい。さらに厩舎《きゅうしゃ》があり、簡単な飯が食える小屋、厨舗《くりやみせ》もあった。

宿泊も飯も、馬を厩舎に預けるのにも、逆封洲が作る洲貨《しゅうか》が必要だ。

八洲にはそれぞれ洲貨があるが、盛んに利用されているのは逆封洲をはじめ、龍ノ原を取り巻く五洲。北の三洲では、品物の交換をする民の方が多い。

（馬に揺られ続けるというのは、存外にきつい）

鞍《くら》の上で揺すられ続けると、筋肉が強《こわ》ばってくるし、いつの間にか尻が痛くなる。泣き言を口にしそうになるが、こらえた。迫ってくるものがあるかもしれない今、泣き言など口にしている暇はない。

（少しでも遠くへ）

それを望み、歯を食いしばった。

薄暗い早朝に龍ノ原を出て護領山を越え、北へ向かう道に入り、一度の小休止はあったものの、そのまま進み続けた。比多は日織たちの希望をいれ、可能な限り距離を稼ごうとしてくれていた。

夕暮れに泊里の一つに辿り着いた。

鳥手の数人は、八洲風の衣を日織と夏井に用意するために、そのまま泊里を通り過ぎて近くの郷《ごう》へ向かう。

日織たちは、まず腹ごしらえをしなければと、厨舗に入った。

物珍しかった。厨舗は全部が土間で、奥に竈《かまど》がある。土間に足の高い案《あん》が並べられ、周りに切り出した丸太が置かれている。

旅人たちは丸太に腰掛け、案で飯を食っていた。

土器《かわらけ》に赤米と、木の椀《わん》に茸《きのこ》の汁物。それだけの質素な飯だったが、値は、逆封洲洲貨で言えば一礫《れき》。比多は「厨舗で食う飯は割高なんです。旅でも、自分で作って食えば節約できます」と言っていた。それでも温かい食べ物が、準備もなくすぐに腹に入れられるのはありがたい、とも。

　せっかくの食事だったが、数日来の緊張と疲労もあいまって、日織は飯がほとんど喉《のど》を通らなかった。日織が残したものは皆で分け合った。

　この泊里は十軒の泊舗が肩を寄せ合っており、日織たちは中の一棟に入った。

引き戸を開けると土間があり、奥に床がある。隠れひそんでいた廃屋と似た作りだったが、広さは倍あるし、屋根板に隙間《すきま》もなく、床に砂埃《すなぼこり》も落ちていない。混み合うときであれば何組かの旅人が雑魚寝《ざこね》するらしいが、今夜は幸い、この棟は日織たち一行のみが泊まっていた。

　泊舗とはいえ、菰《こも》を麻布で包んだ敷物が幾枚か、隅に積んであるだけだ。火舎《かしゃ》もあったが、これは旅人が自前で炭を出し合って使うものらしい。

井戸の水だけは自由にくめて、桶《おけ》などもある。

　床に腰をおろしたが、鞜《くつ》を脱ぐのも億劫《おっくう》で、日織はしばらく動けなかった。袖が細く袴の幅も狭い旅装束で、龍稜を出た。今も同じような身なりだ。鞜も着脱しづらいものを履いている。足首まで覆われ、紐《ひも》で縛ってあるから脱ぐのは面倒だった。

　おっとりとしていて力仕事などしそうもない夏井だったが、体力はあるらしい。旅も苦ではないらしく、日織よりも先に床にあがると、立てかけてある備え付けの箒《ほうき》で床を掃き、敷物を並べはじめる。その様子をぼんやり横目で見た。

「すまない。そのようなことを、させて」

「あなた様にさせるわけには、いかないでしょう？　しかもわたしは、掃除に慣れています。宮内《くない》の見習いで出仕していた頃は、毎日掃除ばかりしていました」

答えた声は、どこか楽しそうだ。掃除が好きらしい。

そろそろ日が落ちるらしく、小屋の中はかなり暗い。連子《れんじ》窓《まど》から入る、外のほのかな明るさで、なんとか互いの姿が見える。

空露が桶に水をいれて入ってきた。日織の足もとに桶をおき、鞜を脱がせ、足を洗ってくれる。空露に足を洗ってもらうのは、子どもの頃以来だ。幼い頃から身の回りの世話は、全て彼がしてくれた。他の者が日織に触れ、骨の細さや手足の小ささで、女と知られるのを恐れたからだった。

十三、四歳になると、こうして足を洗われるのが気恥ずかしくなり、自分でするようになった。

しかし疲れ切っている今、気恥ずかしいよりも、ありがたかった。空露の変わらぬ献身が身に染《し》みる。

（皇尊《すめらみこと》。こんな、わたしが）

龍《たつ》ノ原《はら》を離れたためか、自分が皇尊であるのが嘘《うそ》のような気もしていた。

宇預《うよ》や月白《つきしろ》の死も。入道《にゅうどう》も宣儀《せんぎ》も。龍の渦も。悠花との睦言《むつごと》も。そして――淡海《おうみ》の首から滴《したた》り日織の足を濡《ぬ》らした血も。

不意に吐き気をもよおし、俯《うつむ》いて耐える。

優しく足を撫《な》でる空露の手の感触だけを感じようと目を閉じた。

「馬は厩舎に預けました」

比多の声がした。戸口から一歩、中へ入ろうとしていた比多は、こちらを驚いた顔で見て立ち止まっている。

まずいと思った。

いくら皇尊一族の者に対してでも、護領衆《ごりょうしゅう》、しかも代祇である空露が、跪いて足を洗ったりはしない。言い訳しようと口を開きかけるが、空露が、足に水をすくいかけながら「ご心配なく」と、囁《ささや》く。「比多は心得ています」と続ける。

一瞬動きを止めていた比多だったが、すぐに中へ入ってくると、鞋を脱いで床にあがり、夏井を手伝って敷物を延べ始めた。

「空露。比多は」

細い声で問うと、自分の膝《ひざ》にのせた日織の足を布で拭《ふ》きながら空露は答える。

「あなたが何者か、比多は最初からわかっています。あの子は察しの良い子です。わたしが同行し、気遣っている様子を見れば、すぐに気づいたはずです」

「……恐ろしくはないのか、比多は」

皇尊が龍ノ原を出れば、天変地異が起こらないとも限らない。それを承知で案内役を引き受けたとしたら、皇尊の崩御で必ず殯雨《もがりあめ》が降ることを知る龍ノ原の民としては、あまりにも恐れ知らずだ。

「さあ、どうでしょう」

興味なさそうに空露は応じ、水桶をもって立ちあがり、外へ出た。

日織は床にあがり、促されるまま敷物に横になり、横になった途端に眠った。


眠りは一瞬だったように思う。目覚めたのは、喉の渇きのためだった。

体感的に一瞬だったが、実際は眠りに落ちてかなり時間は経《た》っていたらしく、日織から少し離れた場所に敷かれた敷物には、夏井と空露が横になり、眠っていた。

床の隅には油皿があり、小さな火が灯っている。

いつもならば御床《ごしょう》近くに水を入れた瓶《へい》が置かれているが、今は当然そんなものはない。

空露に声をかけようかと思ったが、彼は苦しげに顔をしかめて眠っていた。苦悩と疲れが、顔に滲んでいる。眠りを遮るのは気が引ける。

比多の姿がなかった。どこに行ったのだろうかと思いつつ、一旦《いったん》横になったが、やはり喉の渇きに耐えられず再び起き上がった。油皿の火を手灯《てあかり》に移し、それを持って井戸に向かった。

井戸は厩舎近くにあり、馬の臭《にお》いがきつかった。

手灯を地面に置くと、桶を水に落とした。桶に結ばれた縄を引き上げようと苦心していると、背後に人の気配がした。ふり返ると比多だった。

彼女は日織の手元に目をやる。

「水が必要ですか？」

「喉が渇いたんだ」

「桶から、がぶがぶ飲むのですか？」

問われて、あっと思った。椀など何も持っていない。

比多は「貸してください」と言うと縄に手をかけ、簡単に桶を引き上げ、地面に下ろす。しかしそれはそのままに、自分の腰につけていた竹筒を外して木の栓を抜き、日織に差し出す。

「こちらの水の方が、美味《おい》しいですよ。乾かした蓬《よもぎ》を入れて香りを良くしてありますし、ここの馬糞《ばふん》くさい水ではなく、すこし離れた場所にある井戸の水を入れましたから」

「礼を言う」

受け取りながら、恥ずかしくてならなかった。

（わたしは、水の飲み方ひとつ知らないのか）

口に含むと、水は爽《さわ》やかな香りとともに喉の奥へ滑る。

「美味しい」

比多が日に焼けた目元を、くしゃっとして笑う。

「それは、ようございました。もっと召し上がりますか」

「いや、これで充分。……申し訳ない」

竹筒を受け取りながら、比多は不思議そうに首を傾《かし》げる。

「なにを謝られるのですか」

「水すら一人で飲めないからな。申し訳ない。こんなふうで」

吾《わ》が身の卑小さを染みるように感じた。

（入道し、宣儀を終え、神や龍と縁を成したとて、わたしは所詮《しょせん》は人でしかない。小さく、力もなく。これが皇尊か）

皇尊や国主《こくしゅ》だとて、あるべき場所を奪われ逃げれば、夜の井戸端でしんみりと一人、水をくむような有様になる。

皇尊として民の尊崇の対象であり、臣も多く抱える身ならば、逃げ出すような羽目にはなるまいと多くの者は思うだろうが——実際、現実というのは、皇尊や国主に、さほど強固には特別な者としての力を与えない。民には強いように見えていても、それは幻想。所詮人でしかないのだから、脆《もろ》くて当然だった。

「謝ることなど、ありません。人には向き不向きとか、やるべき事、やらなくていい事がありますよ。あなた様は、水のくみ方なんか知らなくていい。それよりも大事な、やるべき事があるでしょう、きっと」

飾り気のない言葉が、胸に素直に響いた。

「そうだな」

比多に好感を覚える。馬を引き旅をするのは楽な仕事ではなく、女の身で危険もあろうが、愚痴っぽい様子はかけらもない。すっくりと強く伸びている背筋には信念がある。いい女だ。

苦労ばかりかけている空露に、こんな人が妻に来てくれたら、と思う。

日織の身になにかあれば、空露はどれほど落胆し虚脱するだろうか。これは自惚《うぬぼ》れなのではない。空露が日織を護るのは、彼が護りきれなかった人を護る代わりと知っているから。もしなにかあった時に、空露の傍らに比多のような女がいれば、彼も救われそうだ。

「あなたは空露が好きか？」

「急に、なんですか」

「聞きたいのだ。好きか？」

「里の者で、空露様に感謝していない者も、尊敬していない者もいません」

「空露の妻になりたいと思ったことはないのだろうか、あなたは」

莫迦莫迦《ばかばか》しいと言いたげに、比多は口元で笑う。

「そんなこと誰が思いますか。空露様は神職です。しかも年が違いすぎましょう。空露様は、わたしらにとっては、かなり年長の兄君です。わたしは二十五で、十一も年が離れています」

比多が、自分より年下であることに驚いた。人は年ではないのだと痛感する。その人が通ってきた道筋や経験や思考で、若くても頼りになる人もあれば、年を重ねても頼りない人もいる。

「十一の差か。わたしと最初の妻も、十一離れていたよ」

「だからって、なんですか。空露様はわたしらにとっては、ただずっと、里の賢い兄君ですよ」

むきになって言い返すので、彼女の純情が知れる。

「あなたは良い女だ。可愛《かわい》いな」

思ったまま口にすると、比多はぽかんとした後、文句を言いたげに口を開こうとしたが、諦《あきら》めたようにため息をつく。

「まったく。優しい顔をして、人を困らせたり、無理難題を押しつけたり、そんな風にするのが高貴な方々のやり口なんですかね」

「無理難題は押しつけてない」

「あなた様ではなく、びっくりするほどお綺麗《きれい》な顔の方に、つい先頃、散々無理を押しつけられたので」

　はっとした。

　悠花の行方を捜した夏井は、悠花の意を受けて働いていると思われる護領衆の行方を追った。そして、空露と同郷の馬引が、その護領衆を逆封洲まで送ったのを突き止めた。小さな里のこと。馬引が何人もいるとは思えない。悠花を送ったのは、比多に違いない。

　今更それに気づいた。龍ノ原を出るまで、どれほど自分が緊張し混乱していたのかわかる。

「比多。その綺麗な顔の方というのは、護領衆ではないのか？　その人を来須居に送り届けただろう」

「昨日、夏井様にも同じことを問われましたね」

「夏井も？」

「里から、若くて綺麗な護領衆を、来須居へ送っていかなかったかと」

「送ったのだろう？　その人は今も無事で健《すこ》やかに過ごしているのか」

　比多は首を横に振る。

「存じ上げません、そのような護領衆は」

「そんなはずはない。空露に頼まれたはずだ」

「いいえ」

否定し、比多は日織を直視する。訊《き》いても無駄とばかりに。

（空露が信頼するわけだ、この人を）

比多が嘘をついていることはわかったが、だからこそ感じ入った。

翌日、東の空が紺色に滲む早朝に、日織たちは出発した。

背後に、鬼の足音はしないかと気にしながら。

三

大殿《だいでん》の簀子《すのこ》縁《えん》に立つと、髭平を渡った肌寒い秋の風が龍稜《りゅうりょう》の下から吹きあがり、不津の袴《はかま》の裾《すそ》を揺らして足首をひやりと撫でていく。

崖《がけ》から流れ出る滝の水音が、大殿周囲の游気を揺らし続けている。

龍ノ原に戻った実感はあったが、不津に喜びは微塵《みじん》もない。この場にいることすら苦痛に思える現実に、四十年近い自分の人生全てが否定され、消し飛ばされたような気もしていた。

欄干に触れるだけで、はっとして手を引っ込めてしまう。淡海皇子《おうみのみこ》が、ここから景色を見る時にいつも大儀そうに欄干を摑《つか》んでいたことを思い出すのだ。母屋《もや》の中に入れば、淡海がいつも座っていた藁蓋《わろうだ》があり、彼がここに来る度、位置を整えるようにと神経質に采女《うねめ》に小言を言っていた塗りの宝案《ほうあん》もあるはずだ。

景色を見渡せば、里郷の寄り集まった屋根が粒のように見え、それが砂にまみれて転がった衛士《えじ》たちの恨めしげな死に顔を思い出させる。

四日前に不津は龍稜に入ったが、そこには日織の姿どころか人影が一切無く、附孝洲《ふのこうしゅう》の軍士たちがくまなく探し回っても猫の子一匹いなかった。さらには翌朝、左宮右宮《さのみやうのみや》に向かったが、曹司《ぞうし》は全て閉じられ、大臣《おとど》や上《かみ》たちの役宅ももぬけの殻になっていた。

今、龍稜にいるのは不津と、附孝洲国主中目戸と、その配下の兵《つわもの》と軍士二千。

(これが龍ノ原の龍稜と言えるのか。まるで附孝洲の柵ではないか)

「龍ノ原の兄君」

呼ばれ、びくりとしてふり返った。

附孝洲国主、中目戸が柔らかな表情で大殿の枢戸《くるるど》から出てきた。額に分厚い刺繡《ししゅう》を施した断結《だんけち》と、燃え立つような紅葉の刺繡の大衣《おおきぬ》を身につけた姿。附孝洲の豊かさと繁栄を色にしたような華やかさだったが、大殿にはそぐわない。歪《ゆが》みなく真《ま》っ直《す》ぐで、ただ白く。その二点のみをどこまでも追求する白杉柱《しらすぎばしら》に象徴されるように、龍稜の美しさは華美ではなく、簡素な美しさの追求にあるからだ。

「何事だ。急に大殿に来いとは」

龍稜に入った不津は、大桜宮《おおさくらのみや》を居所と定めていた。采女も舎人《とねり》もいないために、話し相手もいない。目戸は顔を出しもしない。朝餉《あさげ》と夕餉を兵が運んでくるだけで、それも行軍の際に食べる、腊《きたい》と、末醤《まつしょう》を湯に溶かした汁と米の飯のみだった。

飯を運んでくる兵に「目戸を呼べ」と告げても、一向に目戸は姿を見せなかった。しかし今朝突然、目戸が呼んでいるので大殿へ来いと伝言があったのだ。

大桜宮に来いと伝えているにもかかわらず、逆に呼びつけられた屈辱感はありながらも従ったのは――恐怖かもしれない。

龍ノ原に侵入した今、目戸にとって不津はさほど価値がない。役に立たない、あるいは扱いづらいとなれば、目戸は不津など簡単に殺すはず。日織を殺し、後継の皇尊が必要になれば、皇尊の一族の誰でも良いから引きずり出し、無理矢理に龍道に押し込むくらいはするだろう。不津の息子たち、能市《のいち》や高千《たかち》ならば、ことによると喜んで父の代わりに入道するかもしれない。

「中に重臣たちを集めております」

「なに？」

意外な言葉に、思わず枢戸へと目をやった。

「大祇の真尾、右の大臣の造多麻呂。左の大臣は、小勢《こせの》乙名の行方が知れぬので、代わりに阿知穂足《あちのほたり》を呼びました。太政大臣《おおまつりのおとど》の代わりは呼べませんでしたが」

「それで何をせよと言うのだ」

「龍ノ原の兄君が皇尊として即位したと、宣布願います」

不津は鼻で笑った。

「莫迦なことを。俺はまだ入道していないのだぞ」

「いずれするのですから、宣布して良いでしょう。今はまだ真実の皇尊ではなくとも」

かっとして怒鳴った。

「俺に偽《にせ》皇尊になれと言うのか！」

「偽ではありません。いずれ、吾らは今上《きんじょう》を弑《しい》し奉《たてまつ》る。龍ノ原の兄君は必ず即位なさるのですから、宣布が少し早いだけです。なにか問題が？」

「いずれ必ずなるのであれば、今、宣布などしなくても良いだろう」

「いえいえ、今必要です。なにしろ龍稜から人が消え、左右の宮ももぬけの殻。はやく政《まつりごと》を動かさなければなりません。それには皇尊の一声が必要です。皇尊でない者の命など、誰も聞きはしませんよ」

薄ら笑いを浮かべ、目戸は続けて言う。

「どうしても、お嫌でしょうか？　だとするとさて、困りましたね。どうしましょうか？」

目戸の目は笑っておらず、鋭い威圧だけがある。もし自分の意に従わぬならば、わかっているでしょう——と。

（今、俺がここで命を落とせばどうなる）

目戸は不津の代わりを見つけ、いいように操る。信念のない者が皇尊となれば、それこそ民がどんな目にあうかわからない。せめて自分がここに踏みとどまり、目戸と折り合いをつけ、龍ノ原を自分の望む形にしなければならない。

それが自分の使命ではないのか。

屈辱と民の苦痛とを、自分は耐え続けられるのかと問いながら、龍稜の下へ視線を向ける。すると髭平《しのひら》の中央を横切る、軍士たちの隊列が見えた。

「……あれは」

欄干を摑み身を乗り出すと、目戸が「ああ」と不津の傍らに寄り、嬉《うれ》しげな声で言う。

「来ましたね。附孝洲からさらに二万、軍を呼びました」

数に驚愕《きょうがく》した。龍ノ原に入るために揃《そろ》えた軍士の、十倍の数だ。

「二万も!?　どこからそのような軍を」

「都にあった国軍です」

附孝洲の国軍は、普段は国境を護《まも》る軍の予備として温存されている。

「賀陽《かよう》の護りが、なくなるのではないか？　なぜそのような」

「ご心配におよびません。附敬洲や附道洲が、国の全軍をかたむけて来ることでもなければ、国境の護りは、柵に今ある軍団で充分です。附敬洲も附道洲も、隣国の附義洲や逆封洲が怖いので、全軍をこちらに向けられはしません。なので吾《われ》らは、国軍を温存しておく必要はありません。国元では必要ないので、こちらで使います」

「だとしても、なぜだ。わたしは龍稜に入ったのだ。これ以上の軍団は不要だろう」

「龍ノ原よりも魅力的な国が、目の前にあるので。この際にすこしばかり、そこにも手を出そうかと思いまして」

「龍ノ原から……他洲に侵寇するつもりか……」

愕然とした。衝撃の数々に思考がばらけ、まとまらなくなりそうだ。

「龍ノ原の兄君には、関わりのないこと。お気になさらず」

頭の中に、乙名の言葉が蘇る。

――それが神の御心《みこころ》に沿うならば、幸いがありましょう。沿わぬのならば、禍《わざわい》がありましょう。あなた様は、それを御自身の行い為《な》すことで、神に問うほどに覚悟がおありですか。

（なんということだ。神国が侵寇の足場に）

掌に爪《つめ》が食い込むほどに両手の拳《こぶし》を握る。まとまらない考えを、必死にかき集める。

胸の中にある不安や怒りを抑えた。気力と自負を奮い起こそうとした。

（いや、落ち着け。焦るな。待て——。何があろうが、どんなことになろうが、俺は覚悟して神に問うたのだぞ。後悔はしてはならぬのだ。進むしかないのだ。龍稜が穢《けが》され、臣や民の命が奪われ、侵寇の足場になろうとも、これは正しき皇尊が即位するために必要な犠牲であり、試練。必ずこの先に神の幸いがあると信じて進むしかない。そうだろう）

今は屈辱を覚えても、犠牲を払っても、それは過誤を正すために必要なことなのだ。

しかも。

過誤を正すのに必要な屈辱も犠牲も、もとはといえば過誤を生じさせた者——日織の責任だ。不津ではない。

「それで？　龍ノ原の兄君は、宣布なさいますか？」

不津がここで倒れてはならない。まだ神の過誤は正されておらず、道は半ば。ここを耐え抜けば必ず幸いがある。そう信じようとした。

息を整え、応じた。

「宣布を……しよう」

目戸は目を細める。

「では皇尊即位の宣布をお願いします。さらに小勢乙名の罷免《ひめん》と、阿知穂足の左の大臣への任命を。さらに龍稜に采女と舎人を呼び戻し、左右の宮を開くように御命じください。龍ノ原の政をすすめましょう」

「……わかった」

目戸に促され、西側の枢戸から母屋に入る。正面から見て最奥《さいおう》に垂れる五色布の前に、三人が座っていた。

髪を肩で切り揃えた、四十がらみの黒衣の神職は大祇《おおぎ》の真尾。隣に座るのは、以前より老《ふ》け込んで痩《や》せてしまってはいるが、不津の舅《しゅうと》の阿知穂足。さらにその横には造多麻呂。

太政大臣は——空位。その座である藁蓋を、不津は極力見ないようにした。

最奥の五色布の前に不津が立つと、三人が叩頭《こうとう》する。「そうせよ」と命じられたのが明らかなほど、ぎこちなく、戸惑いぎみな仕草だった。不津に叩頭するべきなのかと疑問を抱きながらそうしていることが、ひしひしと伝わった。

目戸は不津の傍らに控える。

「顔をあげよ」

真尾、穂足、多麻呂は顔をあげ、不津を訝《いぶか》しげに見た。

「小勢乙名の行方が知れぬため、代わりとして先の左の大臣であった阿知穂足を召した。本日より左の大臣は阿知穂足とし、小勢乙名は罷免する」

「お待ちください」

大祇の真尾が、眉をひそめた。

「重臣の任命罷免ができるのは皇尊のみですぞ、不津王。そのようなことも、お忘れか」

「俺が――いや。わたしが皇尊だ」

いよいよ訝しげに真尾の表情が曇る。

「入道なさったと？」

「そうだ」

「今上がおられる限り、入道しても火に焼かれるだけですぞ」

「日織は死んだ」

多麻呂が動揺したらしく、「えっ」と短い声を出す。真尾も目を見開く。

「まさか。殯雨が降っていない」

腰を浮かした多麻呂を押さえるよう、睨《にら》む。

「日織が死んで……直後、わたしが入道した。……殯雨が降る前に」

そういう例も、過去には多い。不津は必死に取り繕った。

唖《あ》然《ぜん》とする真尾と多麻呂とは対照的に、穂足は落ち着いた態度で不津に相対しているが、舅であり、常に不津の味方であるはずの彼の視線にすら、不津を責める色がある。

穂足は、不津の傍らに控える目戸を睨《ね》めつけていた。なぜ、科人の末たる八洲《はっしゅう》の国主が大殿にいるのかと。しかもなぜ拝謁《はいえつ》の位置ではなく、不津の傍らにいるのかと。

「わたしが皇尊だ」

声に力が入らず、平坦に口にした。なにしろ――嘘なのだから。自信にあふれた宣布ができるはずはなかった。

「大祇、真尾。左の大臣、阿知穂足。右の大臣、造多麻呂。わたしに仕えよ。左宮右宮の宮を呼び戻し、宮を開け」

「宣儀は如何《いかが》なさいます。呼笛《よびぶえ》が今はなく、式次すら定まっておりません」

真尾が戸惑った声で問う。

「いずれおこなう。その時に検討せよ。今日は、わたしの即位を皆に知らせるために集めただけだ。左右の宮を開けば、龍稜の采女や舎人も手配させよ。祈社《きしゃ》は大首《おおびと》に新たな皇尊の即位を知らせ、龍ノ原に宣布せよ。それだけだ。終わる」

言い置くと不津は大殿を出た。

三人の重臣たちは、ほとんど口答えもなく意見もしなかった。あの場に八洲の国主が吾が物顔でいることも、不自然な不津の即位の報告にも、一言もなく。事前に目戸から、釘《くぎ》を刺されていたに違いない。下手なことを言えばどうなるか、わかっているだろうと。

不津は偽の皇尊となってしまった。なおかつ、傀儡《かいらい》の。

後悔と屈辱が身を焼く。

（こんなはずではなかったのだ。こんな）

回廊を大桜宮へと向かいながら、自分の爪先を見つめていた。次第に足早になり、己への苛立《いらだ》ちが高まり、我慢できずに立ち止まって声を出していた。

「だからとて、どうすれば良いのだ！」

不津には軍団もなく、皇尊ですらないのだから、これ以外にどうすればよいのかわからない。どんどん深みにはまっていく実感はありながら、どうしようもないのだ。

片手で顔を覆《おお》う。

（神の過誤を正したかっただけだ、わたしは。龍ノ原を正しい形にしたかったのだ。そして、このようなことにならぬように、強い国にしたかったはずなのに）

しばらく立ちつくしていた。風だけが吹き、鳥の声も聞こえなかった。以前は聞こえた采女たちの話し声や、舎人たちの声もない。

ただ、時に、龍稜のどこからか野太い笑い声が響く。軍士たちだ。

これほどの苦痛と屈辱を味わいながらも、不津は進むしかない。神の過誤を正すために。

□□□

大殿を出て行く不津王の背中を見送ると、重臣たちは皇尊の座の傍らに控え続けている目戸に窺うような視線を向け、そろりと立ちあがった。目戸が無言でいると、彼らはそそくさと出て行く。

弱腰の龍ノ原の重臣たちを、目戸は冷ややかな侮蔑《ぶべつ》の視線で見送った。

（これが龍ノ原という神国の実体か）

考えが足りぬばかりに、自らの正しさを疑いもしない高貴な者。踏みにじられても抵抗の一つもできず、上目遣いで従う重臣たち。貨幣もなく、金気もほとんどなく、華やかさも遊興もなく、黙々と古《いにしえ》の生活を続ける民。

央大地《ひさしだいち》に取り残された、発展し損ねた哀れな古い国。

しかし八洲の者たちの多くは、龍ノ原を哀れな古い国とは考えていない。

地大神《ちのおおかみ》である地龍《ちりゅう》と縁《えにし》を成した皇尊があり、龍が飛翔《ひしょう》する尊き神国。臣も民も皇尊に仕えるためにあり、それを務めと心得て満ち足りてある国。龍ノ原、あるいは皇尊があるからこそ、央大地はあり続けられる——と、多くの者は信じている。

目戸の父国主もそうであった。

神を敬えば幸いがもたらされ、蔑《ないがし》ろにすれば罰がくだるとよく口にした。

（しかしどうだろうか？　神を敬った父国主と姉君に幸いがあった？　神を蔑ろにするわたしに罰がくだった？　現実は真逆ではないのかな）

　薄ら笑って立ちあがった目戸は、母屋を出て簀子縁を大殿の背後へ廻った。大殿の大屋根を超す高さに羊歯《しだ》が繁茂した崖が立ちあがっており、岩壁の途中から勢いよく水が噴き出し滝になっている。日の光が水に散らされ、薄い七色の色彩が宙に浮かぶ。

　滝壺《たきつぼ》は勢いよく水を受け止め白く泡立っているが、溢《あふ》れはしない。

　龍ノ原は山から湧《わ》き出た水が川となり、その果ては、沼や池、湖に吸い込まれて消える。

　龍稜の滝も龍ノ原の川のありようも、不可解ではあるが、人の未《いま》だに知らぬ理《ことわり》があるだけで、それを神の御業《みわざ》と結びつけるのは考えが足りぬと目戸は思う。

　幼い頃から目戸は、そこにあるものの真の姿を見たかった。理屈を知りたかった。だから人々や父国主や姉が敬い畏《おそ》れる、目に見えぬ神、あるいは鬼などのことを深く知り、実態を知りたかった。

　神は、本当に在《いま》すのか？

　幼い頃、父国主にそう問うたのは、純粋に知りたかったからだ。

　しかし父国主は激怒した。何度訊いても叱責《しっせき》された。これは問い方が良くなかったかと反省し、問い方をいくら変えても、畏れ多いと叱責されるばかりでまともな答えはない。そのうちに、国嗣《くにつぎ》でありながら神を侮《あなど》り、神を敬う心のない、恐ろしい子どもと言われるようになった。

目戸は、神を侮ったのではない。ただ純粋に神というものがなんなのか、知りたかっただけだった。神というものを知り、尊崇に値する存在であるならば心から敬いたいという気持ちもあった。

疑問を呈するだけで、なぜ侮ることになるのか。敬う心がないという判断に、なぜ直結するのか。目戸には理解できなかった。理不尽に感じた。

姉は父国主をそっくりそのまま小さくしたように、父国主と同じことを言う人だった。子どもながら、自意識が強かった。だからなのか、幼い頃から国嗣として家人《けにん》たちに敬われ、また「よくものを考える賢い子」と褒めそやされる目戸と自分とを引き比べては、気に入らないらしかった。

父国主が目戸を恐ろしいと言うようになると、かさにかかって目戸を、ことあるごとに罵《ののし》った。神を畏れぬ罪人。おまえのような奴《やつ》には罰がくだると。

十一歳のときの、ある夏の日。

賀陽城の庭の端に、目戸は一人でいた。

父国主に叱責されてべそをかき、側仕《そばづか》えの者たちをまいて、黒竹の藪《やぶ》に隠れていた。

隠れていたにもかかわらず、姉はめざとく目戸を見つけた。側仕えたちすら見失った彼を、執念深く捜し回り見つけた姉は、その時十三歳。目戸を見つけて勝ち誇ったように竹藪から引きずり出し、責め立てはじめたのだ。

おまえは神を畏れぬ悪い子だから、まったく呆《あき》れる。国嗣のくせに、愚か者、罪人、目障《めざわ》り——、終わることがないように思える執拗《しつよう》な罵倒《ばとう》が、心を引っ掻《か》くように耳障りなきんきんした声で続いた。

罵倒にさらされ続けていると、体の中心で大きな何かが膨れてきて、体や頭が破裂しそうになった。

罵倒を浴びせられ続けるのが堪《たま》らなかった。

目戸は、闇雲《やみくも》に逃げ出したくなり、思わず姉の体を強く突き飛ばした。そこが庭の端で、柵《さく》が一段低くなっており、向こうは切り立った崖になっていたのが不運だった。

姉は崖から落ちた。

目戸は逃げ出した。しばらく経って、姉の姿がないと家人たちは捜していたが、目戸は怖くて何も言えなかった。

夕刻——。四肢が捻《ね》じ曲がり頭が潰《つぶ》れた姉が、板に乗せられて戻ってきた。

目戸は怯《おび》えた。

これほどのことをしてしまったのだから、いずれ神の罰がくだると。

怯え続けて一日、二日、三日、七日。十日。ひと月。み月。半年、一年――。

何も起こらなかった。

神の罰に怯えつつも、自分を罰する存在を、目戸は待ち続けていたような気もする。しかし何事もなく日々が過ぎると、心が冷えていったのだ。

何もないではないか、と。

自分を罰する神などいないと、確信した。

目戸の心が冷えるにつれて、父国主の彼に対するあつかいはますます冷淡になり、とうとう国嗣でありながら国境の柵を護れと命じられた。目戸は従った。さらに父国主に命じられ、何度か隣国の柵を急襲し、わずかばかり支配の範囲を広げた。特に必要もない勝利だとは思ったが、父国主からは、ねぎらい賞賛する文が届いた。

父国主は、なんのために支配を広げたいのか、己の欲の意味を理解しているのだろうかと、げんなりした。

目戸は、国のためになるものならば欲しい。

たとえば逆封洲が擁する、央大地で最も津に適した場所、戸津《とのつ》。あるいは国々に通じる通路となる、龍ノ原。

それらを得て、国が富み栄えれば、民は裕福に暮らせる。豊かな暮らしを与えたと自負を抱きつつ、もっと素晴らしい暮らしを与えてやると民に向かって胸を張れるはずだ。目戸は悪い子でも、愚かでも、罪人でもないと、民たちは言ってくれるだろう。

姉が消え、一、二年は、自分の罪にびくびくとしたが、そのうちそれも消え、四年も経つと姉が消えた清々《すがすが》しさのみが残った。

徐々に、父国主が姉と同じく消えてしまえば、どれほど清々するかと考えるようになった。しかし父国主はいずれ目戸よりも早く消えるのは確かなのだ。意味もなく、ただ少しでも早く清々したいためだけに事を起こす気にはなれなかった。

しかし――不津王が再び附孝洲に来るとの報が入った。皇尊の御位を望んだが果たせず、即位した皇尊に傅《かしず》くのを嫌って龍ノ原を出るのだと。

逃してはならぬ好機だった。

そして目戸は逃さなかった。

(国を栄えさせるのだ、もっと。もっと――あたう限り)

目戸を罰する存在などないのだから、意味もなく畏れられる古い国など蹂躙し、持てる力で遠慮なく望みのままに欲するべきだ。

民は簡単には満足しない。もっと、もっと、と求める。それが人というもので、人らしい欲求。人が人らしくあるということ。それに応じ続けるのが国主だ。与え続ける国主であれば、民は目戸を、畏れ知らずとも罪人とも批判しない。欲を満たしてくれる者には、人の心は甘くなる。それが人というもの。

事実、今、賀陽では祭のように民が喜び騒いでいると知らせがあった。目戸はそれが嬉しかった。もっと民を喜ばせたい。

□□□

祈社から大首に夜《よ》鳴鳩《なきばと》が飛び、皇尊即位の知らせが龍ノ原に宣布された。翌日、宣布に伴い采女と舎人が龍稜に呼び戻され、左右の宮が開かれた。

宣布と同時に、新たに附孝洲から来た軍士二万の軍団が北へ向かって動いた。軍団は翌日には護領山を越え、逆封洲へ入った。

二万の軍士は選りすぐりの、国主が誇る国軍先鋒《せんぽう》の一部だった。行動は素早く、徹底している——。

龍ノ原から火の粉が散った。

二章　予兆

一

日織《ひおり》と夏井《なつい》は、身なりを八洲《はっしゅう》の者らしく大衣《おおきぬ》に替えた。馬に乗れるとなれば、大衣を身につける財力か身分が必要だからだ。空露《うつつゆ》は髪が切り揃《そろ》えられており護領衆《ごりょうしゅう》であることを隠せないため、あえてそのままだった。

空露を中心に、その前後に日織と夏井が馬を進める。そうすることで、訳あって逆封《さかのほう》洲《しゅう》に来た護領衆の旅路に、逆封洲の者が随従しているという態《てい》をとった。

（ここは龍《たつ》ノ原《はら》ではないのだから、何があるかわからない）

大衣を身につけた日織は、腰の帯に白鞘《しらさや》の護《まも》り刀《がたな》を差していた。白杉《しらすぎ》の香りのする滑らかな鞘に、無意識に触れる。

身なりを変えるときに、馬木《まぎ》から護り刀を身につけておくようにと勧められた。何かがあった場合、御身自身を護るためにと。鳥手《とりて》たちは大衣と一緒に、八洲産の短刀を二本贖《あがな》ってきて、空露と夏井に渡した。

さらに鳥手たちは狩猟用の弓と矢を手に入れたらしく、商人風の身なりから猟師風の身なりに変わった者が三人ほどいた。

鳥手たちが警戒を強くする様を見れば、否応《いやおう》なく緊張した。

道を北北東へ向かう。

平地に出れば、刈り取りの終わった乾いた稲田が道の左右に現れた。しかし道程のほとんどは常に起伏があり、温檜葉《ぬくひば》という針葉樹の森を通る。

逆封洲で高い山と言えば行方《なめかた》山地のみだが、沿岸部を除けば地形は起伏に富んでいる。越えるのに数日かかるような山でなくとも、半日から一日を要するような中途半端《はんぱ》な高さの山が、次々に現れるといった具合だ。

温檜葉は逆封洲の名産の一つ。温檜葉の森が多いのは人の手で植えられ管理されているからだった。思うように稲作ができない土地で、民の活計《たずき》となっている。

比多《ひた》が言うとおりに荷や人の往来が多くあり、龍ノ原を出てからの二日間、これといった問題もなく日織たちは旅を続けていた。

日織の身にも央大地《ひさしだいち》にも、異変は見受けられない。皇尊《すめらみこと》が龍ノ原を離れることは、禁忌でもなんでもないのかもしれない——そんな気がしていた。

皇尊が龍ノ原を離れても許されているとしたら、できるだけ早く反封洲《たんのほうしゅう》に辿《たど》り着きたかった。龍ノ原の現状がどうなっているかわからないが、良くはないだろう。

(祈社《きしゃ》に預けた居鹿《いしか》、無事だろうか。心細くて泣いていないだろうか。乙名《おとな》と多麻呂《たまろ》は、不津《ふつ》に捕らわれていないだろうか。官吏たちは引きずり出されていないか。そして――民は、殺されていないか)

馬に揺られていると、様々なことを想像して焦《あせ》りが込みあげる。皇尊である自分が、危機にある龍ノ原にいられないのが口惜しいし、詫《わ》びたかった。

(すまないと、思うことしかできぬ)

なだらかな山を下りきり、ゆるく蛇行する平坦《へいたん》な道を進んでいると、背後から蹄《ひづめ》の音が響く。蹄の音は数騎。

ふり返ると、砂を蹴《け》立《た》てて三騎の人馬が駆けてくる姿があった。三人とも大衣を身につけているが、鞍《くら》や腰に太刀はない。

焦っているらしく、のんびりと道を行く荷車や人に向かって、何事か叫ぶ。行き会った者たちが驚き、わっと声をあげていた。

通り過ぎる三騎の騎馬を、道にいる者たちは啞然《あぜん》と立ち止まり見送っている。

三騎の騎馬が背後に迫ったので、日織たちは馬を端に寄せて道を開けた。通り過ぎようとした彼らは、汗だくで、砂でうっすら汚れた顔が強《こわ》ばっている。「申し訳ない」と言うように無言で頭を下げる二騎が、通り過ぎる。

「どこかの里郷の長《おさ》や、その子弟でしょうかね。なにがあったのでしょうか」

比多が訝《いぶか》しげに言う。彼女が不思議そうな顔をするのだから、あまり見ない光景らしい。少し遅れていた一騎が、日織たちの前で馬を止めた。十代半ばくらいの若者だった。

「馬上から、失礼！　火急のことにより、ご容赦願います。お願い申し上げます！」

息の荒い馬が足踏みするのを宥《なだ》めながら、彼は叫ぶ。

「ご身分ある方々と、お見受けします。わたしは行方郡の郷、六呂《ろくろ》郷の郷長《ごうのおさ》の代理です。お早く北へお逃げください。道中行き会う南下する者たち全《すべ》てにも、引き返すようにお伝えください。龍ノ原の軍士が国境《くにざかい》を越えて北上していると。北へ逃げろと」

龍ノ原の軍士が、国境を越えた。事情を知らない逆封洲の民にはそう思えたのだろうが、それは附孝洲《ふのこうしゅう》の軍士たちに違いなかった。

（やはり来たか）

手綱を強く握った。

比多が、問い返す。

「龍ノ原に軍士はおりますまい。何かの間違いでは」

「事実、逆路《さかろ》から軍士が雪崩《なだ》れこみ、周囲の里郷を襲い食い物を奪っているそうです。吾《われ》らの郷はまだ被害を受けておりませんが、南からの知らせを受け、郷の者は山へ逃げ込ませました。吾らは急ぎ郡家《こおけ》に知らせに行く途中です。郡主《こおしゅ》様が軍団を差し向けてくださるまで、とにかく逃げなくては」

日織たちを追い越した二騎は、正面からこちらに向かってくる、空の荷車を押す十人ばかりの集団とぶつかっていた。慌《あわ》てて道の端に荷車を寄せようとする者たちに、歩調をゆるめた二騎の中の一人が、怒鳴っていた。

「引き返せ！　ここから引き返せ！　龍ノ原の軍団が北上してくる」

背後をふり返れば、南へ向かって歩いていた者たちが、回れ右して歩む方向を北へ変えて引き返しはじめている。

「承知しました。行き会う者があれば可能な限り、声をかけましょう」

「お願いいたします」

比多が請け合うと、若者は頭を下げ、馬の腹を蹴って再び北へ向けて駆け出す。

あのようにして、点在する里郷から里郷へと馬を走らせて知らせを引き継ぎ、最短の時間で郡家へと知らせを届けようとしているのだろう。あの馬の走らせ方であれば、走れるのはせいぜい二刻。ここまで来るのに、十の里郷は中継したに違いない。

「なんたることだ。龍ノ原が逆封洲に攻め込んだかのように、思われている」

悔しさに日織は歯噛《はが》みした。

「その誤解は、ほどなくとけましょうが。しかし逆封洲は手薄なところを圧倒され、国境はかなりの範囲、附孝洲に押さえられるでしょう」

夏井が言うとおり、龍ノ原との国境には逆封洲の軍士の姿などなかったのだ。神代《かみよ》からけして侵すことも侵されることもない国との境は、逆封洲にとって――いや、龍ノ原の周囲五洲にとっては、最も安全な国境だったのだから当然。

しかし、その当然が崩れ、民は恐れ戸惑っている。

逆路《さかろ》の狭隘《きょうあい》さや、本国との距離を考えれば、附孝洲もさほど大規模な軍団を侵入させたのではないだろうが、それでもどれほどの範囲が蹂躙《じゅうりん》されるか。

「急ぎましょう。馬に無理をさせて少し長く歩かせてでも、とにかく北へ」

比多が緊張した面持ちで告げる。

近くに立ち止まっていた馬木と、周辺にちらほらと散る鳥手たちに、日織は目を向ける。馬木が無言で頷《うなず》く。お急ぎくださいと言っているのだと理解できた。

軍団の足は、さして速くはないはず。

しかし先駆けの軍士がいる。それらが里郷の馬を奪い、乗り換え、先へ先へと進んでくれば、追いつかれるかもしれない。先駆けの軍士たちの目的は偵察と、軍団が到達するまでに民を脅し、追い散らし、少しでも抵抗を削《そ》ぐこと。食料を奪い、田畑に火をかけ、恐怖を植えつけるためだけに殺し犯す。狼藉《ろうぜき》を極めることもある。

人々はそれを恐れ、早足で北へ向かいはじめていた。

日のあるうちは可能な限り距離を稼いだために、比多が予定していた泊里《とまり》を通り過ぎ、夜は野宿となった。

龍ノ原から軍士が侵入したという報に怯《おび》えた旅人の多くが、日織たちと同じように、泊里に入るよりも距離を稼ぐことを選んだらしい。日が暮れ、野宿ができそうだと選んだ温檜葉の森の中では、あちらに一つこちらに一つと、見回せば十以上の焚火《たきび》があった。火を、複数組の旅人たちが囲む。

日織たちの焚火に、馬木と鳥手たちも加わった。

「もう少し距離を稼げれば良かったのでしょうが、これが限界ですね。馬がもたない。馬が潰《つぶ》れてしまっては、元も子もないので」

焚火に細い木切れを投げ込みながら、比多が言う。彼女は馬の背から下ろした荷物の中から腊《きたい》を取り出し、日織たちに配った。固く塩からい腊を囓《かじ》り、頭上を見あげた。温檜葉の枝葉の黒い影が空を半分覆《おお》っている。枝葉の隙間《すきま》の上は、さらに暗い夜空。

今夜は新月だ。

(月さえあれば、これほど不安は覚えないだろう)

二口目の腊を囓り、渡された竹筒から蓬《よもぎ》の香りのする水を口に含む。月があれば周囲の様子が見え、火がなくとも歩けるし、物音の方向を透かし見られる。

暗闇では、木の葉が落ちる音、風で枝が折れた音にも、びくびくしなければならない。

「確かに。比多の言う通りに、正直もう少し距離を稼ぎたかったです。里郷の知らせが吾らに追いついたとなれば、軍団の先駆けが近づいている可能性は高いので」

焚火の炎の揺らぎを痩《や》せた頬に受けながら、馬木がぽつりと言う。

「ここに野宿するのは、安全なのでしょうか？」

夏井が問うと、馬木は首を横に振る。

「安全と保証はできかねます。先駆けどもが、どこまで迫っているかによります。仮に吾らが通り過ぎた泊里にまで来ていれば、そこで夜明かしをするかもしれません。しかし通り過ぎ、先へ先へと急ぎ、この森を見つけたならば……焚火の数を見れば、多くの民がいるのは明白。襲ってくるやもしれません」

「ならばこの森を離れた方が良いのではないか？」

日織が問うと、比多が「それも危ういです」と言った。

「ぽつんと一つだけ暗闇に焚火があれば、どちらにしても目立ちます。ここは龍ノ原ではありませんので、獣どもの襲撃が怖い。焚火なしで夜を明かすことはできません。同じ目立つならば集団の中にいたほうが良い。その方が、逃げられる確率が高くなります」

日織は、思わず比多を見返す。

「それは他の民たちが襲われている間に、逃げられるということか？　他を犠牲にして逃げるのか。そんな卑怯《ひきょう》な」

「卑怯でも何でもありはしません。草木を食う弱い動物が群れになるのは、そういった理由からなのです。生き残るための策です。それを互いに理解しているからこそ、群れるのです」

体の芯《しん》が薄ら寒かった。

（戦《いくさ》というのはまさに、獣たちの所業と同じなのだ）

今一度見あげた頭上は、暗闇。

腊を全部口に入れて水で流し込みながら、無意識に腰の護り刀の鞘《さや》に触れたそのとき。

森の奥から、闇を劈《つんざ》く女の悲鳴がした。

日織は勿論《もちろん》、焚火を囲んでいた者全員が、はっと腰を浮かし、悲鳴の方向を注視して耳を澄ます。

所々に焚火が揺れる闇の中、はっきりとしたものは見えない。しかし男の怒声と、悲鳴混じりの「逃げろ」という声が聞こえ、下草を蹴散らし走る足音が沸いていた。

遠く揺れる焚火の周囲に、人らしき火影《ほかげ》が三つ見える。それらが三方の闇へ向けて走ろうとしたように見えたが、二つの影が唐突に倒れた。一つのみが、闇に駆け込み消えた。そして倒れた二つの影の代わりにそこに立った影は、これもまた人のそれ。しかし

――胴が太い。胸当をつけているのだ。

（軍士！）

息が一瞬止まり、全身に寒気が走った。

鳥手たちが素早く、周囲の土をかき集めて焚火に放り込み火を消す。

日織たちの周囲だけは突然闇に沈んだが、森の中に点在する焚火は変わらず揺れ続け、人が右往左往する様を影にして、森の中にちらちらと走らせた。怒声と悲鳴が森にこだまし、それが近づく。

視界がなくなり戸惑っていると、中腰で身構えた日織の手がぐんと乱暴に引っ張られた。

「こちらへ、皇子《みこ》！」

潜めた馬木の声。ふり向くと、ほんのり馬木の顎《あご》あたりの輪郭が見えた。日織の手を握っていない方の手に、馬木は小指よりも細い枝を握っている。先端が蛍火のように小さく、ちりちりと炭のように赤く燃えていた。そのわずかな光を頼りに、馬木は日織の手を引いて立たせ、走り出す。

「馬木。空露と夏井、比多は」

走り出しながらも焦って問うと、馬木は全力で走りながら応じる。

「鳥手がお一方に一人、ついております。ご安心を」

真っ暗で何も見えなかったが、馬木はこの森に入ったときから、周囲を調べ尽くしていたのか。小さな灯りだけで迷いなく走る。下草が足首をかすめ、頬に枝が当たって傷を作ったが、背後の悲鳴に押されて日織も必死で走った。

息があがり、苦しい。しかし息が止まったとしても、足は止められないだろう。背後の闇から聞こえる悲鳴に混じるのは、断末魔だ。耳を覆いたくなった。

生き物が命の危機に直面してあげる悲鳴は、胸を強く絞めつけるような恐怖を与える。

腰の高さに繁茂した笹藪《ささやぶ》で、馬木が立ち止まった。

「こちらに、この窪《くぼ》みに身を伏せてください」

小さな灯りで示されたのは、笹藪に覆われ、立ち枯れた木の根元。根元がえぐれ、猿《さる》捕茨《とりいばら》が太く成長して絡《から》んでいる。背中を突かれて促され、日織は跪《ひざまず》いて潜り込む。茨が頬や手足に刺さるが、構わずに這《は》い込むと、細く深く肌がえぐられた。ひやっとした感覚はあったが、恐怖のためか痛みはない。

「わたしが良いと言うまで、そこで身動きなさいますな。良いですね」

言い置くと、馬木は笹藪の向こうへ身を低くして駆けていく。

(馬木!)

見捨てられるような気がして、声をあげそうになるが、堪《こら》える。

(見つかってはならない)

湿った地面に顎をつけ土の匂《にお》いを嗅《か》ぎながら、体を丸め、暗闇を注視した。手が震えていた。

（空露と夏井、比多は無事だろうか）

彼らも鳥手に促され、何処《どこ》かに身を潜めているはず。

襲ってきたのはおそらく、龍ノ原から進軍してきた附孝洲の軍団から出た、先駆けの軍士。人数はどれほどなのか。ここに身を潜めているだけで、果たしてやり過ごせるのか。走ったせいばかりではなく、緊張と恐怖で、こめかみが疼《うず》くほどに拍動している。

かさかさと、笹薮が動く音がした。明らかに生き物が動く音。

身を強ばらせた。

注視する暗闇がそのとき、うっすら明るくなる。行動を容易にするために、軍士たちが焚火の一つに枯枝を投げ込み、火を大きくしたらしい。

ぼんやりと浮かぶ笹の葉の波、その中を少女が、探るように両手でかき分けながら歩いていた。顔は良く見えないが、身なりは旅装束。おそらく森の中で焚火を囲んでいた旅人の一人か。

少女の肩越し、笹薮の遥《はる》か向こう、温檜葉の幹が影になって林立する方向に、松明《たいまつ》の明かりが揺れていた。

（見つかる！）

少女はふらふらと歩いている。このままでは程なく近づいてくる松明の明かりに――軍士たちに見つかるだろう。

少女の顔が見えた。十五、六歳の少女だ。頬に涙が幾筋も流れている。それを見た途端に、可愛《かわい》かった月白《つきしろ》の顔が蘇《よみがえ》った。肌も黒く、髪も一つに括《くく》っただけ、身なりも庶民の旅装束。月白と似ているところなど、少しもない。

しかし日織には、その年頃の少女が恐怖に泣いている姿が、どうしても月白と重なる。

「こちらへ！　ここに来て隠れろ」

声を潜めつつ、呼ぶ。少女が足を止め、周囲を見回し、ふらふらと近づいてきたが、声だけでは方向が定まらないらしく、日織が身を隠す場所から遠ざかろうとした。

「こっちだ」

声を潜めつつ、猿捕茨の下を潜《くぐ》り這いだし、身をかがめて少女に近づいて手を握った。少女はびくりとしたが、日織の顔を見て、目を大きく開く。

「軍士たちが来る。隠れろ、ここに一緒に」

手を引くと、少女は抵抗なく一緒に来た。窪みに二人で這い込もうとしていると、遠くの焚火の勢いが衰えたのか、周囲は暗闇に沈む。狭く土臭い場所で身を丸めた少女の背を抱くようにして、日織は息を殺す。

抱いた少女の背中が、ひどく震えている。

「弟がいないの」

少女がか細い声で言う。

「軍士をやり過ごしたら、後で一緒に捜してやろう。声を出すな」

「父さんが頭を叩《たた》かれて、倒れて。血がものすごくて」

「わかった。父君も後から見つけて手当をする。だから、黙るのだ。よいな。今は静かにせよ。おまえが見つかれば、弟も父君も助けられぬ」

頷く少女の頭を胸に抱えた。髪から強い血の臭《にお》いがした。全身が震えているのが可哀《かわい》相《そう》で、日織はできるだけ彼女を自分の体で包む。

自分の呼吸も恐怖のために荒いが、幾分震えはましになっていた。

（この子となんとか、一緒にやり過ごさなければ）

護る者があれば、少し自分がましになれる感があった。震えていては駄目だと、何かが自分を律する。

暗闇の中、松明が近づいてきた。無言でそれを手にする軍士の額に巻かれているのは、中央に鋼《はがね》の板を縫い付けた細い布、断結《だんけち》。附孝洲の軍士に違いない。松明を手にした軍士は、笹藪を掻《か》きわけてこちらに近づいてきた。暗くぎらつく瞳《ひとみ》と、散る松明の火の粉が、猿捕茨の枝葉を通して見える。

護り刀に手をかけ、身構えた。

近づいてきた軍士が、ふと視線をさげ、目をすがめる。一瞬足を止め、そして今度は確固とした目的をもった足取りでこちらに向かってきた。

（……見つかった。間違いない）

護り刀を、そっと抜く。

軍士の、松明を掲げていないもう一方の手にあるのは槍《やり》。黒い柄と鋼で覆った石突きが見える。松明を高く掲げ、日織たちの潜む方向を広範囲に照らそうとしながら、槍を大きく振ると、柄を腋《わき》に挟むようにして構えた。

槍を茨の中に突き込まれたら、まずい。もっと後ろへ下がろうと、軍士から視線をそらさず身じろぎする。

と、軍士が、にやりと笑った。柄を支える手に力がこもったのが見え、穂先がこちらに真《ま》っ直《す》ぐ向く。

（突き込まれる！）

必死に後ろへ下がろうとしたそのとき、何かが軍士の背後に飛びかかった。飛びかかった影の手にあるものが銀の光を放って一閃《いっせん》。軍士の首辺りを横に流れる。うめき声とともに、軍士が膝《ひざ》から崩れ、松明が落ちた。

笹藪に落ちたそれをすぐさま踏み消す男の顔は、消える炎の一瞬の揺らめきで見えた。隻眼《せきがん》の男——馬木だ。

松明の炎が消えて暗闇に戻る直前、こちらを見やった馬木は、お任せくださいというように頷く。再び馬木の姿は見えなくなった。

悲鳴はまだ遠く近く、続いている。

日織は震えている少女を抱きしめた。

明け方近くまで、人の声が断続的に響いていた。その後、もう一人の軍士が笹藪の近くを通り過ぎたが、その時も別の鳥手が忍び寄り、馬木と同じ方法で息の根を止めた。


辺りがうっすらと明るくなると、視界は全て白かった。霧が漂っている。

湿った游気《ゆうき》で肌や衣が湿り気を含むのを感じながら、抱いている少女の後ろ頭を見やった。震えはおさまっており、眠ったようだった。

悲鳴は聞こえない。

どうなったのだろうかと思ったが、身動きしないのが賢明と判断し、暫《しば》しそのままでいた。すると笹藪を掻きわけ、馬木が配下の鳥手二人と一緒に近づいて来た。

「もう、終わりました。不自由をおかけいたしました。お出ましください」

眠っている少女を起こさないように気遣いながら、日織は枯れ木の根元に膝をつく三人のもとに這い出す。

「どうなったのだ」

「附孝洲の先駆けの軍士十人が、森を襲った模様です。旅人の半数は殺され、半数は逃げ散りました。軍士十人は、吾らが一晩かけて滅しました。空露様、夏井王《おおきみ》、比多も無事です」

淡々と報告するその顔には疲労の色が濃い。

日織は馬木と鳥手たちを、驚きと感嘆をもって見つめた。

「おまえたちが軍士を」

「ここで逃げても、軍士たちに追われます。滅するのが最も時間が稼げる方法です。あの闇夜であれば、松明を掲げ目印となっている彼らを倒すのは難しくありません。ただ、彼らが怯えて逃げ散らぬように、時をかける必要はありましたが」

暗闇の中で旅人を襲った軍士たちは、自分たちが絶対の強者であると信じて疑わなかっただろう。狩りのように旅人たちを追う彼らは、めいめいに行動するうちに、鳥手により、一人減り、二人減り。「あいつは何処に行ったのだ」と思っていると、また人が減り。最後の一人になって初めて恐怖しても、もう遅かっただろう。

(鳥手とは……)

日織は彼らの実力を今まで知らなかった。なぜなら——発揮する必要もなかったから。

「ただ申し訳ないことに、皇尊より吾ら鳥手が拝受しております短刀、血で穢《けが》しました」

金気のほとんどない龍ノ原では、鳥手には皇尊から短刀が与えられる。鳥手はそれを尊び刃《やいば》を使うのはよしとせず、徒手空拳《としゅくうけん》で敵に対するものだ。しかしこの場合、刃を使わざるを得なかったのだろう。

「刃は使うために与えられている。よく働いてくれた、礼を言う」

譲位を迫らなかった重臣たちも、こうして護ってくれる鳥手たちも、日織を皇尊として認めているからこそだろう。認められているからこそ、日織は皇尊の役割を果たさねばならないのだと、身に染《し》みる。

霧が髪や衣や肌に染むように、そう感じた。

「わたしと一緒に潜んでいたあの子、父と弟がいるらしい。早くこの場を離れ、北へ向かわなくてはならないのはわかっているが、捜してやれないだろうか」

「生きている者は既に逃げ散っているので、捜すのは困難です。しかも」

馬木は言いづらそうに、日織から視線をそらす。

「その娘。死んでおります」

ぎょっとし、ふり返った。

こちらに頭を向けて横たわっている少女は、眠っているように見える。ただ――ぴくりとも動かない。

（そんな！）

跪いて窪みににじり寄り、猿捕茨の蔓《つる》の中へ手を入れて少女の頬に触れた。ほんのりと温かかったが、人肌にしては冷たすぎる。そして動かない。よく見れば丸まった彼女の帯の上辺りが真っ黒な血でしとどに濡《ぬ》れている。

おそらく日織とともに身を潜める前に、既に槍で刺されていたのだ。倒れた後、それでも弟を捜して立ちあがり、ふらふらと彷徨《さまよ》い——。

「助けてやれなかったのか、わたしは」

言葉がこぼれた。

「これが戦なのか」

再び少女の頬に手をやると、視界が潤《うる》む。

（こんなことを、なぜ望むのだ。不津よ。附孝洲国主《こくしゅ》よ）

飢えを満たすために他の生き物を襲う獣は、恐ろしい。しかし食い飽きながらもまだそれ以上を望み生き物を襲うような獣は、恐ろしい以上に、おぞましい。

涙とともに熱いものが腹の内に込みあげた。

（おぞましいものに屈するのは、許すのと同じだ）

皇尊としての役割を、日織は負わされた——いや、自ら望んで負ったのだ。だからこそ絶対におぞましいものなど許してはならない。

神の国の、美しい龍《りゅう》の棲《す》まう国の皇尊として。

（許してはならぬ）

ずくずくと不意に、頬や手の甲や、腕が痛み出す。猿捕茨で裂けた傷の痛みだった。泥で汚れた肌に滲《にじ》んだ血は、既に乾き固まりかけていたが、傷そのものはまだ熱く、痛みを発していたらしい。夜が明け、ようやく体が痛みに気づいた。

二

回廊の傍らを彩《いろど》っていた桔梗《ききょう》の青紫の花は消え、葉も茎も色褪《いろあ》せ細っている。見苦しくなったそれらを刈る園丁たちの頭上を秋風が吹き、回廊の軒に吊《つ》るされた風鐸《ふうたく》が、風上から、何者かの来訪を告げるように次々に鳴り出す。

顔をあげた園丁たちは、風に押されるように回廊を歩んでくる国主、末和気《すえのわき》の姿を認めて叩頭《こうとう》した。

「よく勤めてくれる。礼を言う」

ごく自然に、和気は園丁たちをねぎらう。生来の優しさが、こういった所に出る。声はまだ少しばかり喉《のど》に絡むが、随分聞き取りやすい男の声になっていた。そのせいか園丁たちに声をかけて歩む姿には、国主らしい落ち着きと威厳が備わり始めている。

園丁たちは恐縮し、さらに頭《こうべ》を低くした。

「風が冷たくなったな、悠火《ゆうび》」

肩越しに和気が言う。

「朝夕は火舎《かしゃ》が必要ですね。準備させましょう」

「わたしではなく、あなたの心配をしているんだ。あなたも早く、自分の殿舎《でんしゃ》に火舎を準備させなくては」

「恐れ入ります」

和気の斜め背後に追従している悠花《はるはな》は、少年国主の気遣いに微笑《ほほえ》んだ。彼は常に悠花を労《いたわ》ってくれる。それがまるで失った身内の代わりに悠花にそうしているような気もして、わずかに胸が痛む。

うんと頷き、和気はまた前を見て歩き出す。

悠花は護領衆の装束から大衣に身なりを変えていたが、大衣も袴《はかま》も黒を選んだ。地模様に織り込まれた秋津の図案は、和気が選んだ柄だった。蒲生《がもう》に黒秋津《くろあきつ》に似ていると言われたことをうっかり話したところ、それに興を覚えたらしい。

悠花は祈社に神職を離れる願いを出し、逆封洲国主の家人《けにん》となっていた。衆録に名はあるが、悠火という護領衆は実在しない。そのため祈社にわざわざ願いなど出していないが、願い出て許されたということにしておいた。

家人となり、和気から賜った姓は安芸《あき》——大衣の柄と同じく、これも秋津からの連想らしい。野津郡《のつぐん》内に領も授かった。

さらに御前衆《おんまえのしゅう》の列に加えると言われたが、それは固持した。二人の御前衆は、悠花が新たに加わることを面白く思わないはずだからだ。

それに、ようやく動き始めた和気の治世でも、家人たちを押さえている御前衆には、存分に働いてもらわなければならない。彼らの娘が将来国主の妻や妾《みめ》になると約束されているので、二人は当然和気を盛りたてるつもりでいる。そうであってもらわなければ、蒲生の背信を許した意味も無い。そこに水を差したくない。

そう説くと、和気は納得した。

代わりに悠花は、帯刀《たちはき》となり側《そば》に侍《はべ》ることになった。

従来、帯刀は国主の護衛が任であり、兵所《つわものどころ》配下にある家人の中で、腕に覚えのある者が即《つ》く。だが、その役にあえて即いたのは、どのような場であれ、常に国主の側にいるのを許されるからだ。

役職の格など悠花にはどうでも良かった。ただ和気の傍らにいること、それが自分の務めだと心に定めていた。

回廊を抜け正殿《せいでん》に入る。正面枢戸《くるるど》から真っ直ぐに国主の座に向かう左右には、御前衆の二人、狗栖雨屋《いぬすのあまや》と関金《せきがねの》蒲生。兵守《つわもののかみ》、蔵守《くらのかみ》、刑守《ぎょうのかみ》が叩頭していた。中でも蔵守、戸《との》津東二《つのとうに》の姿は、叩頭していても目を引いた。衣に刺繍《ししゅう》された虎《とら》の模様がひときわ派手派手しく、兵然とした他の者たちと一線を画している。

最奥《さいおう》の国主の座に和気が立つと、悠花は背後の几帳《きちょう》の側に跪き控えた。

「顔をあげよ」

家人たちを見回すと、和気は東二に目を止めた。

「蔵守。今日もきわめて、押し出しがきく良い大衣だ」

「そうでございましょう。虎の威を借りてみました」

その場にいる者たちから笑いが漏れ、和気も笑った。ひと笑いの後、

「合議を始める」

軽く告げると、和気は座につく。呼応し、家人たちの表情も引き締まった。

悠花は静かに控え、日に日に国主らしくなっていく和気の背を見守る。その背中を見るのは、すこし誇らしい気もするのだ。


合議が終わり、和気とともに内郭の北殿《きたどの》へと戻った。

悠花が授かった野津郡内の領には邸《やしき》もあったが、内郭の東に殿舎を一つ与えられてもいる。そのため悠花は来須《くるす》居城《いじょう》を出ることはほとんどなく、また常に和気とともに過ご

す。和気がそれを強く望んでいた。

北殿で和気は、彼が郡主も兼任している野津郡の治水に関して郡介《こおのすけ》から話を聞き、さらに隣接国、附義洲《ふのぎしゅう》と葦封洲《あしのほうしゅう》の動きについても報告を受けていた。治水は東二の献言から検討され始めたことだ。

水利を良くするための普請は和気の意見を伺いながら、粛々とすすめていく。今、附義洲、葦封洲ともに、国境を越えるような気配はない。概《おおむ》ね野津郡内は平穏な様子だ——と、郡介がにこやかに締めくくろうとしたその時だった。

「国主様」

枢戸の外、簀子《すのこ》縁《えん》に現れて膝をついたのは御前衆の一人、狗栖雨屋だった。

「火急のことゆえ、取り次ぎもなくご無礼いたします」

どうしたと和気が問うのを待つのももどかしそうに、雨屋は早足で母屋《もや》に入ると、手にある皺《しわ》だらけの料紙を差し出す。

「わたしが預かる行柵《ぎょうさく》より、鳥が来ました。信じられないことが」

雨屋の強ばった顔を不審げに見返しつつ、和気は料紙を手に取り書面に目を走らせ、愕然《がくぜん》とした表情になった。

「どういうことだ？」

「わかりませぬが、事実のようです。次々に、鳥が飛ばされてきます」

「蒲生と飛《ひ》立《たち》を呼べ」

はっと頷いて退《さが》る雨屋を目で追いながら、料紙を手にした和気の手に力が籠《こ》もっていた。

「なにがありました？　和気様」

「南の国境、逆路を通り、龍ノ原から軍士が侵入してきた」

自分は、言葉の意味を理解できていないのかと思い、悠花は首を傾《かし》げる。

「それでは、龍ノ原が逆封洲に侵寇《しんこう》したように取れますが」

「そうだ。そのような知らせだ、これは」

「まさか」

咄嗟《とっさ》に悠花は否定した。

龍ノ原には軍士どころか、金気すらほとんどない。民は龍《りゅう》の信徒であり、賦役《ふえき》で衛士《えじ》として働くことはあるが、それはもっぱら龍稜《りゅうりょう》や祈社、左右の宮の門を護るのが務め。時によると罪を犯した者を捕縛に向かうこともあるが、相手も龍ノ原の民なのだから、刃一つ帯びていない。それを棒や縄で取り押さえるのみ。

「龍ノ原に軍士はおりません」

「知っている。だから、わたしも信じられない。何が起こっているのだ」

程なく蒲生と飛立が、雨屋とともにやってきた。

雨屋はまた、二枚の料紙を手にしていた。二人の御前衆と国軍の将が国主の前に座ると、雨屋は早速手にある料紙を差し出す。

「さらに続報が参りました」

和気が目を通し、そのまま悠花に差し出すので、受け取り読む。

一通は、侵入してきた軍士の額には断結があるという知らせ。

もう一通は、行方郡《なめかたぐん》の南方、逆路から行方山地に沿った地域――八郷《ごう》二十六里《り》を含む――が、侵入してきた軍団の支配下にあるという知らせ。軍団は主要道の一つの泊里を占拠し、柵のようなこしらえにしていると。

二通の知らせを読み、血の気が引く。

額に断結を巻くのは附孝洲の軍士だ。附孝洲が龍ノ原を横切りやってきたということは、龍ノ原は、附孝洲の思いのままにされているという証《あかし》だった。

「不津王《ふつのおおきみ》が――立ったのか」

思わず呟《つぶや》いた悠花に、和気がふり返る。

「噂《うわさ》になっていたな。即位ならなかった不津王が、今上に譲位を迫るだろうと。それがこの侵寇と関わるのだな」

「おそらく不津王は附孝洲の軍団を借り受け、龍ノ原に入ったのでしょう。附孝洲はこの機に、逆封洲への侵寇を試みたとしか」

「龍ノ原が附孝洲の支配下に置かれたということか」

「表向きは、不津王が皇尊として即位し支配する形をとるでしょうが。実質は――そういうことかと」

答えながら、悠花は拳《こぶし》を強く握った。

（愚かしい！）

皇尊となるために不津は自ら、龍ノ原を差し出したのだ。

傀儡《かいらい》の皇尊となって、なんになるというのだろうか。

そこまで不津は愚かだったのかと、腹立たしい。

（日織はどうなった。日織は今？）

附孝洲の軍士が逆封洲まで侵寇しているのだから、龍ノ原は附孝洲と不津の支配下にある。不津は真っ先に日織を見つけ、殺し、入道《にゅうどう》しようとしたはずだ。

（まさか既に日織は――）

悠花は雨屋の方に身を乗り出す。

「龍ノ原の様子を知らせる鳥は、来ておりませんか？」

「おりません」

龍ノ原に附孝洲の軍団が入ったという知らせが届く前に、附孝洲は動いたのだ。となれば、龍ノ原が侵寇されて、まだ数日のはず。

悠花の中で焦りと不安が大きくなる。

(日織が。わたしの日織が――いやだ。そんなことは。いや。そんなことはないはず。絶対にない。鳥手もいる。空露もいる。絶対に彼らが日織を死なせないはず)

そう思いたかった。

和気も、距離と日数を頭の中で計ったのか、苦い顔をした。

「あまりに早い。そもそも附孝洲は龍ノ原に入る前から、逆封洲への侵寇を考えていたに違いないな」

蒲生が膝を進めた。

「相手は周到かつ、素早い。すぐに手を打たねば」

「わたしの独断ですが、行柵の軍団三分の二を南へ向かわせるように、鳥を飛ばしました。おそらく既に郡介は、わたしの指示を待たずに動いているはずです。しかしこれは郡内のこと、お許しを」

雨屋が告げると、和気は頷く。

「良い、それで。よくやった。郡介もそのように良く判断できる者であるなら、褒めてやるべきだ。しかしそれでは心許《こころもと》ない。国軍を出す。良いか、飛立」

四角く厳《いか》つい顔に険しい表情を貼《は》り付け、はっと飛立は首肯する。

「さらに浦柵《うらさく》の乃季海部以《のずえのあまい》に鳥を飛ばし、一軍に行方山地を越えさせよと命じる。飛立、それで防げようか？」

　意見を求められた国軍の将は、頷く。

「行柵の将は知っております。幾度も、附義洲との小競《こぜ》り合《あ》いを退けた経験がある者です。さらに一軍が浦津《うらつ》郡《ぐん》より応援に来るとなれば、数は充分。しかも相手方はまだ、無闇に北へ侵寇の範囲を広げようとはしないでしょうから、まずはここまでと、押しとどめることは可能です。ただ――」

　飛立は顔の中心に、ぎゅっと目鼻口全てを寄せるほどの顰《しか》め面《つら》をした。

「占拠された土地を取り戻すには、手間がかかりましょう」

「まずは、押しとどめることが必要だ。行け、飛立。雨屋も行柵に。そして蒲生、おまえは海部以に知らせを送れ。ことによると蒲生、おまえの預かる軍からも一軍割くかもしれない。柵が手薄にならないように考えながら、準備もせよ」

　咄嗟に命じる和気の判断の的確さは、十四歳とは思えなかった。彼は真実、俊秀の国主なのだ。

　心得ましたと、三人が立って急ぎ足で出て行くのを見送り、和気は挟軾《きょうしょく》にもたれかかった。急に力が抜けたように、呟く。

「なぜ、こんなことが起きる？　なぜ、神国たる龍ノ原が戦の震源になっている？」

　顔をあげ、悠花を見やった。

「あなたの故国だ、悠火。心配だろう。龍ノ原が今、どうなっているのか」

「……はい」

取り繕うこともできず、ただ頷く。

「何かわかれば、真っ先にあなたに知らせよう。約束する」

励ますように、和気は悠花の肩に触れる。少年国主の優しさも、悠花の不安を和らげることはできなかったが、労りには感謝した。

「お気遣い痛み入ります、和気様。逆封洲も、このようなときに」

「わたしが国主として立った矢先に、これか。ここ十年以上、隣国とすら、たいした諍《いさか》いはなかったのに。これは――罰かな」

視線を温檜葉の床板に落とし、和気がこぼす。

「罰かもしれない。母君を殺した」

「誰が罰します？」

「……神だ」

「神？」

「地龍《ちりゅう》とその眷属《けんぞく》」

畏《おそ》れるかのように、和気が小さく口にした。

央大地には無数の神がある。

　田の神、稲の神。畑の神、麦の神。屋根の神、柱の神、竈《かまど》の神。坑道の神、玉鋼《たまはがね》の神。火の神、森の神。水の神、川の神。対《つい》になったり、あるいは他の神々を包み込むように別の神があったり、その数は多く、また土地ごとにも違う。民の生活に密着し、民の生活に利益をもたらすもの、あるいは脅威となるものが畏れ敬われ神となったのだ。

諸々《もろもろ》の神々は土地ごとに信仰されるもので、一原八洲《いちげんはっしゅう》にあまねく広く信仰されるのは地大神《ちのおおかみ》を尊ぶ地龍信仰のみ。

　央大地が安く平らけくあるために、この世の安寧を祈るのが地龍信仰だった。そして地龍信仰のみが唯一《ゆいいつ》、人の罪を問う。

『古《こ》央記《おうき》』によれば、治央尊《おさのひさしのみこと》が大海に乗り出したのは、人の争いの末に住むべき大地が海中に没したからなのだ。人が争いの末に再び大地を沈めるのを恐れたために、治央尊は龍ノ原を乱す八人の者を追放して八虐《ぎゃく》を定めた。

　央大地を保つためには、地龍が眠り続けなければならない。その眠りを乱す者の罪を、地龍信仰は問う。

　人の罪が禍《わざわい》となる——その考えが根底にあるために、人が罪を犯して恐れを抱くときは、龍を恐れる。清らかな澄みきった大きな力で、央大地を乱す罪を犯した者は罰せられるかもしれないと。

「神の眷属たる龍が棲まう、龍ノ原に生まれ育ったわたしですら、神が人の罪に罰をくだしたのを見たことがありません」

悠花は眦《まなじり》をつりあげる。

（神は人の小さな思いや願いなどに、いちいち応《こた》えてくれはしない）

嫌になるほど、悠花は知っている。

たとえば遊子《ゆうし》のことや、禍皇子《まがつみこ》のこと。龍の声が聞こえない一族の女が追放され、龍の声が聞こえる一族の男は密《ひそ》かに命を絶たれる。根拠も薄弱な、人の恐れや嫌悪《けんお》から生まれた莫迦《ばか》らしい令や慣例だが、それを宣布した者や実行する者に罰などなかった。

神はなぜ罰をくださない？　なぜ沈黙を続けるのか？

そう自分に問い続けて得た答えの一つは、人の罪を裁くのは、神ではなく人であるべき。それこそが神が沈黙で示すものかもしれない——ということ。だとすれば人として、悠花は何をなすのか。そんなことを考え続けていた時もある。

ただこれも悠花の勝手な解釈で、神の真意はわからない。

和気は問うように視線をあげた。

「しかし『原紀《げんき》』には禍皇子のことが記されている」

「禍皇子は、入道を許されなかったのです。地龍の眠りを護《まも》る皇尊《すめらみこと》を弑《しい》し奉《たてまつ》った者が、地龍を鎮める者になり得ましょうか？　だから許されなかっただけのこと。罪を問われたわけではありません。それにもし神が罰をくだすとするならば、神国を侵した者にこそ罰をくだしましょう。その者の暴挙をもって、あなたが神に罰せられているなどと考えてはなりません。それは暴挙をなす者に、都合の良い理論になりかねない。ひいては、暴挙をなす者を認めることになりかねない」

怒りが抑えきれないのは、今、日織の身がどうなっているかわからないからだ。不安と焦《あせ》りが、怒りに近いものになっていた。

「あなたを罰する者など、ありません。あなた様は逆封洲《さかのほうしゅう》国主として、国をお護りください」

日織が生きていれば、きっと和気のように憤《いきどお》り哀《かな》しみ、自分を責めている――しかし、それは間違っていると、日織に言う代わりに和気に告げる。

「全力をもって、勇気と知恵をもって、お護りください」

そう日織に言ってあげたかった。もし――生きているなら。

（日織）

どうしようもないほどに、心が乱れる。

（生きていて、日織）

二度と会わないと決めているのだから、生きていても会えはしないのに、必死に願った。どこかで日織が生きていてくれさえすれば、悠花はそれでいい。

□□□

附孝洲《ふのこうしゅう》軍の先駆けの軍士たちの襲撃を受けた森から、日織たちは急いで離れた。戻ってこない軍士たちを心配し、新たな軍士が派遣される可能性もあった。ただ、彼らが帰還しないことから、この先に進むのを危険と判断し、軍団の行軍が止まる可能性もある。

どちらも五分五分。

ならば危険が迫る可能性の方を考慮するべきなのは当然で、可能な限り北上するのが得策だった。

夜が明け、霧が立ちこめた森の中には、三十あまりの旅人と、十の軍士の亡骸《なきがら》が点在していた。細い煙をあげ続け燻《くすぶ》る焚火を背後に残し、日織たちは出発した。

（葬《ほうむ》ってやれなかった、あの娘）

馬上から遠くなる森をふり返り、日織は唇を噛む。

猿捕茨の中で一晩を過ごしたあの少女の亡骸は、鳥手《とりて》が窪みから運び出し、温檜葉《ぬくひば》の根元に横たえた。手向ける花を探す余裕もなかったので、手巾《しゅきん》で顔の汚れを拭《ぬぐ》ってやるのが、せいぜいだった。

近くの里《り》郷《ごう》の者が、森の犠牲者たちを埋葬するはずだ。もし身内の誰かが無事に逃げ出しているならば、捜しに戻ってくるかもしれない。そうすれば会えるだろう。

背後から附孝洲の軍士が迫るのに怯えながらも、それ以上に日織は、先へと急ぎたい思いが強かった。

早く、早くと、気が焦る。

森を後にして昼を過ぎた頃に、北から駆けてくる軍士たちの騎馬と行き会った。腕につけた布の色から、行方郡に常駐する軍団の軍士だと比多は言った。

「逆封洲の軍が動き出したので、背後はおそらく大丈夫でしょう」

比多は安堵《あんど》の表情を浮かべた。

日織を筆頭に、空露と夏井も昨夜の恐怖の衝撃が尾を引いており、ほとんど口は開かなかった。

道の近くに水の流れや池を見つけると、比多は馬を休ませるために、短い時間ではあったが、幾度か足を止めた。その間、日織たちは馬を下りて草の上や木の根元に腰を下ろすことが出来たので、ありがたかった。

やはり互いの口数は少ないままではあったが、幾度目か、森の奥で馬を下りた時だった。小さな池の畔《ほとり》にある、盛りあがった木の根に、日織と空露、夏井は並んで腰かけて休んでいた。

そのとき夏井が、ふとなにかに気づいたように立ちあがった。

「どうした」

比多と馬木は少し離れた場所で、馬に水を飲ませている。

昨夜の恐怖が残る日織は、夏井の行動に不安を覚え、すぐに腰を浮かせて訊《き》いた。空露もはっと、夏井の背を見やった。

「尾羽です」

夏井は腰をかがめ、草の上からなにかを拾い上げる。

言いながらふり返った夏井の手には、二枚の青とも黒ともつかない、艶《つや》のある鳥の尾羽があった。

「……尾羽……？」

拍子抜けしたように、空露が呟く。夏井は二枚の尾羽を顔の前にかざす。

「尾羽が落ちているのは、珍しい。しかも二枚も。鵲《かささぎ》の尾羽のようですが、どうしたのでしょうね。他に散っている羽もないので、猛禽《もうきん》に襲われたようにも思えませんが」

言いながら、目を細める。

「美しいですね。この黒のような、深い青」

再び、腰を下ろしていた木の根に戻ってくると、夏井は二枚の尾羽を嬉《うれ》しげに何度か撫《な》で、手巾を取り出して包み懐《ふところ》に入れた。

「そんなものをどうするのだ、夏井」

「どうもいたしません。ただ、美しいので」

照れくさそうに言うと、苦笑する。

「綺麗《きれい》な石や鳥の羽や、花びらや木の葉や、そんなものを見ると無性に拾いたくなるのですが、特にどうしようという思案はないのです。邸では、父にも下働きの者にも渋い顔をされていました。夏井の芥《あくた》集めと」

「確かに、芥ではありましょう」

空露の呆《あき》れ声に、夏井は首を横に振る。

「わたしにとっては、拾わずにおれない美しいものです。この艶々と美しい尾羽が、このまま雨に濡れ、泥にまみれるのは、しのびない」

懐を大事そうに押さえる夏井の仕草を見ると、昨夜から強《こわ》ばっていた日織の肩から、少しだけ力が抜けた。

（美しいな——確かに、あの尾羽は美しい）

様々な思いが身の内を一杯に支配して余裕がないところに、尾羽の深い青が紛れ込むだけで、わずかだが気持ちがゆるむ。

夏井が幼い頃から、自分にとって美しいものを拾ってしまうというのは、そうやって自分の心を落ち着けるための隙間《すきま》を求めてのことかもしれない。

こんな時だからこそ、尾羽の艶やかな美しさがことに胸に染みて——泣きたいような気持ちになる。

（美しさを、憂《うれ》いなく、ただ無邪気に美しいと思えることは、なんと幸せなことだったのだろう）

目を閉じ、空を仰ぐ。

（鵠の羽に触れ、美しいと言いながら、こんなふうに切なくなるのではなく——、ただ微笑できる時を取り戻したい）

その日の夜も、野宿だった。

温檜葉の森の斜面に平らな場所を見つけ、そこで比多が火を熾《おこ》した。よく見れば、別の場所に二ヵ所、焚火《たきび》跡があった。野宿に都合の良い場所として、頻繁に利用されているのだ。

焚火を囲んでいるときに、ちきちき、ちきちきと、歯を鳴らすように小さな音が周囲のあちこちから聞こえてきた。

比多は嫌な顔をして、「大歯《おおし》尾《び》だな」と舌打ちした。

鼠《ねずみ》の仲間らしいが、猫ほども大きさがあるという。黒い目がくるりとして可愛らしく、普段は単独で森の中に縄張りをもち、草の根や木の実などを主食とする。ただ秋から冬になると、冬越しのために脂肪を蓄える必要があるので、十頭前後の群れになり動物や人を襲って喰う。

とは言え火を恐れるために、焚火さえ絶やさなければ心配はないらしい。

「この山を下りれば、幅があって平らな道になりますから、明日はさらに距離が稼げます。昼前には、来須《くるす》居《い》へ向かう道と戸津《とのつ》へ向かう道の、分岐あたりを抜けるでしょう」

菰《こも》の上に腰を落ち着けた、日織と空露、夏井の前に跪いて、比多は地面に簡単な地図を描いて説明してくれる。

風が強く、頭上で温檜葉の葉がざわめき、焚火の炎も風下に傾いて燃えていた。

「分岐から戸津までは、余裕をみて二日と考えてください」

二日と、日織は胸の中で呟く。

戸津で船を探して乗り込み、海路を行く。船を探すのに最低でも一日は必要か。戸津から反封洲《たんのほうしゅう》までは天候さえ良ければ潮に乗り、三日ほどで到着できるはずだった。昼夜をわかたず動く船であれば二日で行くとも聞いたことはあるが、水夫《かこ》の技量が並では座《ざ》礁《しょう》しかねないらしく、そんな船はほとんどない。

（おおよそ、反封洲まで六日か。時がかかる。こうしている間にも、龍《たつ》ノ原《はら》がどうなっているのかわからないのに）

唇を噛《か》む。昨夜抱いていた少女の感触が、まだ腕に残っていた。息絶えたことに気づかないほどに自分も恐怖に混乱していた。あんなことが龍ノ原で起こるかもしれないと思えば、吐き気を感じるほどに怒りを覚えた。

おさまらない怒りとともに、頬や腕についた茨《いばら》の傷が疼《うず》く。

地面に描かれた道を、夏井が指さす。

「この分岐を来須居へ向かえば、どのくらいで来須居に到着できるのかな」

「人の足で半日でしょう」

「道は複雑？」

「一本道です。往来も多い」

「なら、良かった。明日、わたしは皆様と別れ、来須居に向かいます」

さらりと口にするので、日織も空露も、比多も、うっかり頷《うなず》きそうになり、慌《あわ》てて夏井を見やった。

「なんと言った？　夏井」

目を瞬《しばたた》き問うと、夏井は当たり前のように言う。

「わたしは来須居に参ります」

「なぜ」

「捜し出しますと、約束した方を捜すために。その方の行方を知っていると思われる護《ご》領衆《りょうしゅう》が、来須居にいます。そこまで鳥手が調べました」

夏井が空露に目をやると、彼は護領衆らしく無表情に受け止める。北湖《ほっこ》湖沼《こしょう》の里に滞在した夏井は、そこが空露の故郷であると知り、彼が悠花の失踪《しっそう》に関与しているのを察したのだろう。

「皇子《みこ》。あなた様はその護領衆を龍ノ原に呼び戻し、あるいは鳥手を遣わして、あの方の行方を問うことをなさいませんでした。お考えあってのこととは思います。ただ、わたしは捜すとお約束したので、お捜ししたいと考えました。わたしなど、あなた様と一緒にいても役には立ちません。それならばお約束を果たしたい。ですが……」

問うもなにも、その護領衆が悠花なのだから、もはや悠花の行方は知れているのだ。ただ事実を夏井に告げられないだけだった。

「あなた様がもう、あの方を諦《あきら》め、あるいは飽きられ、お捜しになっていないなら話は別です。もう、お目にかからずとも良いのでしょうか」

「会いたい。当然だ」

口にすると胸の中が熱くなる。

(明日もし、夏井とともに来須居の方向へ道をとれば悠花に会えるのか)

会いたい、会いたいと、胸が騒ぐ。今どれほど不安か、焦っているか、恐ろしいか、悠花に会って縋《すが》りつき訴えたい。悠花に抱きしめてもらい、慰めてもらいたい。どんなことがあったか、泣いて訴えたい。今、自分が選ぼうとしている方法が正しいのか、教えてほしい。わからなくとも、それで良いよと言って欲しい。

弱気と慕わしさがあふれる。

（少しだけ寄り道すれば）

そんな思いが浮かび、視線を自分の膝に落とすと、背筋がひやりとした。自分の足を濡らした血の冷たさを思い出す。そして自分の腕の中でいつの間にか息絶えた、少女の感触。

少しの寄り道——その少しで、誰かの命が失われる可能性すらある。

（——行けない。会えない）

拳を膝の上で握った。

薪《まき》が爆《は》ぜる大きな音がして、沈黙していた日織は促されるように顔をあげる。

「夏井。わたしの代わりに来須居に行って、その護領衆に会ってほしい。文を書く。文を彼に渡してくれ」

「ならば引き続き、わたしはあの方を、お捜しすれば良いのですね」

「頼む。そしてあなたは、来須居で待っていてくれるだろうか。わたしからの連絡を」

「ええ」

日織は立ちあがり、馬の背から下ろされた荷物へ向かう。そこに料紙と墨を含ませた筆が入っているはずだった。

龍稜から持ち出せたものは多くない。文を書くのに必要な最低限の道具と、衣を一揃《ひとそろ》いに下衣《したごろも》数枚と護り刀。あとは銀《しろがね》の釵子《さいし》や翡翠《ひすい》の腕輪、玉《ぎょく》を幾つか。それらは物入りのさいに役立てるためだった。

荷物を探ろうと膝をついたとき、温檜葉の幹に繋《つな》がれていた馬たちが、落ち着きなく足踏みを始めた。

顔をあげると、風音に混じって森の奥から、ちきちき、ちきちきと、細かな歯を鳴らす音がする。音の方へ視線を向けると、暗闇《くらやみ》の中、向こう脛《ずね》の高さ辺りに緑色の小さな点が幾つも光っていた。明滅しているのは瞬《まばた》きだ。数は三十をくだらない。数が多いことと、これほど焚火に接近していることに、薄ら寒さを覚える。

比多が、鋭く周囲に視線を走らせると焚火に駆け寄り、積んであった枯れ枝を投げ込む。一瞬大きく燃えあがった炎に、緑の光が一斉に後退したが、逃げ散りはしない。

「こちらへ、もっと火の近くへ」

比多が日織に呼びかける。

料紙と筆を手に日織が腰をあげたその時、空が唸《うな》り、強風が吹いた。

強風に、暗闇の何処《どこ》かで枝が折れる音が響き、焚火が崩れ、焼けて軽くなった薪が吹き飛ばされて火の粉を散らしながら地面を転々とする。その場にいた者は皆、身をかがめ、袖《そで》で顔を覆《おお》い、礫《つぶて》のように飛んできた温檜葉の葉を避けた。

強風は、一陣のみ。

身構えていた日織たちは、それ以上の風が来ないとわかり緊張を解く。比多が転がった薪を踏み消しながら、夜空を仰ぐ。

星が散り光る夜空を、黒い雲が次々に流れていく。風は吹き続けている。

焚火の近くへ戻ろうと歩み出した日織は、暗闇から緑の光が消えているのに気づいた。

強風に驚いたのだろうと思いつつ、焚火に向かって歩きだしたその時。

鼻先に懐《なつ》かしい香りを感じた。

まさかと足を止め、周囲を見回す。

「どうしましたか」

不審げに空露に問われ、「いや」と応じて彼らの近くへ戻った。

焚火の近くに腰を下ろすと、夜空に目をやる。

先刻、日織は感じた。白杉《しらすぎ》の樹皮を削り取ったような、龍が起こす風が含む香りを。

(そんなはずは、ない)

感じたものを、理性が否定した。

その香りがするはずはないのだ——ここは、龍ノ原ではないのだから。

翌日、日織たちは、戸津へ。

日織のしたためた文を懐にして、夏井は来須居へ向かった。

三

「附孝洲の軍団は作根《さくね》泊里《とまり》に停滞しております」

和気が国軍を動かす指示を出した、三日後だった。

行方郡の軍が里郷の長《おさ》から知らせを受け、急ぎ南下し、逆路《さかろ》に通じる道で見たのは、附孝洲の軍士たちが高台にある泊里に附孝洲の旗を立て、吾《わ》が者顔で占拠している様子だった。

作根泊里と呼ばれる大きな泊里は、近くの川の氾濫《はんらん》を恐れて高台にあった。

小高い丘の背後、東側には川。西側と北側に切り立った崖《がけ》。南面のみがゆるく傾斜し、そこから泊里に出入りする地形。

行方郡の軍団は一万。作根泊里の北側に、森を背にして陣を構えたが動けないでいた。相手方の様子を探らせた者から、泊里の中に女子どもが百人近くいると知らせを受けたからだった。難を逃れようとしてそこに逃げ込んだ民が、そのまま押し寄せた附孝洲の軍の俘虜《ふりょ》になったようだ。

男たちは殺されて東側の崖から川へ捨てられたらしく、川下に次々死体が流れ着いた。女子どもは下働きをさせられ、人質も兼ねている。

程なく、行方郡の軍に国軍の五千が合流したが、動けないのは同じ。

南の逆路からは、続々と新たに附孝洲の軍士が北上しているとの知らせもあった。

附孝洲の侵寇軍と、逆封洲の軍は、睨《にら》み合ったまま動けない。

北殿で、蒲生からそれらの報告を受けた和気は、歯を食いしばる。

「こちらは動けないが、敵は――動かないだけだな」

呻《うめ》くような声に、蒲生が頷く。

「おそらく」

和気の背後に控えていた悠花は、附孝洲に憤ると同時に、戦《いくさ》の仕掛け方があまりにも手慣れていると驚嘆もする。

無防備なところに少数で侵入し、相手が慌てて軍を派遣してくるまでの間に拠点を構え、なおかつ人質をとり、動かない。そうしていると背後から、徐々に援軍が来る。しかし援軍が来ても、あえて動かないのだろう。

附孝洲は、急襲して一旦《いったん》押さえた地域を確実に吾がものとし、それ以上の無理な侵寇はしない。こうして実効支配した後に、支配地域の割譲を求める腹づもりだ。

逆封洲は、力尽くで附孝洲を領土から追い出すか、もしくは犠牲を厭《いと》い一部地域を割譲するか、決断を迫られる寸法。

このとき肝になるのが、実効支配されている地域が都や郡家《こおけ》から離れた地域であり、また範囲もそこまで広くないということ。侵されたのは、行方郡の三分の一にも満たない範囲だ。

わずかな土地を惜しんで戦うか、軍士や民の命を惜しんで戦わないか。

どちらにしても状況は膠着《こうちゃく》している。

「引き続き軍を配して敵を注視せよ。蒲生も引き続き野辺郡《のべぐん》の軍には、いつでも出発できる用意だけはさせておけ」

承知いたしましたと礼をとり蒲生が退《さが》ると、和気が悠花に問う。

「わたしは、附孝洲はこれ以上は動かぬと思う。あなたはどう考える、悠火」

「こちらが軍を増やせば、対抗して軍士を龍ノ原から送り込んでくるでしょうが、和気様の仰《おつしや》る通りに、それでも動かないと考えます。彼らは制圧した地域を護ることに専心し、割譲を求める」

「南は吾が国にとって辺境の地だ。そんなものを、しかも、わずかばかり獲《と》ってどうするつもりだろうか」

「そこを足がかりとして、またいずれ――それは幾月も経てからか、幾年も経てからか、わかりませんが——動きましょう。そしてまた少し土地を獲る。附孝洲国主は、己の国をじわじわと広げていきたいのでしょう」

　軒の四隅で風鐸《ふうたく》が鳴った。風が冷えはじめた今、その音は心地よさより寒々しさを感じさせる。

「おそらく」

「一原八洲の、神代《かみよ》から央大地《ひさしだいち》のあり方を変えようというのか」

「しかし神代から変わらない央大地のあり方を、容易に変えられるのか。神がそれを、お許しになるのか。護領衆だったあなたは、どう思うのだ」

　目を吊り上げた和気に、悠花は空《むな》しく首を横に振った。

「一原八洲のあり方が変わらなかったのは、神の御意志や御力ではありません」

「ならば、なぜ神代から変わらずに、一原八洲の形はあったのだ」

「まず、一つに。神代から八洲の国土の広さはほぼ均等であり、国力の差もさほどではありませんでした。強国が周囲を圧していくようなことは起きなかったのです。さらに人が神を畏れ信じていたからこそ、無闇に国々の形を変えようとしなかったのです。一原八洲が、隣国との小競り合いは頻発すれど大きく揺らがなかったのは、神の力ではなく、畏れから」

「……あ」

と、和気は小さく声を出す。

「国の広さが等しく、同様に国力にも差がなかった上に、五つの国の中心にある龍ノ原を侵せないからこそ、五洲は隣国と争うしかなかったのか。大きく国の形を変えることができなかったのは、国力が等しく、また中心に龍ノ原があるゆえにか」

和気の英明さがありがたい。余計な説明が必要ない。

「北の三洲は龍ノ原に隣接しませんが、互いが互いを牽制《けんせい》して動きづらかったでしょう」

その点で言えば、逆封洲は北の三洲と同様、北方の国境《くにざかい》は均衡が保たれていた。逆封洲と、葦封洲、叛封洲《はんのほうしゅう》の三洲でまた、拮抗《きっこう》する。

「問題は五洲がひしめく地域。中心に龍ノ原を保ちながら、均等な国力で隣り合う者同士が争っても、力は拮抗して大きく動かない。必然的に、形は大きく変わりませんでした。これは国の広さと力が等しかったゆえ、さらに人が神を、龍ノ原を畏れた結果。しかし今——龍ノ原も神も、全《すべ》てを畏れぬ者が現れた。ゆえに均衡が崩れた」

神や龍ノ原を畏れぬ者が、八洲にはあると悠花も話には聞いていた。神代から時が進み、地龍の存在すら疑い、信じぬ者があると。

時の流れとしてそれは当然なのかもしれない。

人心が変われば、神代から変わらなかったものが、変わる。

日織が嫌った、古《いにしえ》から龍ノ原にあった悪《あ》しき思い込みや慣例。それらも時とともに変わり、なくなるのと同じく、神を敬う心も時とともに変わり、なくなる。

それはどちらも、「人心が変わる」という現象。

「さらに附孝洲は、この五十年で民の数が倍に増えたと聞いています。国主の才覚でしょう。一原八洲において抜きん出て発展しています。逆封洲もここ三年で、国のあり方が随分変わり潤《うるお》っています。均等な国土を持ち、均等な力を持っていたはずの八洲が、均等ではなくなっているのです。人の知恵と欲求により」

神代。人は食うに足りれば満足していた。華美な衣も豪奢《ごうしゃ》な殿舎も望まなかったのは、それが存在しなかったからだ。

しかし長い年月の間に、人は食うに足り、豪華な衣や快適な住まいや、遊興を知った。身につけていれば良いだけだった衣は、もっと暖かく、あるいはもっと涼しく、もっと肌触り良く、もっと華麗に――もっと、もっと、が、なければ足りなくなってくる。殿舎もそうだ。雨風さえしのげれば良かったものが、もっと暖かく、もっと涼しく、もっと居心地良く、もっと見栄《みば》え良く――。

もっと。もっと。もっと。もっと。もっと――。

足るを忘れた人々は求めることに際限が無くなり、国をもっと強く、もっと広くと望む。

神代では、飢えず、災害にも遭わず、病が流行《はや》らず、であれば良かった国々は、それ以上の力を求めなかった。国の形を変えるほどの力がなかったから、一原八洲の形も変わらなかった。

しかし——今。

神代から信じられてきたものが変わっていく。

あるいはさらに豊かな暮らしを求める。

それは良い事とも悪い事とも言えない。変わっていくのが必然であるとしたら、どう御していくのか。それだけの問題。

和気が、挟軾を強く叩《たた》く。

「龍ノ原は央大地の中心なのだ。そう思わないか？　悠火。なぜ龍ノ原があの位置にあるのだ？　さらに神代からなぜ、八洲の広さは均等であったのだ？　それらは神の計らいだったのではないのか？　央大地のあり方そのものが、神の計らいの中にあると、そんな気はしないか？　神というものがどのような存在かわからぬし、存在があるともないとも、わたしにはわからない。ただ、不可解だと思うのだ。大きなものが意図しなければ成らないことが、この世にあるのが」

幼い頃から『古央記』を読んでいた和気は、現実と神話を引き比べ、様々に思考を巡らしていたのだろう。

神の存在が確実にあり、人の世を支配して影響を及ぼすとまでは、和気は確信していない。ただ彼は、何かは存在するだろうと、そんなふうにこの世の不思議をとらえている。わからないことを盲信するでもなく、また否定するでもない姿勢は、柔軟であり冷静だ。

「和気様は、それらは偶然だったとは思われませんか？」

「偶然、八洲が均等な国として神代に成った。偶然、龍ノ原は五洲の要《かなめ》のように、中心にあった。偶然も二つ重なれば、意図がないととらえる方が不自然だろう」

しかも、と悠花は思う。偶然はさらにもう一つある。

和気が認識しているかはわからないが、龍ノ原の広さを一とすると、央大地はその八十倍。央大地の広さは、龍ノ原を一とすれば、八十一。龍《りゅう》の鱗《うろこ》の数なのだ。

龍ノ原の秘宝、龍鱗《りゅうりん》を収めれば色を変える遷転透黒箱《せんてんとうこくばこ》。あれは龍ノ原の景色を映し、それを龍の鱗の一つととらえて色を変えた。

あのとき日織は言った。

——そのように国の成り立ちが仕組まれている。
と。

（日織）

平静を保とうと努力はしていても、日織の行方が知れない今、彼女の姿を思い浮かべると息苦しくなった。

「わたしも思います。そのように国の成り立ちが仕組まれている、と」

もし、と思う。

もし国の成り立ちを仕組んだ存在があるとするならば、皇尊となった者にも何らかの加護を与えはしまいか。それは祈りに近い思考だった。

「龍ノ原が今どうなっているのか、まだわからない。すまない、悠火。間諜《うかみ》は放っているのだが、知らせは届かない。気になるだろう」

お心遣いありがとうございますと、やんわり笑って返事をした、その時。

「失礼いたします」

簀子《すのこ》縁《えん》から声がかかった。床に膝《ひざ》をついたのは取り次ぎの兵《つわもの》で、料紙をのせた盆を捧《ささ》げ持っていた。国庁《こくちょう》からあがってくる、和気に裁可を求める書類だった。

兵は一礼し母屋《もや》に入ってくると、国主《こくしゅ》の邪魔をしないように、無言で几帳《きちょう》の傍らに盆を置く。次に彼は、悠花のところへにじり寄り懐から文を差し出した。

「悠火様。これをお渡しくだされと、八社《はっしゃ》の従丁《じゅうてい》が持って参りました」

「八社が？」

神職を離れた——ということになっている——悠花に、八社が何を言って寄越したのか。すぐに文を開いた。

読み進めていくと、書かれていることに驚き、目を見開く。

（まさか。なぜ？）

悠花の変化に気づいたのか、和気が心配そうな顔をした。

「どうした、悠火」

「いえ。八社から、わたし宛《あ》てに文が来ました」

「なんと言ってきた」

「龍ノ原から、わたしを訪ねて、皇尊一族の王《おおきみ》が八社に来ていると」

「龍ノ原？　しかも皇尊一族となれば、龍ノ原の状況が知れよう」

和気が身を乗り出す。

「しかも皇尊の一族が、なんの用で悠火を訪ねてきたのだ。もしや庇護《ひご》を求めてきたのであれば、わたしが、無下にはしないと約束する」

神の存在を盲信はしなくとも、和気には神や龍ノ原に礼節をもって接する心がある。

それが悠花には、頼もしく好ましい。

「ありがとうございます、和気様」

文を懐に入れ、悠花は手をつく。

「これから八社に出向きます。よろしいでしょうか」

「行くがいい。そして、わかったことがあれば、わたしにも知らせてくれ」

承知しましたと応じ、北殿《きたどの》を出る。

気持ちが急《せ》いて、回廊を抜ける足は自然と速くなった。

悠花は帯刀《たちはき》で、国主に直接仕える兵としては最も格が低い。そのため出入りは南大門ではなく、東裏門からだった。そこから来須居城を出て八社へ急ぐ。

八社の門をくぐり、杉が植えられた築地塀《ついじべい》の側を通り抜けて奥へ向かうと、従丁と出くわした。

「これは、祇従《ぎじゅう》殿。あ、いや、今は違われるのか……しかし」

悠花の顔を見た従丁は嬉しそうな声を出したが、彼が神職を離れたのを思い出したらしく、どう呼ぶべきか戸惑うように、ごにょごにょと口の中で何か言う。

「祇従で、構いませんよ。それはそうと、従氏《じゅうし》殿より文を頂きました。わたしに龍ノ原から客人があると」

「ああ、はい。そうなのです。今、客殿においでです。昨日の夕暮れにこちらにお見えになったので、お泊まり頂いています」

「では直接客殿へ行きましょう。従氏殿には、悠火が来たと伝えておいてくれ。後ほど、ご挨拶《あいさつ》に伺うと」

かしこまりましたと従丁はこちらに背を向け、それを見送った悠花は客殿へ向かう。

小さな客殿は蔀《しとみ》も枢戸《くるるど》も開かれていた。そのわりには静かで人の気配がない。階《きざはし》をあがり、枢戸の前に膝をつき中を覗《のぞ》き——驚きを通り越して、呆れた。

（……寝ている）

日織の夫に相応《ふさわ》しいと悠花自身が選んだ男が、そこにいた。ただし眠っている。几帳の傍らに横になり、腕を枕《まくら》にして、すうすうと気持ちよさそうに寝息を立てていた。秋風が吹き込む杉板の床に、敷物も敷かず、寒いだろうに。

（なぜ夏井王が八社に）

空露が偽計によって作りあげた護領衆悠火の存在は、誰も知らないはずだ。夏井には護領衆姿で対面しているが、それが悠火という護領衆と結びつくはずはない。よしんば結びついたとしても、夏井が悠火を訪ねてくる理由はないはずだ。

しかし——実際、夏井はここにいる。

何が起こってこうなったのか、悠花には想像がつかない。

敷居をまたぎ母屋に入ると、心地よさげに眠っている夏井の肩を揺する。

「もし、もし。夏井王」

睫《まつげ》が震え、ふっと目を開いた彼の瞳《ひとみ》が、悠花に向かう。

「ああ、これは……」

ぼんやりと口にしながら、さして慌てた様子もなく身を起こし、居住まいを正して座ると、乱れた鬢《びん》をしきりに撫でつける。

「お見苦しいところを、申し訳ありません。慣れない旅で疲れておりました。しかも、よもやこちらに直接あなたがいらっしゃるとは、思っていませんでしたので。お目にかかるのは二度目ですね。御名を存じあげなかったが、こちらの八社で知りました。悠火殿と仰るのですね」

「そのおりは名も告げず、失礼いたしました。さる方のご指示ゆえに、ご容赦ください」

悠花は叩頭《こうとう》する。

「それは構いません。あのときは従氏と伺っておりましたが、こちらで訊くと悠火殿は、鹿《か》角音《づぬね》の祇従として八社に参られたと？」

夏井の邸《やしき》に、日織の夫として彼がふさわしい者であるか品定めに出向いたときは、さる方の依頼で来た従氏であると名乗ったのだ。

「鹿角音を求めている八社に応じるため、祈社《きしゃ》はわたしの職階を上げ、こちらに遣わしました。ただ、もう、わたしは神職を離れました。ご覧の通り」

大衣《おおきぬ》の袖を広げてみせると、夏井は「ほぉ」と珍しげな声を出す。

「逆封洲国主の家人《けにん》になられたとも、伺いました。稀有《けう》なことですね」

「はい、まことに幸運だと」

応じながらもどかしさが募り、つい自分から問う。

「なぜこちらにおいでになりました、夏井王。しかもわたしを訪ねてとは。龍ノ原は今、どのような状況になっているのでしょうか。皇尊は」

　夏井の表情が暗くなった。

「既に大方のことは、伝わっていましょうが。八日前、不津王が、附孝洲国主中目戸《あたりのまと》を将とした軍団とともに龍ノ原に入り、その説得に赴いた淡海皇子《おうみのみこ》が殺害されました。不津王は軍団とともに龍稜に入りました」

（淡海の叔父君が⁉）

　愕然《がくぜん》としたが、それ以上に背筋に悪寒《おかん》が走った。太政大臣《おおまつりのおとど》が殺されたのであれば、当然――。

「皇尊は⁉」

　杉板の床に手をつき、身を乗り出す。

「ご無事です」

「……無事……」

　吾ながら、情けなく震え声が出た。

「本当に……？」

　力強く夏井は頷く。

「はい。ご無事です。詳しくは申し上げられませんが、鳥手や空露殿に護られ、不津王の手の届かぬところにおいでです。ご安心ください」

藁蓋《わろうだ》に腰を落とし、悠花は息をつく。疾走した後のように胸が鳴っている。

（日織。無事でいてくれた）

泣きたいほどの安堵が広がり、胸を押さえて何度か息をつく。

「ご無事……。では早晩、来須居城に、皇尊から書札《しょさつ》が来るかもしれないですね……。附孝洲の力を借りた不津王に対抗するには、龍ノ原は他国と約定《やくじょう》を結ぶしかないのだから」

自分を宥《なだ》めるように、悠花は口にした。

空露には比多から、悠火——悠花が、国主の側《そば》に仕えることになったと伝わっているはずだ。空露は日織に、約定を結ぶのであれば逆封洲にするべきだと献言するだろう。

（日織を助けられる。この場所にいながら）

日織が和気に書札を送れば、悠花は和気に、龍ノ原にすぐさま軍団を送るべきと言い添えることができる。

しかし夏井は首を横に振った。

「皇尊が八洲と約定を結ぶことは、ないでしょう」

驚き、目を瞬《しばたた》く。

「なぜ」

「皇尊は、龍ノ原を戦場にしたくないとお考えです。他国の助けを借りても、それは結局、龍ノ原を戦場にした八洲同士の戦です。国同士の戦いに、戦場を貸すようなものです。それがけして、良い結果になるとは考えておられない。だから——別の方法で龍ノ原を護ろうとなさっている。そのために身を隠し、動いておられます」

もどかしさが募る。日織がどこにいるのかさえわからないのが、不安でたまらない。しかも彼女が何をするつもりなのかも、わからない。

（どこにいるの、日織。そして何をしようとしている、あなたは）

険しい顔の悠花を宥めるように、夏井が言う。

「皇尊が決断されたことです。吾らは従い、お助け申し上げるしかない」

そう言いながら、この男はこんなところで何をしているのかと、悠花はわずかに苛立《いらだ》つ。悠花は日織の居場所すら知ることができない。この男は知っているはずなのに、なぜ日織の側にいないのかと。彼女に会えない自分の、八つ当たりめいた気持ちだとわかっていながら、つい声が尖《とが》る。

「それで、夏井王。お助けすると仰りながら、皇尊のお側にも侍《はべ》らず、なぜわたしを訪ねて来られたのでしょうか？　わたしに訊きたいことがあるらしいと、八社の従氏からの文にありましたが」

「悠花皇女《ひめみこ》をお捜ししております」

内心ぎくりとするが、それを隠し問い返す。

「皇尊《すめらみこと》の妻であらせられる皇女ですね。行方知れずとは聞いていましたが、なぜわたしに」

「誤魔化さなくても良いのですよ、悠火殿。回りくどいので、はっきりと申し上げましょう。あなたと空露殿は悠花皇女の依頼で、わたしが皇尊の夫として相応しいか探られていた。そうでしょう？　そしてわたしを、皇尊の夫として龍稜《りゅうりょう》へ送り込んだ。悠花皇女は、皇尊の妻であることに倦《う》んだような文を残されていましたが、それも謀《はかりごと》。皇尊のお立場を慮《おもんぱか》り、身を引くためでしょう」

しんと沈黙が流れる。知られたかと思うが、それはさして重要なことではない。ことが悠花の思惑の通り進んでいれば良いのだ。

「皇尊にお目にかかりましたか？」

「はい。そして、わたしは夫となりました」

胸が絞めつけられるような痛みを覚える。

（日織と、この男が）

望んだことのはずだが、夏井の優しげな顔を見ていられなくなり、目をそらす。

築地塀の向こうを行く荷車の音が、ぎちぎちと響く。

「しかし夫といっても、形ばかりのこと。皇尊は、夫をもつおつもりはありません。ただ、ひたすら、悠花皇女のみをお求めです。わたしは皇尊に、臣以上の距離には近づいておりません」

喜びと困惑に、悠花は夏井を見る。片えくぼを浮かべ、彼は微笑《ほほえ》む。

「皇尊が悠花皇女を一心に求めるご様子が、お気の毒でした。ですからわたしが、悠花皇女をお捜ししますと約束しました。悠花皇女の行方を知っているのは、悠花皇女に加担した、空露殿とあなたのみのはず。だから、こうして参りました」

夏井の真摯《しんし》な瞳を見て、悠花は後悔した。

（この者は、わたしの予想以上に良い男だったか。失敗したのか、わたしは）

できるだけ良い男を日織の夫にしたいと願ったが、それが裏目に出たようだ。夏井は日織の思いをくみ、それを叶《かな》えようと考えてしまったのだ。

失敗したとは思った。

だが日織が、こうして夏井の心を動かすほどに悠花を求めているのだと思うと、胸が熱くなり——嬉しかった。日織もまた、まだ、悠花を思っていてくれていると。

しかし嬉しがる己が、いじましい。

「悠花皇女の居所を教えて頂けないでしょうか、悠火殿。そうでなければ、皇尊は安心できぬと思うのです。常の時ならいざ知らず、龍ノ原が蹂躙《じゅうりん》されている、このとき。わたしが悠花皇女をお捜しすると申し上げると、皇尊は承知なされました」

夏井は淡々と続ける。

「皇尊は悠花皇女の身を案じておられます。御自身に連なる者として、不津王の手に落ちて悲劇に見舞われるのを恐れてもいらっしゃる。ですから、悠花皇女がご無事であることを確認し、できれば、不津王の手の届かない場所にお移り願いたいと考えています。そうすることが、今わたしが皇尊のためにできる、唯一《ゆいいつ》のことなのです」

立ちあがった夏井は、几帳の裏に置かれた櫃《ひつ》の上から何かを取りあげ、出てきた。手にあるのは文だ。わずかに汚れ、よれてはいるが、料紙から白杉の香りがする。

「皇尊より、悠花皇女に文を預かっております。居所をご存じであれば、お渡し願えましょうか」

差し出された文を受け取ると、日織の指に触れた気がして、じわりと指先が痺《しび》れるほどに喜びを覚えた。

「お読みください。悠火殿が読まれても良いそうです。皇尊は、悠花皇女への文だが、行方を知っている護領衆が読んでも構わないものだと仰いましたので」

物欲しそうに文を見つめているのに気づいたのか、夏井が促す。

「では、失礼ながら」

文を開くと、そこには短い文章があるだけだった。

元気でいるだろうか。

あなたが去った理由がどうあれ、わたしはあなたを諦めない。今は叶わないが、必ず迎えに行く。そしてその時に、あなたに命じる。わたしと、ともにあれと。

文が誰かの手に渡るのを恐れてか、宛名も差出人も書かれていなかったが、文字は間違いなく日織のもので、文面も悠花に宛てたものだった。

不津が龍稜に入り、おそらく日織を血眼になって捜しているはずだった。捕まれば日織の命は終わる。それを承知で逃げ回りながら、さらに龍ノ原を護《まも》るために何かをしようとしている。必死だろう。苛立ち、恐怖し、泣きたいだろう。日織の性分では、冷静でいることすら難しい状況に違いない。

それでも文には、ただ希望だけを綴《つづ》っている。

（日織。随分と虚勢をはるね）

虚勢をはれば、いつかは本物の自信になるかもしれない。日織もそう感じているから、そうするのだろうか。文を見つめていると、出会った頃に比べて、日織がすこし強くしなやかになった気がする。

日織のもとに、悠花は戻るつもりがなかった。己のしたことを鑑《かんが》み、和気の側を離れるのは許されないと覚悟を決めている。その覚悟がありながらも、胸に愛《いと》しさがあふれるのはどうしようもない。

けして戻るつもりはないが、窮地にある日織に、嘘《うそ》でもいいから「待っています」と文を綴りたかった。そうすれば日織は励まされるはずだ。悠花として文を返したかった。

「これに……皇尊の文に悠花皇女から返事を頂いたら、皇尊に届けられますか？」

「すぐには無理です。わたしは、来須居で待つように指示を受けております。皇尊が今、いずこにおわすかは、わかりません。しかしその文、悠花皇女にお渡し頂けるのですか？」

「はい。お渡しいたします。そして悠花皇女の身は今、安全であると保証しましょう」

懐に文をしまうと、そこに日織の温《ぬく》もりがあるように感じる。

「ありがとうございます。その……、お願いついでで、大変厚かましいのですが。しばらくわたしが八社に身を寄せられるように、悠火殿から従氏殿に、お願いしてもらえませんか。皇尊より、来須居で待てと言いつかっておりますが、あてがないので」

首を竦《すく》めて、夏井は申し訳なさそうだ。

「お安いご用です。八社も皇尊一族を粗略に扱いはしないでしょうから、ご安心ください。さらに国主末和気様は、皇尊の一族が庇護を求めてきたならば無下にはしないと仰《おお》せです」

　微笑み応じると、片えくぼを浮かべて夏井が言う。

「助かります――悠花様」

　ぎょっとして夏井を見返す。彼は微笑んだまま続ける。

「あなたが、悠花様ですね」

「何を仰るのですか？　わたしが皇女に見えますか？」

「皇女には見えませんが、護領衆にも見えません。不思議だったのです。悠花皇女が龍稜から忽然《こつぜん》と、鳥手《とりて》の目にすら触れず、姿を消したのが」

　ひんやりとした風が、枢戸から吹き込み、背後から悠花の肩にかかる髪を揺らす。

「悠花皇女は歩けず喋《しゃべ》れずと伺っていましたので、輿《こし》に乗るか、誰かに負ぶわれるかしなければ、移動できません。そんな目立つことをしていれば、鳥手は気づきます。仮にも大桜宮《おおさくらのみや》ですからね、昼夜問わずに鳥手の目がある。しかしそれをすり抜けたとなれば、何者かに身をやつすしか考えられません。となれば、悠花様は歩かなくてはならない。悠花様はもしや歩けるのではないかと、推測してみました」

　微笑んだまま、夏井は続ける。

「そしてふと、わたしを訪ねてきた護領衆のことが脳裏をよぎりました。随分怪《あや》しいと思ったのです、あなたのこと。なにしろ美形過ぎます。噂《うわさ》になってもおかしくないのに、そんな話は聞いたことがない。悠花皇女もまた、目を奪われるほどの美女と聞いていましたから、おやと思ったのです。もしや、と。しかしわたしの前に現れた護領衆は美しかったが、声も姿も紛《まご》うことなき男。悠花皇女は女。しかし皇女は滅多に人前に出ぬし、声すら聞いた者はいない。立ち姿も誰も見たことがない」

端座したまま、悠花は無表情で夏井の言葉を聞き続けていた。

「さらに皇尊は、悠花皇女宛ての文を、護領衆も読んでよいと仰いました。それは二人が同一人物であるから、そしてそれを皇尊もご存知だから、でしょう？」

悠花は微笑み返す。

「いいえ、違います」

認めるわけにはいかない。

「違う？」

「ええ、違います」

「そうですか。それは、失礼しました。わたしの勘違いですね」

あっさり言うと、さも嬉《うれ》しげににこにこするので肩透かしを食らう。どうにもこの男は、緊張感がないとでもいうのか。こちらの調子がおかしくなる。

「確かに皇尊の文をお預かりしました。悠花皇女にお渡しすると、約束しましょう。あなた様が八社に滞在なさること、従氏殿には伝えておきましょう」

立ちあがり、枢戸を出かけた悠花の背に、夏井が声をかけた。

「あなたがご無事で良かった。それだけ確かめたかったのです。皇尊が安心なさる」

ふり返ってみると、夏井は目元を和ませている。

軽く頭を下げ、悠花はその場を後にした。

夏井に知られた。

しかし悠火と悠花が同一人物だという証拠はないのだから、しらを切り通せば良いだけのこと。さらに夏井の態度を見ると、知られたことはさほど危険と思えなかった。悠花の正体を知りながら、責めることもなく、無事を喜ぶ気配が強かった。

安易に判断すべきではないのだが――、彼に対して警戒心を抱けない。

（龍ノ原は、これからどうなるのか。そして日織は今どこに）

従氏に、夏井がしばらく八社に滞在する旨《むね》を告げ、波立った心を宥めながら八社の門を出る。

一歩、門を出ると冷たい風が吹いた。いやに薄暗いと思って見あげた空が、どんより曇っている。降り出しそうだ。

急ぎ足で来須居城へ向かって歩き始めると、程なく、乾いた路面にぱたっと一粒、黒い染《し》みが落ちた。それは次々、ぱたぱたと地面に落ちて増えていく。悠花の肩にも冷たい滴《しずく》が落ち、湿った土の香りが立つ。

これは激しくなりそうだと、周りを歩く連中と同じく、悠花もさらに足を速めたそのとき。

――おらぬ！

鋭い声が聞こえた。はっとして立ち止まり、思わず空を見あげる。

「……莫迦《ばか》な」

吾《われ》知らず声が出た。

低く、どろりと溶けたような濃い灰色の雲の合間。何かが微かに光っている。それは濡《ぬ》れ光る白銀の鱗の一部のように思えた。頭も尾も、脚も、濃い雲に隠れているが、雲の隙間《すきま》にわずかに光るのは、うねるのは、龍の腹ではないのか。

定かではない。雲の隙間は細すぎる。しかしごくごく狭い隙間に目を凝らせば白銀の色が見える――見える気がするのだ。

常ならば、気のせいだと断じたはず。

そもそも白銀の輝きを灰色の雲の隙間に見ても、陽の光の加減と思う。

しかし聞こえたのだ。

幼い頃から悠花には聞こえる、直接耳に落ちてくるような、独特の響きのある声が。

見あげた額に、頬に、強くなった雨が降りかかる。見る間に髪も大衣も濡れて肌に張りつくが、驚きのために動けなかった。灰色の紗幕《しゃまく》を通して、分厚い雲の隙間にある白銀の色を見つめ続ける。

雨に叩かれた周りの人々は、袖を頭の上にかざし、顔をうつむけ駆けていく。誰も雲の合間の色に気づいていない。気づいていたとしても、記憶にも残らず、すぐに忘れ去れるほどの色。

「あれは……龍？」

ここは――龍ノ原ではない。なのに、なぜ。

悠花は激しい雨の中、雲の隙間が塞《ふさ》がるまで立ちつくしていた。

三章　北へ、友の国へ

一

海をはじめて目にした日織《ひおり》は、あまりの広さに驚き呆《あき》れた。広く深い潮水が海というもので、央大地《ひさしだいち》がそのなかに浮いているのだと知ってはいた。しかし想像が追いついていなかったのは、確かだ。

海は、空と同じように延々広がっている。ひたすら広がる深い水は、果てがわからず、遠い場所で霞《かす》んで一本の線になっていた。そしてうねる。果ても見えない巨大なものがうねる様は、恐ろしい。

「あの先は何だろう」

戸津《とのつ》へ向けて坂を下りつつ、馬上から正面に広がる海を眺めて言うと、馬を並べていた空露《うつつゆ》が答えた。

「その先もずっと海です」

「ずっと先の、その果てには何がある」

「果てなどないのです。ずっと海です」

海の香り、波のうねり、深緑に近い青。日織は、そのあり方の不思議さに驚きがつきない。

自分の足もとの延長上に果てがわからぬものがあるということが、恐ろしくもあり、また、自らの命運すら危うい状況で萎縮《いしゅく》しがちな心に広がりを与えるようで、気持ちがわずかばかり晴れる。

しかし天候はあまり良くない。

見あげれば空は低く灰色の雲に覆《おお》われている。思い返せば夏井《なつい》と別れた日から、日射《ひざ》しがない。秋が深まってきたからなのか、游気《ゆうき》も日に日に冷えていた。

曇天の下に、湾曲した海岸線と深緑色のうねり——海がある。海岸線に沿って板葺《いたぶ》きの屋根が並び、それが山裾《やますそ》へと広がっている。央大地最大の津である、戸津だ。

「なんという数の建物が集まっているのだ。しかも隙《すき》も無く、窮屈に」

少し先を、馬の轡《くつわ》を引きながら歩いていた比多《ひた》が、面白そうにふり返った。

「これで驚いていらしたんじゃ、来須《くるす》居《い》に行ったら腰を抜かされますね。来須居には戸津の五倍は建物があって、十倍も広いです」

目を瞬《しばたた》き、日織は己の無知を改めて感じる。知識で知ってはいても、実際にそこにあるものを目にすると驚きでいっぱいになるのだ。知っていても、実感がなければ無知と同じだという気すらした。

（来須居は戸津の十倍。夏井は、とっくに来須居に到着したはず。もう悠花《はるはな》に会っているだろう。わたしの文は、悠花の手に渡ったのか）

夏井はどうしているだろうかと思うが、あの飄々《ひょうひょう》とした男なら、大丈夫だろうという気がしてしまう。

悠花は龍ノ原《たつのはら》に附孝洲《ふのこうしゅう》の軍団が入ったと知り、不安になっているだろうか、怒っているだろうか。そんなときに日織の文を手にして、どう思っただろうか。恐ろしい現実を目《ま》の当《あ》たりにしながら、なにを暢気《のんき》なことを言っているのだと呆れたか。それとも——苦笑いしただろうか。日織の強がりを察して。

事をなし、龍ノ原を取り戻し、悠花を迎えに行く。絶対に、迎えに行く。強がりでも、必ずそうするのだと口にすれば、あるいは内心で繰り返せば、自分の弱気や恐怖を追いやれる。

（あそこから船に乗れば、ようやく反封洲《たんのほうしゅう》へ行ける。有間《ありま》のもとへ）

白い髪の屈強な兵《つわもの》の姿を思い浮かべると、勇気づけられる。手綱を握り、津を見おろした。

戸津には五百を超える板屋根がひしめく。道中にあった泊里《とまり》のような役割も果たしているらしく、建物の半分は厨舗《くりやみせ》や泊舗《とまりみせ》だった。その他に海産物や農産物、材木、衣、玉《ぎょく》、馬――ありとあらゆるものを商う舗が建ち並ぶ。戸津は、人が住むための場所ではなく、商うために人が集まる場所なのだ。龍ノ原にはないあり方だ。

突堤にほど近い泊舗の一軒に、日織たちは入った。小屋の造りは今までの泊里とほぼ同じだったが、置かれている敷物の中身は綿で寝心地が良かった。

連子《れんじ》窓《まど》には紙が貼《は》られ、隙間風も少ない。

戸津にいると、どこにいても潮の香りがする。

到着した日は曇天で、翌日から冷たい小雨が降った。

小雨の中、鳥手《とりて》たちはかつて東二《とうに》が所持していた船を探した。

逆封洲《さかのほうしゅう》の家人《けにん》となった東二は、数隻《せき》の船とそれに関わる商売一切を、ともに仕事をしていた反封洲生まれの久米《くめ》という男に譲っていた。東二とは真逆の、むっつりとして愛想のない大柄な男だった。

日織たちが、自分たちは伴《ともの》有間とよしみのある者で、反封洲まで船で行きたいのだと相談すると、荷船で良ければと承知してくれた。

出航は翌日とのことで、日織たちは慌《あわ》ただしく支度を整えた。

支度は、船旅の間に必要な食料を求めることと、連れてきた馬を売る程度のことだった。食料は鳥手たちが買い集め、馬は比多に任せた。

「葦毛《あしげ》馬は若かったので四玉《ぎょく》。栗毛《くりげ》と青毛それぞれ、三玉と五砕《さい》になりました」

空露の前に端座した比多が、革の袋を懐《ふところ》から取り出して床に置く。

馬木《まぎ》も鳥手たちも明日の出航の準備で走り回っているために、泊舗には日織と空露しか残っていなかった。外ではしとしとと雨が降り、薄暗い小屋の游気も湿り、潮の香りを強く感じる。

日織は床の奥に座り、板壁に頭をもたせかけてぼんやりしていた。

戸津は、龍ノ原と逆封洲の境に附孝洲の軍士が侵入したという話題で、もちきりになっていた。国境《くにざかい》の一部が獲《と》られたが、国主和《こくしゅわ》気《き》の指示で国軍が出て、附孝洲の北上を抑え込んでいるのだ、と。

しかし、と、さらに民は噂《うわさ》していた。

附孝洲の軍団は強い。本気になれば、来須居まで押し寄せてくるのではないのか、と。

そしてなぜ附孝洲が龍ノ原を抜けて、侵寇《しんこう》できたのかと。

龍ノ原は附孝洲と結び、央大地を乱そうとしているのか？

あるいは龍ノ原は附孝洲に侵寇され、皇尊《すめらみこと》は幽閉されているのではないか？

様々な憶測が飛び交い、干物を商う舗の軒先で、あるいは厨舗で隣に座る者たちが、ひそひそと不安げに会話していた。

民たちの不安が静かに広がっているのを感じる。神代《かみよ》から変わることのなかった一原《いちげん》八洲《はっしゅう》の在り方が、大きく揺らぎ変わろうとしているのではないのか——と。民の不安はそこにつきるようだった。

（民の不安は当然だ。わたしですら——不安なのだから）

雨音を聞きながら、常に胸を炙って痛みを発する焦《あせ》りを意識していた。意識しながらも、極力落ち着こうと努力した。成すべきことを成すために。そのことだけを考えたかった。

まずは反封洲へ向かい、有間に対面する。そのことだけ考えようと——。

革袋を開いた空露は、中から白っぽい洲貨《しゅうか》、玉貨五枚を掌《てのひら》に取ると比多に差し出す。

「礼です。取りなさい」

比多が目を見開く。

「多すぎます」

「取りなさい。これでしのいで、しばらく龍ノ原には戻らない方が良い」

強く言われ、比多は玉貨を受け取り掌に握り込む。握りしめた自分の拳《こぶし》をしばし見つめた後、比多が口を開く。

「空露様は反封洲に行かれて、龍ノ原に戻る予定はあるのでしょうか？」

様々なことについてほとんど問うことをしない比多が、珍しく訊《き》いた。

「わからない。わたしは、わたしがお仕えする御方を護《まも》るのが務めだから、その御方がどうなさるかで決まる」

「二度とお目にかかれないということも……ありますか」

「そうだな」

唇を嚙《か》み、比多の視線が床に落ちる。

（比多）

頼もしく強い女の心にある、柔らかなものが垣間見《かいまみ》え、日織は思わず立って二人に近づいた。

「比多。安心おし。空露は必ず龍ノ原に戻る。約束する」

膝《ひざ》をついて彼女の顔を覗《のぞ》き込む。比多が日織と空露を見比べると、空露はいつもの無表情で、それでも暗に、日織をたしなめるような口調で応じる。

「約束などできません」

日織は、挑発的に言い返す。

「いや、約束する。吾《われ》らは龍ノ原に戻るために、反封洲へ行くのだから」

「約束など……」

「するよ、わたしは」

「また、駄々っ子のように」

日織と空露が視線を絡《から》ませると、比多が、くすっと笑った。

「兄弟喧嘩《げんか》のようですね」

胸をよぎった感傷を振り払うかのように、比多は立ちあがった。

「玉貨、ありがとうございます。頂戴《ちょうだい》します。明日、空露様もご出発ならば、わたしも発《た》ちますので。馬の蹄《ひづめ》を見てきます」

引き戸を後ろ手に閉めて比多が出て行く姿を見送ると、空露が眉間《みけん》の皺《しわ》を深くした。

「日織。安易なことを仰《おっしゃ》いますな。約束などできないでしょう。まず有間様に庇護《ひご》を求め、その後にどうするか。明確に策はあるのですか」

「庇護を求めて行くのではないと、護領山《ごりょうさん》を越える前に言った」

「では、なぜ反封洲へ向かわれるのです。何をなされようとしているのか、わたしは詳細には伺っておりません」

日織と乙名《おとな》は互いの考えていることが一致していたので、説明など不要だった。しかし空露にしてみれば、日織が何を考えて反封洲へ向かおうとしているのか、いまひとつわからなかったはず。身の安全のため有間の庇護を求める以外には、想像できなかっただろう。

「そうだな。空露には伝えておく」

薄暗い土間に足を下ろすと腰をかがめて、指先で地面に、簡単な一原八洲図を描いて空露を手招いた。

土間に下りた空露は足もとの図を見おろす。

「附孝洲は国力が強くなった。豊かで強いからこそ、侵寇を考えた。神代より八洲はどの国も国土の大きさは同じで、国力の差もさほどではなかった。だからこそ均衡が保たれていたのが、央大地。しかし附孝洲が抜きん出たからこその、今の乱れ。ならば――新しい均衡を作るのだ」

空露に語りながら、日織と同じくこの策に気づき、さらに「護領山を越えなさい」と力強く背を押してくれた重臣のことを思う。

皇尊が不在の龍ノ原に留まった彼は、今、どうしているだろうか。

□□□

丈の足りない袖口《そでぐち》に秋風が吹き込む。游気は冷えていたが、歩きづめの小勢《こせの》乙名の体は火照《ほて》っているので心地よかった。

崩れた髻《もとどり》は雑にまとめ直して括《くく》り、丈短の衣と膝下までの袴《はかま》。鞋《わらじ》を履く足の爪《つめ》は土で汚れて黒い。手指の爪も同様。背に担《かつ》いだ菰《こも》の袋には、鹿《しか》肉の腊《きたい》が一塊と小さな袋に入った焼いた米が二つ入っている。さらに替えの鞋、火打ちの石。

険しい表情と粗末な身なりで黙々と歩む彼を、誰も左《さ》の大臣《おとど》とは思わないだろう。ただ乙名はこうした身なりの方が、大殿《だいでん》にあがる衣よりも好きだった。身動きが楽だというのも大きな理由の一つだが、これが自分の身の丈にあっているし、性にもあっていると感じる。昔からそうなのだ。

姓《かばね》の一族の嫡子《ちゃくし》として生まれ、祖父と父は二代にわたり大首《おおおびと》を務めていた。しかしその前、曾祖父《そうそふ》は左の大臣であった。「いずれそなたは、皇尊を支える臣となるのだ」と、乙名は幼い頃より教えられた。

学問は面白かったが、それは皇尊を支えるためなのだと言われると、今ひとつ納得しかねた。彼にとって皇尊は、あらせられれば良いだけの尊き御方であり、身近でもなく、親しみもない。それより、自分の周りにいる里《り》や郷の者がより良い生活をするために、臣として龍ノ原のために力を尽くす、という方が納得できた。

幼い頃から、千布《ちふ》が好きだったからかもしれない。

千布は、小勢の一族の土地に住む娘だった。乙名が唯一《ゆいいつ》、今も、慈《いつく》しみ続けている亡《な》き妻。

龍ノ原には里や郷が点在してあり、里長《りのおさ》と郷長《ごうのおさ》の支配のもとにある。それら里郷をまとめる首《おびと》がいて、さらに首をまとめる大首がいる。おおよそ民はそうしてまとめられ、皇尊に寄進をし、賦役《ふえき》をこなした。

一方、姓の一族は皇尊から与えられた土地を領として有しており、領は姓を冠して小《こ》勢領《せのりよう》、阿知領《あちのりよう》、造領《つくりのりよう》などと呼ばれた。

領の土地を耕すために、領内に住む民がいる。彼らは里郷の長ではなく、領を所有する姓の一族がまとめていた。束ねるのが、里長郷長であるか、もしくは姓の一族かの違いのみで、民にしてみれば特段の差はない。

ただ姓の一族の領に住む民にとって姓の一族は、里長郷長に相当するとはいえ、それよりも身分が高い。里長郷長に親しむように、姓の一族に親しむことはない。

小勢の邸《やしき》には幾人か、領内の民が下働きとして住んでおり、千布もその一人だった。確か七つくらいの時に、邸に来た。両親が亡くなり、身寄りも無いために、邸の下働きとなったのだ。領内の身寄りのない子どもの世話をするのも、一族の義務だった。下働きとして仕事を与える代わりに衣食住を保証し、成人すれば独立させ、領内の土地に戻すか、もしくはそのまま邸に仕えさせるかする。

（はざ掛けした稲も、乾いただろう）

刈り取りの終わった稲田の畦《あぜ》を通り抜けながら、幸福だった頃を思い出す。

（どこの家でも脱穀する頃だ）

かつて、自分と妻が額に汗した時のことが懐《なつ》かしかった。野良《のら》仕事をすると、へとへとになったが、楽しかったという感情しか胸に残っていない。たった数年だったからこそ、余計に満ち足りていたように思えるのかもしれなかった。

北湖《ほっこ》湖沼《こしょう》から南東方向に、乙名は歩き続けていた。辿《たど》り着いたのは小岐山《おきやま》という山がちな地域だ。小岐山そのものに里郷はなく、裾野に小さな里が点在しているだけなので、人の気配の薄い土地だった。

枯れた夏草に覆われ、途中で進むのを断念しなければならない道も幾つかあった。道を選びながら、乙名は歩み続けた。

森に入ると、ぱらぱらと落ち葉が降ってきた。

木々は葉を失い細い枝をさらしはじめていたが、その分見通しが良くなり、足もとが明るい。

一歩ごとに枯れ葉が乾いた音をたて、時折、茶色い葉が乙名をかすめて落ちる。歩きながら、ほとんど葉が落ちた、寂しい枝の上に広がる空を見た。

今日も眩《まぶ》しく、晴れている。

秋には雨の日も多い。だが、ここしばらく雨が降っていないので森の地面も乾き、踏む落ち葉がふかふかした。

（今年の秋はいやに乾いている）

降雨の記録をとったこともなかったが、肌感覚でそう思った。

しばらく行くと、木々がまばらになったところに、ぽつんと板屋根の小屋が現れた。

掘立柱《ほったてばしら》の小屋は、出入り口の引き戸が開け放してあり中が見えた。土間に作られた竈《かまど》の前に、背を丸めてしゃがみ込んでいる人の姿がある。火を熾《おこ》しているらしく、竈の上、屋根と壁の間にとられた細い煙抜きから白い煙が揺らめき出ていた。

「百枝皇子《ももえのみこ》」

出入り口に立って呼ぶと、竈の前の人物がふり返った。老人だ。日に焼けた肌。灰色のまばらな頭髪を、なんとかまとめた小さな髻が、ちょこんと頭上にある。今の乙名と大差ない身なりだが、煤《すす》で汚れていないだけ乙名の方がましに見えた。

立ちあがった老人が訝《いぶか》しげにこちらを見るので、名乗った。

「お久しぶりです。小勢乙名です」

「……乙名か！」

明るい場所に歩み出てくると、老人は目を細めて乙名を見あげる。

「近頃、目が薄くてよう見えなんだ。乙名か。なるほど、乙名じゃ」

静かだが嬉《うれ》しさの滲《にじ》む声で言うと、乙名の二の腕を、実体があるのを確かめるように叩《たた》く。

「長い間、訪ねもせず、失礼をいたしました。もう十二、三年も」

「それで良い。いい大人になった弟子に、度々訪ねられても気味が悪いだけよ。しかし、ここがよくわかったものよな」

変わらない物言いに、乙名は緊張が緩む。

百枝皇子は、皇尊であった日織の祖父の弟皇子。日織にとっては大叔父であり、淡海《おうみ》皇子《のみこ》とは腹違いの兄弟だ。淡海より五つ若い。

百枝は、乙名と不津《ふつ》の師であった。

「ここにおられるのは、移られたときから知っておりました。民部《みんぶ》や祈社《きしゃ》で噂になっていましたので」

十年ほど前まで百枝は、皇子として与えられた地に邸を構え、教えを請《こ》う者たちを招き入れていたが、突然「面倒になった」と言って土地を皇尊に返上した。その代わり、開墾されていない小さな森を代地として求めて住み始めた。

森なので、耕すべき田畑はなく、作をする民もいない。皇尊一族は寄進も賦役も課されないが、日々の食い物は自分で作るしかなく、当然百枝はそうしている。

「それにしても、よく来た。入るがいい。湯冷ましくらい出してやろう」

礼を言いつつ、百枝について中に入ると、床にあがれと促される。

乙名が土間の奥にある床にあがると、百枝は竈にかけてあった壺《つぼ》から柄杓《ひしゃく》で湯をすくい、木の椀《わん》に注ぎながら何気ない調子で言う。

「ゆっくり休めばよい。附孝洲の軍士も、まだこのような場所まで来ておらん」

「何が起こっているのか、ご存じでしたか」

「六日ほど前かの。近隣の里長がまとまって、わしの所へ来た。附孝洲の軍士が、龍《りゅう》稜《りょう》のあたりをうろついておると。髭平《しのひら》の近くの郷へ換え物に行った連中が、血相を変えて戻ってきたそうじゃ。この辺りで軍士の姿はまだ見んが、髭平近くの里郷に、軍士が現れて狼藉《ろうぜき》を働いたと噂は流れてきた。そのためこの近辺の里の者たちは、換え物に行くのを控え、おとなしくしておる。なにか異変があったと怯《おび》えておるが、なにがあったか、しかとはわからぬままでおるのが民の現状じゃ」

　床にあがった百枝は、乙名の前に椀を置く。

「詳細はわからん。じゃが、附孝洲の軍士が来たとなれば想像はつく。不津王《ふつのおおきみ》じゃな」

「八日前です。附孝洲国主中目戸《あたりのまと》を将にした軍団が、不津王を戴《いただ》き龍ノ原に入りました。そして――」

　深く、乙名は頭を下げた。

「申し訳ありません。兄君であらせられる、淡海皇子は亡くなられました。わたしとともに不津王を諌《いさ》めようとし、それがならず。わたしのみ生きて帰りました」

　うまく火が熾きなかったのか、竈から煙と煤臭さが漂う。

　暫《しば》しの沈黙の後、百枝は頷《うなず》いた。

「残念じゃが、おまえは命があって幸い。顔をあげるがいい。兄君も覚悟あって不津王を諫めに行ったのだろうから……仕方のない事じゃ。それよりも」

憚《はばか》るように百枝は声を潜めた。

「皇尊は如何《いかが》なさっておられる」

「龍稜を出られました。ご無事です」

「そうか」

安堵《あんど》の息をついたものの、すぐに百枝の表情は険しくなる。

「附孝洲の軍士は、皇尊を血眼で捜しておろう」

「皇尊捜しは、既に始まっております」

乙名は目を伏せ、奥歯を噛みしめた。

「皇尊を捜しながら、軍士どもは龍ノ原で狼藉を働いております」

日織が護領山を越えた日、乙名もまた、世話になった北湖湖沼の里を出た。長くそこに留まっていれば、附孝洲の軍士に突き止められかねない。

里を出て野宿し、あるいは里や郷で厩舎《きゅうしゃ》の軒下などを借り小岐山まで来た。

最短の道を選んで休むことなく歩き続ければ、ここまで一日で到着できる距離ではあったが、時々姿を見る軍士たちを避けて移動したために日数がかかった。

軍士たちは三人から五人の集団で、髭平から四方へ散っている。彼らは里郷をしらみつぶしに調べているらしく、里郷の長や民が皇尊を匿《かくま》っていないか問う。そうして訪れた軍士たちが良識ある者たちであれば、質問するだけで終わるらしいが——質《たち》の悪い軍士たち、あるいは、たまたま彼らの機嫌が悪かった場合、長の首が刎《は》ねられ家が焼かれ、女子どもが連れ去られ、牛馬が連れ去られる。
よほど酷《ひど》い軍士たちがやってきたのか、家も畑も焼かれた里に遭遇したこともあった。焼けた畑に放り出されていたのは、女子どもを含む民の屍《しかばね》。屍には、虐殺《ぎゃくさつ》を楽しみ面白がったような痕跡《こんせき》もあった。

焦げた臭《にお》いの立ちのぼるそれを目にし、乙名は怒りに震えた。かつて愛し、幸福だった自分の思い出の地に似た場所が蹂躙《じゅうりん》されていることに憎悪《ぞうお》をかき立てられた。

「そのように奴《やつ》らが動いているならば、いずれ皇尊の居所は知られるか」

想像がつくのだろう、百枝も顔をしかめた。

「いえ」

乙名は強く首を横に振る。

「皇尊の御身は危うからず、けして附孝洲の軍士の手に落ちることはありません」

意外そうに百枝は目を瞬く。

「そなたが、皇尊を護っておるのじゃな」

「わたしが、というよりも、御自身で御身を護ろうと考え、行動されておられますので」

「皇尊一族を好きではなかったおまえが、そのように皇尊を信頼しているとは。意外なものじゃ。そもそも、左の大臣を受けたと聞いたときも驚いたが」

「師も皇尊一族ですが、尊敬しております」

「わしは格別じゃからの。わし以外の者どものことよ」

百枝は厚かましくも、自ら言う。自信にあふれているのは昔からで、懐かしさを覚える。

「宣儀《せんぎ》を見ましたので、仕えようと思いました」

学問は当然のこと、立ち居振る舞いの一つまで、乙名は厳しく躾《しつ》けられて育った。それが当然と思っていたし、また生来生真面目《きまじめ》な彼は、手を抜くことや、人目のないところではいい加減に済ます、といったようなことができなかった。

いくら疲れていても、苦しくても、なにもかも正確にぶれなく細やかにこなそうとしていたし、また、それをやり遂げていた。

だが張り詰め続けるというのは、とてつもなく苦しい。時々あまりの苦しさに寝込むことがあった。

そんなとき乙名の御床《ごしょう》まで、末醤《まつしょう》を添えた粥《かゆ》を運んでくるのが千布の役目だった。

色白だったが、千布はけして美人ではなかった。丸い顔で、目も細く、顎《あご》のあたりもぷっくりとしている。だが、いつもおっとりとしていて、困ったような顔をして笑う。乙名自身が常に硬いばかりで、どう頑張っても硬い者にしかなれない性分だったので、やわらかな日だまりのような少女が、好ましかった。

身を強《こわ》ばらせるようにして横になっている枕元《まくらもと》に粥を運んで来て、「お疲れなんですねぇ」と、困ったように微笑《ほほえ》む顔を見ると、ふっと体の力が抜け、楽に息ができる気がした。そんな笑顔を可愛《かわい》いと思った。どんな美女よりも魅力的だった。

そして――好きになった。

初恋だったせいもあり、この娘以外は妻にできないと思いつめた。

若すぎる、身分違いだという、一族の反対を押し切り、小勢邸を出て新たに小さな邸を造り移り住み、十七歳で千布を妻にした。すぐに子も生まれた。

千布は小さな畑を作り、乙名は右宮《うのみや》の民部の官として出仕し、近在の民と交わり日々を送り――幸福だった。千布と子が、病にかかるまでは。

二人の命を救う薬があるという噂に望みをかけ、師を同じくしていた不津王が附孝洲へ行くのに同行した。千布と子は、郷で親しくしていた者たちが面倒を見てくれることになった。病に弱った二人を残していく不安は大きかったが、助ける方法があると聞けば行くしかない。座して死を待つなど、断じてできない。

しかし薬は間に合わなかった。薬を探すと、似たような薬が幾種類もあった。それを全《すべ》て求め、龍ノ原に送ることを繰り返したが、そのどれも効果がなく、次は、次はと探していくうちに、二人が亡くなったという報を附孝洲で聞いたのだ。

乙名が急ぎ龍ノ原に戻ったときには、二人は郷の者たちの手により、埋葬を終えられていた。

それから乙名はずっと一人だった。

小勢の邸にも戻らず、子と妻と過ごした邸に住んだ。姓の一族であるために父の後を継ぎ大首となったが、黙々と勤めをこなすだけだった。生真面目なので手は抜けなかったが、自分がなんのために日々を過ごしているのかと、空《むな》しさを覚え続けていた。

妻と子を亡くして十年以上そんな日々を続けていると、左の大臣に推挙するとの話が舞い込んだ。

幼い頃から皇尊のために勤めることに疑問を抱いていた上に、不津や山篠《やましの》と交流があったために、皇尊一族の近くに侍《はべ》って助けたいとは思えなかった。

ただ乙名は、今上の宣儀を間近に見た。

早朝、いつものように右宮に出仕しようと馬に揺られていると、頭上を幾頭もの龍《りゅう》が、ある方向を目指して飛んで行くのに驚いた。それが龍稜の北側に群れ、渦を成すのを、馬を歩かせるのも忘れて呆然《ぼうぜん》と見続けた。

皇尊一族に畏怖《いふ》は抱けなかったが、あの光景の下にいた御方であれば、仕える意味があるかもしれないと思えたのだ。真実、神に選ばれた皇尊なのかもしれないと。あの皇尊に仕えることが、民のために直結するのではないかと——そう考え、左の大臣となった。

「なるほどの。わしも、形ばかりではなく、意味ある宣儀は初めて目にしたからの。心が動かされても不思議はないが」

「宣儀の龍に誘われたのです」

「素晴らしい皇尊であらせられるか」

「いえ、特には」

迷いのない否定に、百枝はかくっと肩を落とす。

「なんじゃ、そんな凡庸な皇尊か」

「凡庸です。そして未熟です。しかしそれを己で知り、考え、より良くあろうとなさっている。最も高き場所にのぼった方が、そうできることは稀有《けう》。稀有なことができれば、凡庸で未熟な皇尊も、賢君になりましょう。ですからわたしは、皇尊にお仕えし、お護りします。その意をくみ、今、皇尊が自由に動けないのを補い、力を尽くします」

百枝の眉間に深い皺が寄った。

「それは良いじゃろうて。わしは、皇尊がいずこに隠れておわすのか訊かぬ。知らなければ問われたときに、口の割りようがないでな。じゃが、さて、皇尊のお姿が見えぬとなれば、附孝洲はどう出る？」

「何をしでかすか、わかりません。そもそも、軍士が逆路《さかろ》を越えて逆封洲へと向かっている様子も見ました」

「なに!?」

膝を乗り出し、百枝が目を見開く。

「龍ノ原を蹂躙するだけでは飽き足らず、逆封洲にまで軍をすすめておるのか」

「おそらく。附孝洲国主、中目戸にとって、もはや龍ノ原は侵寇を終えた場所。附孝洲の一部のつもりなのでしょう。だからこそ油断している他国へ、龍ノ原から攻め込む。これが好機と」

軍団を擁する国主の目から見れば、龍ノ原は軍士が一人もいない、空白地だ。侵入してしまえば、それで終わり。

附孝洲が手に入れられていないのは、皇尊のみ。それさえ附孝洲の手に落ちれば、龍ノ原は完全に附孝洲の支配地となる。

百舌《もず》が連子窓の外できちきちと鋭く鳴き、風が吹き、落ち葉が板屋根に降りかかる音がした。

「国主、中目戸は龍ノ原――龍や神に、一切の畏怖を抱かぬ者です。ですから師にお願いに参りました。皇尊が表に出られぬ間、吾ら臣が民を護らねばなりません。そのおり、お力を貸して頂きたい」

「この爺《じじい》に、力なぞないぞ」

「知恵がありましょう」

「おまえも、わしには劣らぬ」

「さらに、師は、皇尊一族であらせられる。号令できましょう。皇尊がお戻りになるまで、民を護るために」

　百枝の腰が引けた。

「なにを企《たくら》む、おまえは」

　乙名はじっと百枝を見つめた。

「皇尊は必ずお戻りになる。そのために、わたしにも必ずなんらかの命が下される。命を受け取るために、右《う》の大臣《おとど》とも通じる段取りをしております。お戻りになるまで、わたしを含め重臣たち以外にも民を導き護る方が必要」

「命が下されると——皇尊が龍ノ原を取り戻しなさると考えておるのか。凡庸とその口で言った皇尊に、そのようなことができると」

「できます。できると信じております。必ずわたしには、命が下される」

「おまえは……」

「百枝皇子！　百枝皇子は、おわしますか」

百枝の掠《かす》れ声が、外から聞こえた野太い声に遮られた。落ち葉を踏む足音が近づき、三人の中年男が息を弾ませ、土間に飛び込んできた。

「なんじゃ、里長ども。今は客じゃ」

立ちあがった百枝に怒鳴りつけられても、三人の男たち——里長らしい——は、床に近づき身を乗り出す。

「申し訳ない、百枝皇子！　しかし、あなた様なら事実をご存じかと」

一人が勢いこんで問う。

「なにをじゃ」

「皇尊が崩御され、新たな皇尊が即位されたというのは、まことでしょうや」

（崩御。まさか。わたしが知らぬ間に、皇尊の身に……）

驚きに開きそうになった口を閉じ、乙名は奥歯を噛む。

（いや。皇尊は護領山を越えたはず）

落ち着けと己に言い聞かせる。皇尊が護領山を越えたのは、不津王が龍稜に入って、いくらも経《た》たないうちだ。よしんば、予期せぬところから皇尊の居所が知れたとしても、追っ手が追いつけるはずはない。崩御は嘘《うそ》だ。

「誰がそのようなことを言っておる」

「大首から、文が。大首のもとに祈社から鳥が来て、皇尊崩御、同時に新たな皇尊の即位を知らせたと。新たに皇尊となられたのは、不津王と」

これですと、一人が手にしていた文を百枝に差し出す。受け取り、広げ読む百枝の顔が険しくなる。

「確かに。祈社から知らせが来たらしい」

ふり返った百枝に、乙名は目顔で微《かす》かに応じる。

(それは嘘です)

百枝は頷き、文を里長に返しながら苦笑いした。

「わしは、老いぼれじゃ。龍稜からは見放されておるので、このような知らせは届かぬ。皇尊崩御は大事じゃが、しかし新たな皇尊がすぐに即位されたのじゃろう。問題ない」

「あのように龍を従えた皇尊が、簡単に崩御されるとは思えません」

里長の一人が床を叩いた。

「もし皇尊の御身になにかあったとしたら、それは不津王のせいではないのか。附孝洲の軍士が龍稜あたりをうろつき、しかも酷い噂も耳にしている」

別の一人が言うと、残りのもう一人も口を開く。

「とにかく、皇尊崩御の証《あかし》はないのですから。信じられません」

「しかし、のぉ。祈社が崩御と即位を知らせておるで」

宥《なだ》めようとする百枝に、さらに里長たちは「信じられぬ」「証拠がない」と、食ってかかった。

　里長たちの戸惑いに、乙名は薄ら寒いものを覚える。

（民の心に、宣儀は強烈な印象を残したのだ。民は龍に選ばれた皇尊を、これほど求めてしまっている）

　民は皇尊を畏《おそ》れ敬うのが常だが、歴代個々の皇尊に特別な思いを抱きはしない。皇尊という御位《みくらい》にあらせられれば、それがどんな者でも敬うし、また拒絶もしない。

　だが――日織の宣儀を目にした民は、皇尊となった人物そのものに深い畏怖を抱いたのだろう。心から皇尊として日織を受け入れたのだ。

　いつも不安げな皇尊にこのことを知らせれば、彼女は勇気づけられるだろう。

　しかしながら今の状況で、民が日織を、今上を慕うのは危うい。

　民が新たな皇尊――入道《にゅうどう》すらしていない偽《にせ》の皇尊ではあるが――を認め、粛々と従うことをしなければ、附孝洲は必ず従わせようとするはずなのだ、力をもって。

　騒ぐ里長と、宥めようとする百枝の背に、乙名はこれから先のことを見ていた。

（皇尊がお戻りになるまで、吾らが民をお護りする。だから、お頼み申し上げまする）

　護領山を越えたはずの皇尊に語りかける。

（ことを為《な》さってください）

　いつのまにか竈の煙は消え、強い煤の臭《にお》いだけが残っていた。

里長たちは騒ぎ、興奮している。

二

出航の日も小雨は続いていた。

突堤に繋留《けいりゅう》された平底船の荷は麦のようで、菰の袋が次々と船に運び込まれた。反封洲は冬に備えて麦や米を多く求めるのだと、熟練らしい荷担ぎの男が、旅慣れない様子の日織たちに自慢気に教えてくれた。

ことに今年、反封洲では内乱があったため、例年よりも麦や米の蓄えが少ないらしい。

(あの菰の袋一つの値はいくらだ)

次々に運び込まれる菰の袋を見つめながら、日織は考える。

旅の間に洲貨というものを手にし、様々なものを贖《あがな》うのを見た。一杯の赤米と汁物を食うのに日織は舗の者に礫貨《れきか》を手渡し、泊舗に入るのに空露が砕貨を差し出し、比多は日織たちの馬を玉貨に換えた。

反封洲の懐は豊かではないだろう。それでも他国から食い物を贖う必要があり、有間は頭を悩ませているはずだ。

(そうであるならば——、有間を動かせるかもしれない)

小雨の降る薄暗い早朝。突堤から舷側《げんそく》に渡された板が外され、舫綱《もやいづな》がとかれた。菰の帆は下ろされたまま、櫂《かい》が水をかき船はゆっくり動き出す。

日織と空露と一緒に、当然、馬木と五人の鳥手たちも乗船した。鳥手とても、反封洲の地を踏んだ経験のある者はいない。いつも以上に、彼らの表情には緊張と決意がみなぎっていた。

雨に濡《ぬ》れて黒ずむ船縁《ふなべり》に手をかけ、日織は離れていく津に目をやった。

突堤の端には、馬を引いた比多の姿があった。肩にかけた簑《みの》をしっとり濡らしながら、こちらを見送っている。

船に乗り込む前に別れは告げたが、比多はさしたる感慨もなさそうに、「お気をつけて」と言って、馬を引いてさっさと歩き出したのだ。空露は「よくやってくれた」と言葉をかけたが、比多は「たいしたことじゃ、ありません」と答えただけだった。

あんなに素っ気ない様子ではあったが、比多はおそらく、遠国《おんごく》へ旅立つ空露が心配なのだろうと、見送る姿が小さくなるのを見つめながら思う。

「空露。比多は良い女だな」

船縁に並び、戸津の家々が遠くなっていく様子を一緒に見ていた空露は、日織の言葉に淡々と応じる。

「大きくなりました、あの子も。頼りになります」

年長者として幼い子を慈しむ気配が声音にはあったが、それだけだった。

津を出ると風があり、寒かった。菰の帆をあげて船は進む。

船縁から見れば、海面は艶《つや》のない深緑色。日射しがあればまた違った色に見えるのだろう。

船体が白い波を立てながら、うねる海面を切り裂いていく。その様は面白く、日織は船縁から下を覗き込む。時々、深緑の水の奥に黒い巨大な影が浮かぶ。よくよく見るとそれは、人の倍ほどの大きさがあり、尾ひれがあり、魚の形をしていた。とてつもない大きさの魚と気づいてぞっとし、身を引いた。

驚くのは八洲に、人を襲う生き物が多いことだった。

龍ノ原で人を襲う生き物と言えば、熊《くま》くらいしかいない。しかし八洲には、群れで人を襲う鼠《ねずみ》、大歯尾《おおしび》。頭上から襲ってくる猿、骨喰《ほねはみ》。深い森の土中に棲《す》んで人を餌《えさ》として引《ひ》き摺《ず》り込む、大蜘蛛《おおぐも》など――、いくらでもいるという。

央大地よりも遥《はる》かに広大な海ならば、数え切れないほど危険な生き物がいるはず。

そもそも大海には、二頭の巨龍が棲んでいたと『古央記《こおうき》』には記されているのだ。神となるほどの巨龍が二頭も棲める場所であれば、神も魔も、あらゆるものが棲めそうだった。

「この船の進路を、央大地から離れる方向にとれば、いつかは海の果てが現れるのか」

平底船は、左手に陸を見ながら北上していく。陸を大きく離れることはなく、夜には津に入る。

日織の呟《つぶや》きを、背後を通りかかった水夫《かこ》が聞いて吹き出す。

「この船はそんなに頑丈じゃあ、ありませんぜ。こんなもので海の向こうへ漕《こ》ぎ出したら、高波ですぐにばらばらになります」

水夫は、日織たちが附孝洲に侵寇された龍ノ原から逃げ、反封洲の知人を頼っていくのだと思っている。故国を追われたことに同情し、親切に接してくれ、こうして気安く話しかけてもくれた。

「海の向こうへ行こうとした者が、いるのか？」

この船では無理だとわかっているのは、誰かが試したからだろう。

「昔から、海の果てを見に行きたいって、試す奴も多いんですがね。結局、船が大破して、海に放り出される。運が良ければ板きれにしがみついて流され、なんとか生きて央大地に帰り着くが、死体になって流れ着く者が大半です。今の世の船では、海の向こうへ行くのは無理です。船体がもっと強くなけりゃ」

「刳貫船《くりぬきぶね》は？」

「船体は強いが、小さすぎますぜ。食い物も水も、十日分も乗せられないでしょう。海の果てまで十日で着けるとは思えねぇです」

「そうか。難しいものだな」

「世の中のことは、だいたい難しいもんですよ」

あっけらかんと言って船底へ降りていく水夫を見送りながら、大海の向こうへ思いを馳《は》せてしまった自分は、自覚は薄いが、きっと今の状況がとてつもなく恐ろしいのだろう。央大地から逃げ出したいのかも知れない。

望んで得た御位の、想像をはるかに超えた重さゆえに。

船は幾つかの津に寄りながら北上する。潮流に乗るため、南下するよりも船足は速くなるらしかった。

出航して停泊した最初の津は、葦封洲《あしのほうしゅう》の南。翌日の早朝、再び船は北上を開始したが、戸津を出てからの天候の悪さは回復していない。細かい雨が降り風が強い。徐々に波が高くなり、船体が軋《きし》む。

大きく揺らぐ船に気持ちが悪くなり、日織は昼前には甲板上の小屋の板壁にもたれて、吐き気に耐えていた。

操船に難儀しているらしく、水夫たちが走り、帆をおろせと怒鳴り声をあげている。あまりに揺れる。船縁を越え、白い波しぶきが時々甲板に散った。そうしていると空露が、揺れによろめきながら近づいてきて、傍らに膝をつく。

「気分はどうですか、日織」

「良くない」

「天候が回復するまで、予定外の津に入るそうです。津というよりも、漁を生業《なりわい》にする里のようですが」

「反封洲に到着するのが……遅れるな」

「仕方ありません」

あまりの気分の悪さにそれ以上言葉が続かず、目を閉じた。

船が入ったのは確かに、津とも言えない場所だった。岩場の多い海岸線が続く中で、一ヵ所だけそれが途切れ、陸側にえぐられたように潮が入り込む。潮流のために海底は深く削られて、喫水の深い船も容易に入れるようだった。岩場に沿って十ばかりの小屋が並び、桟橋も作られていた。水深のある岩場を利用した津らしい。

小雨が降り、空が灰色で重く暗い雲に覆《おお》われているせいか、津の様相は陰鬱《いんうつ》な気配が濃かった。

船が近づくと、桟橋のたもとの小屋から数人の男たちが出てきて、訝しげにこちらを見ている。桟橋に大型の船はなく、刳貫船が十五ばかり繋留され、高い波に上下して揺れている。

桟橋に漕ぎ寄せて合図を送り縄を投げると、男たちが、それを受け取り引き寄せる。

船縁から板がおろされ、船長と水夫数人が桟橋に下りて、男たちと話を始めた。

船を避難させる相談をしているのだろう。

慣例として津は、どこの国のどんな船でも、悪天候の場合は受け入れるものらしい。対価は必要らしいが、その時払える洲貨や品がない場合でも、後払いの約束で受け入れる。海を渡る生業の者同士、助け合いがなければ航海はままならない。

国同士が小競《こぜ》り合《あ》いをしていても、一方で民は、そういった細々とした助け合いを続けているのだ。

「話はまとまりましたか？」

船に戻ってきた船長に、馬木が問う声が聞こえた。

「風がおさまるまで、停泊させてもらえるよ」

船長は安堵したように言う。

「連れの一人が、気分を悪くしています。船から下りることはできますか」

繫留されてはいても、船は波のために常に上下する。日織の具合の悪さを心配したらしい馬木は、少しでも日織を陸に下ろして休ませたいらしい。

船長が、うむと低い声を出す。

「昔からある小さな津だが、よほど難儀しなければ停泊せんところで……。下りるのは、かまわんだろうが」

船長の言葉は歯切れが悪い。

「なにか危険なことでも？」

「いや。験《げん》が悪いんだよ。ここはご覧の通りに、陸から通えぬ場所にあるので、葦封洲の郡主《こおしゅ》の支配にも入っていない」

船長の言葉に、日織はふと目を開け、へしゃげたような板屋根が並ぶ陸へと目を向けた。岩場の際《きわ》に貼《は》りついて並んだ小屋は十軒ほどで、それらの背後に、縦に裂けたような岩の絶壁が立ちあがっていた。陸へ続く道はなさそうだった。ここに住む者たちは刳貫船で、津の外へ出るしかない。

「この津は、公《おおやけ》の名すらない。漂着の津と水夫たちは呼んで、験が悪いと嫌うんだ。悪いものが吹きだまると言ってな。ここは故郷で食い詰めて、行く当てもなくなった者たちが住み着いてできたからなんだが。まあ水夫でないあんたたちには、関係ないかもしれんが」

馬木が日織のもとへやってくると、囁《ささや》くように問う。

「如何なされますか？　水夫は験が悪いと嫌う津のようですが、お辛《つら》そうです。陸にあがって休まれては」

「そうなさいませ」

傍らについていた空露も促す。

津に入ったとはいえ、微妙な揺れは続いている。限界に近かったので、日織は頷いた。

桟橋近くにある、小さな物置用の小屋を借りられ、船を下りた日織はそこに入った。掘立柱の小屋の地面はむき出しの土で、湿気て潮の臭いがきつかった。

地面に菰を敷いて横になる。

小屋の壁際には桶《おけ》や漁網がごちゃごちゃに積まれ、窓もない。出入り口の戸を閉めれば、ほとんど暗闇《くらやみ》。板壁の隙間《すきま》からほんのり光がこぼれるのみ。その同じ隙間から、冷たい潮風も吹き込む。横になった視線と同じ高さに、湿気と潮風で腐食した柱の根元があった。加工もされていない、ごつごつした石を礎石に、不安定に立っている。

そんな物置小屋でも、揺れのない場所で横になれるのは、ありがたかった。

空露が気を利《き》かせ、小屋の出入り口辺りに油皿を置き、小さく灯りをともす。さらに彼は枕元に座り、見守ってくれる。

目を閉じると、自分の体がぐるぐると地面の上で回転しているような気がした。

(反封洲《たんのほうしゅう》に辿り着けるのか、こんなことで)

海が荒れ、まるで日織の行く手を何かが阻《はば》むかのようだ。

きつく潮が臭う暗い小屋の地面で、湿った菰に横たわる自分は惨《みじ》めだ。全てに見放され、空露と鳥手《とりて》たちだけが、気の毒にも日織につきあわされている。体調が思わしくないためか、暗い思考ばかりが胸を埋めた。

「少しお眠りなさい」

額を、空露の手が撫《な》でる。その温《ぬく》みに幼い頃のことを思い出し、ほっとし、眠った。

どれほど眠っていたのか、腐臭に似たものを感じて目が覚めた。

目を開くと、板壁の隙間からこぼれていた仄《ほの》かな明るさが消えている。日が落ちて、夜になっているようだ。

戸口の油皿の灯りは、ゆらゆらともっている。

空露が座っていた場所を目で探るが、彼の姿はなかった。日織が眠っている間に外へ出たのだろう。

（なんだろうか、異様な臭い）

吐き気を催すような、汚物と腐臭の混じったような強烈な臭いがする。それがどこから漂ってくるのか探して、空露が座っていたのとは反対方向に首をねじった。すると目の端に、垢《あか》で腐《くた》れた麻布が地面にあるのを認めた。さらに首をねじって、頭の上の方へと目を向けた瞬間。

にやりと、黄色い歯を剝《む》き出した老婆《ろうば》の顔があった。まだらに白いざんばら髪で、吹き出物に埋め尽くされた頬と鼻。

驚きと恐怖に一瞬息が止まり、出そうとした声が喉《のど》に貼りつく。老婆は思いもよらない素早い動きで日織の胸に馬乗りになり、骨張った両の掌《てのひら》で日織の喉を摑《つか》む。

「死ね」

老婆がしゃがれ声で、腐臭に似た臭いを吐きながら囁く。

「おまえが生きているから、全部が悪くなる。死ね」

細い指が首に食い込む。

（なんだこの者は!?）

瞬《まばた》きも少なく、ぎらぎらとする目を見れば、老婆がまともでないのはわかる。

食い込む指を引き剝《は》がそうと老婆の手首を摑むが、木切れのような細さにもかかわらず、びくともしない。

「おまえさえ死ねば、央大地《ひさしだいち》は自在になる。神国などいらぬ。神などいらぬ」

老婆がなにを言わんとしているのか、咄嗟《とっさ》に理解しかねた。

（神？　神国!?）

さらに、自在とはなんだと、苦しい息でもがきながら思う。

「死ね。おまえは、死ね。さすれば神の国は砕ける」

老婆が何者なのかわからないが、神を侮《あなど》る言葉を吐き続ける。

「神の国が砕ければ、神も散り消える。そうなれば人は人らしく、望むままに求め生きられる。自在に生きられる。おまえさえいなくなれば、人は自在になれる。死ね」

神が消えるなどと、日織は考えたこともない。しかし告げられた言葉で、気づく。

(神が消えないとは、誰も断言できない!?)

であるならば、神は消えることもあるかもしれない。神がいかなるものか、神と龍と縁《えにし》を成した日織すらもわからない。いかなるものかわからない存在なのだから、消えることもあるかもしれない。

「死ね。死ね。消えてしまえ」

足を蹴《け》ってもがくが、老婆の体は石のように重い。爪《つめ》が肌に食い込み、息がさらに苦しくなる。

(死……消えるのか、わたしは。神は……)

もし、自分が消えたら。神が消えたら。恐怖と驚きに混乱し、様々なものがまとまりなく頭の中を巡る。そこに老婆の声が響く。

「神が消え散り畏れが消えれば、人は人らしく自在に望みのままに求め生きられる！」

混乱する頭をよそに、その言葉に胸がずくっと疼《うず》く。疼いたのは、不快さ。

(畏れが消え、望むままに求める——!?)

人が自在に生きる。求めるままに生きる。聞き心地の良い言葉のそれは、結局は欲望のままに振る舞うという意味。神という不確かで大きな存在がなくなれば、人はそう振る舞うということか。

疼く不快さの意味が自分の中で形になった瞬間、腹の中にかっと怒りが噴いた。

（人が人らしく望みのままに自在に振る舞い——わたしの臣を殺した！　そして逆封《さかのほう》洲《しゅう》の娘を突き殺したのだ！）

眦《まなじり》を決した。

「人が人らしくとは傲慢《ごうまん》！　神を畏れよ！」

唐突に全身が燃えあがった。燃えたと思ったほど肌が熱くなり、老婆の手首が焦《こ》げた臭いを発する。老婆が悲鳴をあげ、のけぞり、日織の体から転げるように飛び降り、漁網が山と積まれたあたりへ逃げ込む。

己の吐く呼気が熱かった。龍道《りゅうどう》の奥、地睡戸《ちのねむりと》の隙間から吹く風のごとく——熱い。その熱によって日織は、自分が何者であるのか感じた。

「わたしは皇尊《すめらみこと》だ」

ほとんど意識せず出た言葉だ。体の内側にあるものが、日織の常の意識とは関係なく言葉を発したようだった。

ゆらりと立ちあがる。

「わたしは神と龍と縁を成したのだ。皇尊たるわたしに、神の国などいらぬと、よくぞ言ったな。死ねと言ったな。許さぬぞ」

地面に這《は》いつくばった老婆が、血走った目でこちらを睨《ね》めつけた。その顔は、憎悪と恐怖と妬《ねた》みと――ありとあらゆる人の負の感情が煮凝《にこご》ったような醜さ。

(暗い思いが凝ったようなこれは、人の顔ではない)

そこで気づき、愕然《がくぜん》とした。

「おまえは――鬼か」

恨み、後悔、嫉妬《しっと》、憎悪、哀《かな》しみ、苦しみ。あらゆる負の感情を呑《の》んで死んだものが鬼となり禍《わざわい》をなすという、龍《たつ》ノ原《はら》にはない概念。

老婆は悲鳴をあげ、丸まり、頭を抱えて地面に伏した。

「日織！」

戸が開き、空露と馬木が飛び込んできた。

「何かございましたか!?」

二人は、立ちあがった日織の足もとにうずくまり、哀れにすすり泣く老婆を見て目を丸くした。

「この者、どこから!?」

馬木は焦《あせ》り、小屋の中を見回し、漁網の塊に手をかけた。

「この中に潜んでいたのか。しかし皇尊がこちらに入る前に、鳥手たちが中を検《あらた》めたはず」

失態と感じたのか、馬木が苦い顔で膝《ひざ》をつく。

「申し訳ありません、皇尊」

「いや、良い。鳥手には見えなかったかもしれぬ、この者」

鳥手が人一人、見逃すとは思えない。見逃したとしたら——見えなかったのだ。もし鬼というものがあって、この老婆に取り憑《つ》いていたのなら、鬼の邪《よこしま》な力で人の目をくらましたのかもしれない。

「は？」

不審げに問い返す馬木に、日織は首を横に振る。鬼がめくらましをかけた、などとは言えない。全ては憶測だ。

「よいのだ。何事もなかったのだから」

馬木は老婆を引き立て外へ出た。

空露が心配そうに日織の前合わせに手をかけ、身なりを整える。

「申し訳ありません、日織。少し外に出ている間に。戸の外には馬木もいたので、大事ないかと」

「空露。八洲《はっしゅう》の鬼とは、どんなものなのだろうか」

申し訳なさそうな空露の言葉を遮り、問う。彼は訝《いぶか》しげな顔をした。

「如何しました。鬼などと」

「あの老婆の様子が奇妙だった。鬼に憑かれたかのように思えた」

「あれは、この津の者でしょう。病かなにかで錯乱しているように見えます。そういった者たちの様子や、悪辣《あくらつ》なことをなす者を指し、鬼に憑かれたと八洲の者は口にするようです。鬼とは、言うなれば目に見えぬ、不確かな存在。それが禍をなしたのか、実在するのかも、あやふやで。しかし八洲の者はあると信じている。そんなものです」

「不確かな存在で、あるともないとも言えず。しかし時に何かが起こる――。在り方は神と同じか」

「神と鬼を同じものとは、畏れ多い」

「在り方が同じと言ったのみ。質として対極にあるものだろう」

神国である龍ノ原に鬼の概念はない。鬼とは邪なもの。邪なものは、神と龍を恐れて龍ノ原には入り込まないのだろう。

日織は龍に触れた。触れて肌に伝わるのは、ひやりとした冷たさ以上に、清々《すがすが》しいなにかだ。あれほど清らかで強いものが飛翔《ひしょう》していれば、先刻日織に触れた、鬼かもしれない存在は、噛み砕かれるか尾で叩《たた》かれ弾《はじ》け飛ぶ。そんな気がする。

（しかし鬼が恐れる神国は今、蹂躙され穢《けが》されている）

もしかして――と思う。

今、龍ノ原が蹂躙されたことで央大地にある神国の力が弱まり、鬼の力が増しているのかもしれないと。

（龍ノ原という神国が砕ければ、いくら皇尊が存在しようが、央大地に鬼が跋扈《ばっこ》するのではなかろうか。そもそも龍ノ原とは、神国とは、なんなのだろうか）

老婆の爪が食い込んだ首に触れる。ひりひりした。

皇尊は、一族の血を引く者であれば誰でも御位に即《つ》ける。考えてみれば不可解なことで、資質を問われることもない。ただそこにあることのみを望まれる、一つの要素でしかないようにも受けとれる。

事実――皇尊とは龍ノ原という神国が成るための、ただの要素の一つなのかもしれない。争いなく人が平穏に生きる龍ノ原は、護領山《ごりょうさん》で囲われたあの土地、あの国そのものが聖域であり、それがあることで央大地は治まるのではないのか。要石のようにある清らかさで、央大地を鎮《しず》めているのではないか。

皇尊は、龍ノ原を清らかに穢れなく保ち続けるための、要素の一つ。民の心を惹《ひ》きつけ、心安らかに保たせる、象徴という要素。

治央尊《おさのひさしのみこと》は民心を平らげようとして、龍をそそのかし角を奪ったのかもしれない。龍ノ原には遊子《ゆうし》を排除するような、無意味で残酷な現実もあったし、民と民が小さな諍《いさか》いをすることもある。

しかしそれらは神にとっては些細《ささい》なことで、大きな穢れではなく、龍ノ原は聖域であり続けられた。拙《つたな》い幻想のように、一片の曇りもなく、一片の間違いもなく、一片の争いもなく――そんなものを神は望んでいない。生き物であるのだから、曇りも間違いも小さな争いも、あってしかるべきと寛容に見守っているし、大きな穢れにはならない。ただ金気もなく、戦《いくさ》もなく、民は皇尊の信徒としてある。その大きな枠さえ崩れなければ聖域は穢れずにいられたのだろう。

（あの老婆は、わたしが死ねば神国が砕けると言った）

日織が死んでも、誰かが入道して新たな皇尊が立つだろう。しかし新しい皇尊が御位に即いたとしても、龍ノ原が蹂躙され穢され続けていれば、砕けるということか。要素の一つである皇尊だけでは、龍ノ原は神国たり得ない――その地が穢れなく保たれていなければ。

　人の心から神への畏れが消え、人が人らしく振る舞う央大地を望む鬼にとって、清らかな龍ノ原を取り戻そうと行動する日織は怨敵《おんてき》。だから鬼が、神の加護の薄いこの地で、日織に襲いかかったのか。

　鬼という概念は、実体などないもの。禍があれば、鬼の仕業、鬼が取り憑いたと例えられる程度。鬼に会ったなどという話は、子どもを脅す御伽噺《おとぎばなし》の類《たぐ》い。

　今までは、そんなものだった。

しかし神国が砕ければ、龍も消え、鬼が神のごとき力を得るのかもしれない。

鬼こそが央大地を支配する存在で、いずれは、正しきものと人に崇《あが》められるのだろうか。

ぞっとした。おぞましかった。

鬼が跋扈すれば多くの人が取り憑かれ、多くの禍をなす。取り憑かれた者たちは、それが人が人らしくある正しき姿と放言するのか。そうなれば央大地の民は争い続け、いつの日か、治央尊が旅立った神代《かみよ》以前の陸のように沈むのではないか。地龍《ちりゅう》が支えようとも、支えきれぬほどの重みになり――。

それが神の国が消えることの本当の恐ろしさかもしれない。

「反封洲へ急がねば。わたしは、ただ龍ノ原を成すものの一つに過ぎないが――今わたしが消えれば、龍ノ原が消えかねない。鬼が歓喜するだろう」

そんなことはさせるものかと、歯を食いしばった。

人が人らしくという、耳に心地よい言葉が腹立たしい。あたかもそれが闊達《かったつ》で、良きことのように、正しきことのように、偽装しているのがおぞましい。

人は、自らを律してこそ人らしくあるのではないか。自らを律するために、人ならざる大きな存在に頭《こうべ》を垂れる必要があるのではないか。

日織の呟きに、空露の瞳《ひとみ》に珍しく不安げな色が宿る。

「なにを言っているのです。疲れていますね、日織」

小屋が、海から吹く強風に軋む。

「平気だ。船に戻る」

ひとつ息を吐いて告げた。闇夜に歩き出しながら、朝には風が穏やかになっていることを祈り、掌を軽く握った。

老婆を一喝したときの全身の熱は、消えている。

（あれは——なんだったのか）

握っていた拳《こぶし》を広げ、己の掌を見た。なんの変哲もない自分の手だった。


あの老婆は占卜《せんぼく》を生業にし、八洲を放浪していた者らしい。数年前に漂着の津にやってきて住み着いたが、生国が何処《どこ》か、本当の名すら、津の者は誰一人知らない。

翌朝、馬木からそう報告を受けた。

馬木が、日織を襲った理由を老婆に問いただしても、要領を得なかったという。老婆が居候《いそうろう》している小屋の漁師は、「まともではないので訊《き》いても無駄だ」と言ったらしい。

変わらず細かい雨は降り続けていたが、波は幾分穏やかになったので、船は漂着の津を出た。

北上するごとに寒さが増していくようだった。戸津《とのつ》を出たときは海の風がすこし冷たいとは感じたが、左手に見える陸地が反封洲になってからは、船縁で風にさらされていると、いくらも経たないうちに肌が冷え震えが来る。

深緑だった海は、寒々しい青みが強くなった。

漂着の津を出航してからも、空は曇ったままで日射《ひざ》しはない。断続的に雨が降る。そのせいか波も幾分高く、船体は大きく揺れることもしばしばだった。

目的地である北門津《ほくもんつ》に船が入ったのは、戸津を出てから三日後のことだった。

三

日織と空露、馬木。そして鳥手の五人。総勢八人は北門津の突堤に降り立ち、全員が游気《ゆうき》の冷たさに身震いした。

風の質が変わっている。肌を撫でるようだった風の冷たさが、刺さるような鋭利さになっていた。

（これが最北の国か）

季節は秋だと思っていたが、海を渡ると、既に初冬の気配がする。

雨は降っていなかったが、相変わらずの曇天に鳶《とんび》が飛ぶ影がある。

「有間に会うためには、都の大蓋《おおがい》へ向かわねばならないのだろうが……」

足もとの突堤に打ち寄せる波音を聞きながら、そう口にした日織だが、大蓋がどちらの方向かさえわからない。

日織と空露はもちろんだが、馬木を筆頭にした鳥手たちも、反封洲に足を踏み入れるのは初めてだった。鳥手たちは、龍ノ原の隣接国に出向くことはいくらでもあるが、央大地の最北の地に行く用向きなどない。

しかし鳥手たちは、機敏だった。馬木が配下を走らせ、北門津のことを様々に聞き出してきた。

戻ってきた配下の報告を聞き、馬木が、津の北側にある岬を指さす。

「あちらの岬に建つ柵《さく》が、北郡《ほくぐん》の郡家《こおけ》であり、郡主《こおしゅ》が住む北門柵《ほくもんさく》だそうです。まず、そちらに向かうべきかと存じます。こちらの身分を告げれば、便宜を図ってくれるやもしれません」

長大な突堤に沿って、板屋根の小屋が寄り集まっていた。泊舗《とまりみせ》のような小屋もあれば、飯を食わせる厨舗《くりやみせ》や、糟湯酒《かすゆざけ》を呑ませる酒舗《さけみせ》もある。潮のしたたる海藻や魚を笊《ざる》に並べて売っている場所は、潮水で路《みち》がぬかるんでいた。

それらの場所を抜けると、岬へ向かう道が現れる。岩が点在し、まばらに草が生える荒れ地の斜面を、道はのぼっていく。

岬に近づくと、麓《ふもと》に焼け落ちた建物の跡があった。

幾棟も並び、板塀で囲われていたらしい建物群。そのほとんどは天井が落ち、柱が黒い骨のように曇天に突き出ていた。全《すべ》ての建物が火災の被害をうけている中に、ことに激しく焼けた建物が点在している。火元が一ヵ所ではなかったからだ。あちこちから同時に火の手があがった――そうとしか思えない。

あまりにも大規模な焼け跡に、思わず日織は足を止めた。

焼け倒れた板塀の向こう、かろうじて残る半分焼けた柱に、幾本も、矢羽根が焦げた矢が突き立っているのを見つけた。

(戦の跡だ)

海から吹く風にあおられ、黒い灰が霞《かすみ》のように舞う。

「戦があったそうです。ここは北門柵の出《で》柵《さく》だった模様です」

配下の鳥手が民から聞いたことを、馬木が背後から教えてくれる。

「今から向かう北門柵に、先代国主《こくしゅ》の伴屋人《とものやひと》が居を移していたそうです。そこを有間殿――現国主の有間様が率いる軍が襲い、勝利し、乱が終わったとのこと」

有間がここで戦ったのかと、日織は焼け跡を見つめた。

「行こう」

　しばらくして、日織は皆を促して歩き始める。

（戦になれば、龍ノ原もあのように焼ける）

　どうしようもなく、戦わねばならないときはあるだろう。しかしその前に日織は、別の方法をとりたかった。

　建物や田畑を焼き、民を殺すのは最後の手段だ。

　岬からは、眼下に北門津が見渡せた。

　岬を挟んで逆側にある河口では、木製の桟橋に川船が並び、荷のあげおろしをしている人影が小さく動き回っている。

　護領山を越えて奇妙に感じたことの一つに、川があった。

　八洲の川は山から流れ出て、海につながっている。龍ノ原では護領山から湧《わ》き出た水が川になり、龍ノ原を流れ、湖や池や沼に収束して、地下に飲み込まれていく。

　川の水が海に流れ出ては、いつか水が涸《か》れないのだろうかと心配になる。しかしそんなことはないらしい。八洲の者に言わせれば、川の水が地に吸い込まれる方が、奇妙だという。

　傾斜のきつい岬の道を、のぼり続けた。

　北門柵の南門に立つ軍士二人が、坂をのぼってきた日織たちを認め、槍《やり》を構えて立ちはだかった。

「止まれ。何者か」

空露が一歩前に出た。

「わたしは龍ノ原の祈社《きしゃ》に属する護領衆《ごりょうしゅう》、代祇《だいぎ》の空露と申します。先ほど船で、北門津に到着をいたしました」

軍士たちは顔を見合わせる。彼らは、龍ノ原を当然知っているだろうし、祈社という社《やしろ》の名も知ってはいるだろう。だがあまりにも遠く離れた国のことで、突然そんなことを告げられても戸惑うばかりらしかった。

「それで、その。護領衆？　が？　何のご用ですか」

言葉遣いや気配から、空露がある程度身分ある者と察したらしく、軍士の一人が最初よりは幾分丁寧に問う。

「北郡郡主にお目にかかりたい。国主、伴有間様の知己たる方をお連れした。有間様に目通りできるよう、大蓋へ遣いを出して頂きたい」

一層、軍士たちは訳がわからないという表情になる。

「国主様の知己？」

「龍ノ原の皇尊であらせられる」

告げた途端に、二人の軍士は同時に吹き出す。

「そんな莫迦《ばか》な」

「冗談が過ぎるぞ」

空露は黒い護領衆の衣を身につけていたが、馬木を筆頭に鳥手たちは、商人の姿に身をやつしていた。なおかつ日織の身なりは、逆封洲で手に入れた大衣《おおきぬ》で、しかも潮臭く、泥と血で方々が汚れている。白い頬にも、治りかけた深い切り傷が生々しかった。正直ひどい有様で、神国の長《おさ》には見えない。

「龍ノ原の皇尊が、反封洲に来るはずはない。騙《かた》りだな、おまえら。どうせならばもっと、うまく騙れ。帰れ、帰れ」

軍士が槍の穂先をこちらに向けたので、空露が半歩後ずさり、馬木が代わりに、三歩前に出た。周囲に鳥手が散る。

油断ならない彼らの目つきと構えに、軍士たちの顔色が変わった。

「何者だ、おまえら」

「控えよ」

日織は馬木の背に告げ、進み出た。

「しかし皇尊」

「良い。この者たちは役目に忠実な、良き軍士というだけだ」

穂先をこちらに向ける軍士を恐ろしいと思えなかったのは、彼らが、一旦《いったん》ではあるが空露に対する態度を改めたからだ。理性もあり理屈も通る者たちだ。だからこそ、龍ノ原の皇尊がこんな場所にいるはずはないと考える。

「わたしは龍ノ原の皇尊だ。即位までは日織と呼ばれていた。今、ここで文を書こう。それを郡主に渡し、判断を仰いでほしい。それならばできるな？」

歩み出てきた黒い衣の華奢《きゃしゃ》な青年――あるいは、女。軍士たちは日織が男女のどちらか咄嗟に判断できないらしく、不審げに日織を見つめつつも、応じる。

「文の取り次ぎならば、……まあ、引き受けよう」

「では、待て。文を書く」

鳥手が手分けして背負っている荷の中から、日織は巻いた料紙と筆を取り出す。墨を含んだ筆先を、空露が差し出した竹筒の水で湿らせて文字を綴《つづ》る。

書いた部分を巻紙から切り離し、空露に渡す。空露がそれを軍士に手渡した。

受け取った軍士が呟く。

「不思議な香りがするな」

料紙に染《し》みついた白杉《しらすぎ》の香りに、気づいたらしい。胡乱《うろん》げな表情で、軍士は門の内側に控えていた別の軍士に文を渡した。

軍士たちは槍を構え、こちらを警戒している。内乱が収束していくらも経《た》っていないのだから、用心深くなるのも致し方ない。

程なく、広い前庭を横切って、一人の青年がやってきた。肩脱ぎで身につけた大衣は地模様も織り込まれていない深緑。腰に揺れる毛皮飾りは艶のない灰がかった茶で、質素に見えた。しかし彼が門に近づいてくると、内側に控えた軍士が叩頭《こうとう》したので、青年が身分ある者と知れた。

　青年の手には、先ほど日織が書いた文がある。

　すたすたと気負いなく門に近づいてきた青年は、気軽にひょいと高い敷居をまたぎ越し、槍を構える軍士たちをねぎらった。

「ご苦労だった。もういいから、槍は引け」

　青年は軍士たちの間を通り、空露の前で立ち止まる。

「文を拝見しました。まことにこの文は、あなた様の手によるものですか？」

　青年は空露と手にある文とを見比べる。はきはきとした口調といい、こちらをもの珍しそうに見る表情といい、明朗な雰囲気の青年だ。

「わたしは護領衆、代祇の空露と申す者。その文をしたためられたのは、皇尊であらせられます。皇尊は——こちらに」

　腰をかがめて二歩ほどさがった空露に代わり、日織は進み出る。

「あなた様がこの文を？」

「そこの軍士たちに聞いてみるが良い」

肩越しにふり返った青年に、軍士たちは頷《うなず》く。

「……なるほど」

呟き、そしてまじまじと日織たちを眺めた後に、青年は告げた。

「中へご案内いたします。皆さま、こちらへ」

背を向け歩き出した彼に続いて、柵の前庭を横切り正殿《せいでん》へとあがった。

開きっぱなしの枢戸《くるるど》や蔀《しとみ》の向こうに、今にも降り出しそうな曇り空と、灰色の空を映す海が見え、潮の香りが吹き込む。

母屋《もや》に入った青年は、蔀と枢戸の上に巻かれていた簾《すだれ》の紐《ひも》に手をかけ、さっさとおろしていく。開いた部分の簾を全ておろし終わると、枢戸に垂れた簾の隙間から簀子《すのこ》縁《えん》へと顔を出し、

「しばらく誰も近づくなよ！」

と、外の者に声をかけた。母屋の中央に戻ってくると、日織を促す。

「そちらに、おかけになってください」

示されたのは母屋最奥《さいおう》にある、背後に几帳《きちょう》を立て、傍らに挟軾《きょうしょく》を置いた座の藁蓋《わろうだ》。国主、もしくは郡主が座すべき場所だ。

「良いのか？」

「はい。お供の方々も、その傍らに」

言われるままに日織が座につくと、青年が日織の正面に座した。彼は兵《つわもの》らしいてきぱきとした身ごなしで袖《そで》をさばき姿勢を正すと、おもむろに叩頭する。

「まずは軍士たちのご無礼をお許しください、皇尊」

皇尊と呼ばれて日織は驚き、青年を見つめた。空露や馬木、鳥手たちも、青年の態度の理由が分からず顔を見合わせる。

青年は顔をあげない。顔をあげる許しを待っているのだと気づき、声をかけた。

「軍士たちの振る舞いは、役割を果たしただけのこと。無礼ではない。顔をあげよ」

「ありがとうございます」

顔をあげた彼の目には、明るい色があった。

「申し遅れました。わたしは、伴壱岐《いき》。先頃、兄国主の命により、北郡郡主を務めることとなった者です」

さらに日織は驚き、目を瞬《しばたた》く。

（郡主だったのか、この青年が！　しかも有間の弟）

弟だというが、有間とは雰囲気がかなり違う。

「わたしを皇尊と呼んだか？」

「そうなのでございましょう？　実は、にわかには信じられません。今もまだ信じられないと思いながらも、ここに、こうしております」

困ったような目で言いながらも、口調に愛嬌《あいきょう》があった。

「信じられないと思いながら、なぜ叩頭する。なぜ、わたしを皇尊と呼ぶ」

青年――伴壱岐は、懐《ふところ》から今し方日織がしたためた文を取り出し、床に置く。

「これをあなた様が、門前で書かれたからです。わたしは兄国主のもとに届けられた、皇尊の文を拝見したことがあります。手跡がこれと同じです。さらに料紙に香るこれは、龍ノ原の龍稜《りゅうりょう》、もしくは祈社にしかない香りと、兄国主から聞いております。この料紙をお持ちであり、この文字を書かれるのでしたら、にわかに信じられなくとも――皇尊であらせられる。そう判断しました」

真《ま》っ直《す》ぐ、壱岐は日織を見つめる。

胸に深い安堵《あんど》が広がっていくのを、日織は感じた。

目の前にいるのは有間の弟で、日織が有間に宛《あ》てた文を目にしている。はじめて出会った青年の存在に、緊張がほぐれていく。

壱岐は日織を懐《なつ》かしむような目で見ている。有間から日織の話を聞いて、親しみを覚えてくれていたのかもしれない。有間が日織のことをどんな風に語っているか、彼の目を見て知れた気がする。

（確かなのだ。確かに有間がこの地にいる）

龍稜から逃れ、淡海《おうみ》の首を抱き、護領山を越え、軍士から逃れながら、少女一人も救えず。悠花が近くにいると知りながら通り過ぎ、船に乗り――数えてみれば十日以上もの間、日織は不安と緊張の中にいた。会ったこともない人々の中に混じり、見たこともない景色の中を歩き――、日織を日織と知る友の国に、ようやく到着したと実感を覚えた。

壱岐の表情が険しくなった。

「数日前に北門津に到着した逆封洲の船から、龍ノ原がどのような状況にあるのか知らせは受けています。ご安心ください、皇尊。皇尊は吾《われ》らがお護《まも》りいたします。吾らは皇尊の御恩を忘れておりません」

「恩とは？」

「前例のないことにもかかわらず、書札《しょさつ》を下されました。国主となるべき者に」

壱岐は、日織が有間に渡した書札のことを言っているらしい。

「役に立ったのか？」

深く、壱岐は頷く。

「書札を拝受した伴有間が国主となりました。この事実こそ、書札の助けの証《あかし》」

「わたしも有間に助けてもらったのだ。有間は変わりないか？　怪我《けが》や病は」

「ありません。頑健な有間兄君《ありまのあにぎみ》には、ちょっとやそっとじゃ、かすり傷もつきません。荒縄のような雑な質《たち》なので、傷がついていても、気づいていないだけかもしれませんが」

遠慮のない言葉に、顔がほころぶ。有間と壱岐の、良好な兄弟関係が察せられた。

「それは良かった。わたしの知っている有間と変わらないようだ。早く、会いたい」

日織は表情を引き締めた。

「少しでも早く有間に会いたい——会わなければならないのだ。できるだろうか？」

「なぜ、そのようにお急ぎに」

「わたしは反封洲に護ってもらうために、ここまで来たのではない。有間に、わたしの策に乗ってもらうために来たのだ」

壱岐は日織が、命からがら、庇護《ひご》を求めて逃げてきたと思っていたのだろう。意外そうに何度か瞬きした。

「庇護をお求めではなく、策をと？」

「龍ノ原を護る策だ。そしてこれは反封洲にとっても悪い策ではないと信じる。急ぐ理由は、言うまでもなかろう。こうしている間にも龍ノ原は蹂躙《じゅうりん》されている。わたしの民が命を落としているだろう。だから早く、有間に会いたい。策をなしたい」

壱岐の目を真っ直ぐ見る。

「戦を知るあなたなら、わたしの焦りをわかってもらえるだろう」

日織の気迫に応じ、壱岐が頷く。

「承知いたしました、すぐに手配いたします」

叩頭し、立ちあがろうとしたが、ふと何かに気づいたように壱岐は動きを止めた。

「湯と衣を用意させましょう。出発の準備が整うまでの間に、お体を清め身なりを整えてください」

はっとして日織は、自分の身につけている大衣の袖をあげてみる。

「ひどいか？」

「ええ、そこそこ」

苦笑した壱岐は、再び叩頭して座を立った。

日織たち全員が同じような身なりだったので気づいていなかったが、よほど酷《ひど》いのだろう。空露も馬木たち鳥手も、衿に鼻を近づけたり、袖を広げて眺めたりした。日織はすこし赤面した。

こんな姿を、悠花に見られなくて良かった。

日織は何日かぶりに湯で体を清め、潮の香りが染みついた衣も、借りた大衣に替えた。男の身なりをしたのは、その方が動きやすいからだった。

翌日の早朝、壱岐が準備した川船に乗り北門柵を出た。

総勢、十三人の旅となっていた。日織と空露、馬木。鳥手が五人。さらに壱岐と配下の兵、四人。三艘に分乗して川をさかのぼった。

船で川をさかのぼれば、日が沈むまでに大蓋のある平野に到着出来るとのことだった。川幅が広く流れもゆるやかなので、船は大きく揺れることもなく、順調に進んだ。午後の遅い時間に大蓋近くの船着き場に到着すると、そこから馬に乗り換えた。ここまでくれば、あと一刻あまりで大蓋に到着できるらしい。

船着き場の近くにある丘に登れば大蓋の全容が見られるというので、壱岐の案内で小高い丘にあがり、全景を見おろした。

夕暮れが近かった。

正面から風が吹き、頬をかすめた。

「これが……都？」

日織は思わず口にした。都という華やかな言葉から想像していたものと、眼下に見えるものの差が大きく、驚いていた。

国主が住む、人や物があふれる賑《にぎ》やかな場所。都とはそういったものだと聞いていた。戸津や北門津を見てきたので、おおよそあれらの場所に似ていると想像していたが、様相が違う。

深い空堀が巡らされ、都――正式には国府《こくふ》と呼ぶらしい――が、周囲の平地から切り離されている。切り離された内側に隙がないほどに板屋根が並び、徐々に中央に向かって盛りあがっていた。切り拓《ひら》いた頂きに高い築地塀《ついじべい》が巡らされ、大門があり、櫓《やぐら》がある。あれが城だ。

民が暮らす場所というより、戦に身構える兵たちの砦《とりで》のようだった。

「逆封洲の都とは、随分違いますな」

馬木が興味深そうに、大蓋を眺めながら言う。

「逆封洲の都は、こんなじゃないのか？」

馬を並べていた壱岐が問う。彼は誰に対しても気安く声をかけるので、すぐに馬木とも打ち解けていた。

「逆封洲の都、来須《くるす》居《い》は平地に四角く、整然と建物が並んでいるのです。遠目で見れば敷物のようです」

「それでは護りづらいだろう。戦になったらどうする」

「隣国に蹂躙されることは、考慮されていないのです。都のある国の奥まで侵入されれば、もはや国境《くにざかい》の小競り合いではすまず、国の存亡という話になります。そんな大戦になれば、国主はどこかの柵へ移動するのでしょうが、まず、そのようなことはない。大蓋は国境から遠い。なぜここまで備えられているのか、こちらの方が不可解です」

「反封洲の敵は、隣国だけではなく、国の中にも多かったということだ。昔から」

壱岐は肩をすくめ、冗談めかして言う。

「家人《けにん》の叛逆《はんぎゃく》、民の反抗、国主一族同士の争い。土地が痩《や》せて貧しいと、内側でもめ続ける。みっともないけれど」

「過酷な……」

日織の呟《つぶや》きに、壱岐は苦笑する。

「それが反封洲です」

初対面で日織を脅したとき有間は、龍ノ原は暖かいだけで魅力的だと口にしていた。おそらくそれは事実で、反封洲は神代から飢えと寒さに苦しみ続け、だからこそ屈強な者を育《はぐ》んだのだろう。暖かい土地を欲し、食べる物を欲し、隣国に戦を仕掛ける。民が生きるために必要な手段で、多大な犠牲を払ってでもそうする必要があったから。

反封洲とは、そういう国だ。

大蓋の方向から吹く風の冷たさに、日織は身震いする。

「参りましょう、皇尊」

壱岐が促して悪戯《いたずら》っぽく笑う。

「あなた様が現れたら、さすがの有間兄君も仰天しますよ。驚いた顔を見るのが、楽しみです。せいぜい、脅かしてやりましょう」

灰色の暗い雲が垂れ込める中、秋風と呼ぶには日織にとって冷たすぎる風を肌に感じながら、馬を進めた。

（有間。会えるな、もうすぐ）

嬉《うれ》しさとともに、身が引き締まる。

日織がここまで来たことを、あの猛々《たけだけ》しい男は弱腰と呆《あき》れるだろうか。なんとしても踏みとどまり、附孝洲《ふのこうしゅう》の軍士を追い払う算段をするべきだったと言うかもしれない。日織がここに来たことも、誤りだと言うかもしれない。

正しいと信じたからこそ護領山を越えたが、それは龍ノ原の者としての判断。八洲の者である有間には、別の判断があるはず。

友であり、信頼できる者であるからこそ、有間の言葉が怖かった。

彼の目に映る正しい判断を聞かせてくれると思うからこそ——怖い。


大蓋城《おおがいじょう》、三連檜皮《ひわだ》の大屋根の正殿は、龍稜の大殿よりも天井が高く広い。龍ノ原を出て実感し続けているのは、八洲のそれぞれの国の大きさだ。どの国も龍ノ原の十倍の広さを有しているのだから当然なのだが、土地も建物もゆったりとしていた。

正殿の中が薄暗く寒々としているのは、曇天のせいだった。枢戸や蔀が開かれていても、母屋が大きすぎるために中央あたりがどうしても暗い。最奥に国主の座はあるが、几帳が立てられ藁蓋と挟軾があるだけだった。飾りなど一切ない簡素さ。

母屋に入ったのは日織と空露、壱岐のみ。鳥手たちは正殿の外で控えている。

「客人を連れてきたとだけ、内郭に伝えてあります。間もなく、有間兄君が来るはずですが、客人が皇尊だと知らせていないので、失礼な格好で出てくるかも知れません。ご容赦ください。それよりも、有間兄君の驚いた顔を見た方が皇尊も楽しいでしょう」

「そうだな」

苦笑で応じる日織に、壱岐も目を細めた。彼はこういった悪戯心にとんでいるらしく、常に面白そうなこと、楽しそうなこと、と口にする。ただ時折ふっと暗い顔をすることもあるのが、不憫《ふびん》な気もした。彼も有間とともに内乱で戦ったのであれば、様々な経験をしたはずで、それが彼の翳《かげ》りの原因と思えたからだった。

「しかし、困りました。この場で最も格が高いのは国主の座ですが、皇尊にそこをお勧めするのも無礼に当たりますよね。国主よりもはるかに高みにおわすので。柵はとくに公《おおやけ》の場ではなかったので、郡主の座をお勧めしましたが、ここは国の城、しかも正殿ですから考えないと……。こうして立っているというのも、間抜けですし。どうするべきでしょうか、空露殿」

頭を掻《か》きながら壱岐が問うと、空露は珍しく、戸惑ったような目で辺りを見回す。

「どう……と訊かれましても……」

皇尊が八洲にあるという異様な状況では、座る場所すらままならない。

「良い。このまま待てば」

日織が応じたときに、簀子縁を大股《おおまた》に歩く足音がした。近づいてきたそれに、聞き覚えのある声が重なる。

「壱岐が前触れもなく来たと？　何があったのか聞いているか、九野《くの》」

老人の声が応じる。

「いいえ。ただ客人をお連れになった、とだけ」

「客？」

曇天の薄い光を背に受けて、開かれている正面枢戸の前に立った男の髪は、人の目をひく白。この冷たい風が吹いているときに、片肌脱ぎで游気にさらされた肩と腕は、しなやかな逞《たくま》しさ。今まで動き回っていたのか、肌にうっすら汗が浮いていた。

その場で立ち止まった男――反封洲国主、伴有間は、薄暗い母屋に佇《たたず》む日織に目を据え、しばし動かなかった。自分の目に映るものを疑い、確かめようとしているような間だった。

「皇尊か？」

ようやく問う。問いながらも、信じられないような口調だ。

有間の斜め背後に従っていた厳《いか》めしい顔つきの老人が、皇尊という言葉にぎくりと身を竦《すく》ませ、母屋の中を凝視する。

有間の姿を目にして、胸が痺《しび》れるほどに懐かしかった。

（ああ――、この男は。変わらず、強く、猛々しい）

不安と恐怖の中にずっといたためか、頼もしい姿を目にするだけで大きな安堵が広がっていく。胸にあふれる感慨を押さえつけながら、日織は告げた。

「久しいな、有間。文でしか言祝《ことほ》いでいなかったから、改めて言おう。国主となったこと、まことに喜ばしい」

「確かに、あなただ！」

目覚めたように有間は母屋の中に踏み込んでくると、にやにや笑っている壱岐の頭を、軽く小突く。

「どういうことだ、これは。壱岐」

驚かせるために、壱岐がわざと客人とだけ伝えたのだと、悟ったのだろう。小突かれた彼は頭をさすりながら答えた。

「昨日、北門津に到着なさいました。有間兄君に会いたいと仰《おつしや》るので、ここまでお連れしました」

有間に遅れて母屋に入った老人は、遠慮がちに脇《わき》に控える。

大股に日織に近づいた。有間の衣からは、煤《すす》の香りがした。

「龍ノ原のことは、わたしの耳にも入っている。しかし——皇尊。皇尊は龍ノ原を離れて良いものなのか」

「離れて良いか、わからぬ」

嬉しげだった有間の声の調子が、低くなる。

「離れて良いかわからぬのに、離れたと？　良い悪いがわからぬのに、こちらに逃げてきたのか？　命惜しさに」

ぐっと有間の眦《まなじり》が吊《つ》り上がった。傍らに控えていた老人も、顔をしかめた。

「わたしは何度も、臣に言っている。命が惜しいだけならば、そもそも皇尊の御位《みくらい》など望まなかったのだ。徒《いたずら》に命を惜しむなど、しない。わたしが龍ノ原を離れたのは、命を長らえるためではなく、龍ノ原を護るためにだ。そのために、ここに来たのだ。わたしには望みがある。龍ノ原を護るという、ただ一つの望みだ。有間」

にわかに母屋の暗さが増す。湿った冷たい風が足首のあたりを吹き抜けると、正殿に徐々に迫るかのように、ぱたぱたと雨音が聞こえ始める。

「あなたに提案がある。約定《やくじょう》を結ばぬか？」

「約定？」

突然何を言い出したのかと、有間の顔が訝《いぶか》しげになった。

「そうだ、約定を——」

言葉を続けようとしたが、不意に視界が揺れて歪《ゆが》む。

（なんだ!?）

地が揺れたかと思ったが、揺れたのも歪んだのも、日織の視界のみのようだった。

「――約定……」

踏んばり立っていようとしたが、声が細く掠《かす》れ、体が自分のものではないように、糸に引かれるように傾《かし》ぐ。

「皇尊！」

煤の香りがする、有間の硬い腕と胸に支えられた。

（せっかく有間に会えたのだ。すぐに話をしなければ）

何をしていると己を叱咤《しった》し、自力で立ちあがろうと有間の腕に手をかけた。

「……約定を」

しかし足に力が入らず、くたくたと、さらに有間に寄りかかっていた。船酔いよりもさらにひどく、上下も左右もわからないほどに視界が揺れ、話を続けようとしても、掠れて言葉にならない声が出ただけだった。

（死ぬのか、わたしは？）

自分の体が自分のものではないような、経験したことのない感覚だった。このまま、すっと魂が体から抜け出るような恐ろしさ。

（死ねない。わたしが死ねば龍ノ原は砕ける。わたしが慈《いつく》しむ者たちが、鬼の跋扈する大地に取り残される）

美しい、愛《いと》しい、悠花が。優しく柔らかな夏井が。可愛《かわい》らしい居鹿《いしか》が。兄のように慕わしい空露が。日織を皇尊と認めてくれた臣たちが。親切な比多が。民たちが――苦しみの大地に残される。

「……死ねない……」

掠れ声に、有間の太い声が応じた。

「望みを抱く者は簡単に死にはせぬわ！　莫迦者《ばかもの》め！」

薄れる意識の中で、有間が死なぬと言うなら、死なないだろうと、ほっとした。

この友が言うなら――と。

四章　その計

一

雨音に揺り動かされるように、目が覚めた。

簀子《すのこ》縁《えん》の欄干や木々の葉を叩《たた》く激しい雨音が響いていたが、日織《ひおり》が横たわる母屋《もや》の中は游気《ゆうき》すらも動かず、頭の上辺りに灯《とも》されているらしい結《むす》び燈台《とうだい》の灯りも大きくは揺れず、ものの影も、息を詰めるかのように動かない。

「目が覚めましたね」

傍らに座っていた空露《うつつゆ》が、安堵《あんど》の色を浮かべて日織を覗《のぞ》き込む。

「少し熱はありますが、たいしたことはありません」

「有間《ありま》と話をしなければならないのに、わたしは」

身じろぎすると、空露は日織の肩を押さえた。

「目が覚めたら、有間様にお知らせすることになっています。お待ちなさい。ここにお越しになるでしょう」

「頼む」

枢戸《くるるど》を開いて空露が外へ出ると、雨の匂《にお》いと音が母屋に流れ込む。流れてきた游気の冷たさに頬を撫《な》でられ、日織は再び目を閉じた。起き上がろうとしたが、体に力が入らない。体の起こし方を、忘れてしまったかのようだ。

大股《おおまた》に歩む足音が近づく。枢戸の前に最初に姿を見せたのは空露で、彼は簀子縁で膝《ひざ》をつき控える。その後に有間が現れ、躊躇《ためら》いなく中に入ってきた。

体を起こそうとしたが、その前に有間は御床《ごしょう》の傍らに膝をつく。

「そのままで良い。随分疲れているらしいと、薬師《くすし》が言っていた」

有間の顔を見て、ようやく辿《たど》り着いたと実感して気が抜けてしまったのだろうと、吾《われ》ながら情けなかった。気を抜く暇など、ありはしないのに。

「すまない。話を」

「それはあなたが回復してからだ」

日織の言葉を柔らかく遮り、有間は苦笑した。

「驚いたぞ、皇尊《すめらみこと》」

「……わたしもだ。情けないところを見せているのが、恥ずかしい」

「情けないとは思わぬ。人ならば当然疲労する。しかも」

と、有間は日織の首筋と手首に目をやった。

「倒れたあなたを支えて、華奢《きやしゃ》なのに驚いた。忘れそうになるが、あなたは女だからな。骨が細い。わたしから見れば危ういほどにな」

どれほど望んでも、日織は有間のように屈強になれない。有間は昼間と違い、地模様のある臙脂《えんじ》の大衣《おおきぬ》を身につけていたが、衣の上からでも、筋肉のしなやかさや太さが知れる。悔しいほどに、頑健さが羨《うらや》ましい。

「わたしもあなたのように、強い男の体があれば良かった」

「そんなものがなくとも、ここまで御《お》出《いで》になっただろう」

「しかし無様に倒れた」

「倒れ込んでしまおうが、悠々としておろうが、来たことには変わるまい」

立ちあがった有間は、微笑《ほほえ》む。

「与理売《よりめ》もあなたに会いたくて、うずうずしているぞ。数日、おとなしく横になって元気になった姿を見せてやって頂きたい」

「いや。明日にでも、わたしは」

「焦《あせ》りめさるな。休め」

きびすを返した有間は、「ああ」と何か思い出したように言って、足を止めてふり返った。

「よく、御出くださった。会えて嬉《うれ》しいぞ」

出て行く有間の背をぼんやり見送り、日織は目を閉じた。

入れ替わりに入ってきた空露は、母屋に準備されていた盆から、椀《わん》をもって来る。お飲みくださいと促され、空露の手を借りて上体をわずかに起こし、薬草を煎《せん》じたらしい椀の中身に口をつける。苦いような気もしたが、喉《のど》の渇きとぼんやりしていたために、さして苦にならず飲み込めた。

雨脚が激しくなり、簀子縁の端を大きな雨粒が叩き、跳ね返りが板目を濡《ぬ》らしていく。暗い母屋が、突然薄紫に光った。稲妻が走ったと思う間もなく、空を裂くような音が游気を震わせた。

光と音に促されるように、再び横になった日織は外に視線を向ける。

「雨ばかり降っている気がする」

空露も雨の降る暗闇《くらやみ》へと目を向け、頷《うなず》く。

「八洲《はっしゅう》の秋とは、これほど雨が降るものなのでしょうか」

「殯雨《もがりあめ》のようだな」

「およしなさい、不吉な」

「そんな意味ではなく、……龍《りゅう》のことが気になった。わたしが護領山《ごりょうさん》を越えて十日以上経《た》つが、ことに異変はない。ただ、わたしの友の龍は、わたしがいなくなったのに気づいているのだろうか、と」

龍は雨を司《つかさど》るとされている。皇尊が崩御して龍が不安になれば殯雨が降るのは、龍の喜怒哀楽が雨に関わる事象になるためだった。


雨と龍は強く結びつくもの。

日織は人として縁《えにし》を成した友、有間のもとへ辿り着いた。

しかし縁を成して友となった龍は、龍《たつ》ノ原《はら》に置いてきた。あの龍は日織の姿が龍ノ原から消えたことに気づいているだろうか。気づいていたとしたら、どうするだろうか。

そんなことは気にもとめず、悠々と飛翔《ひしょう》しているだろうか。それとも日織の姿がないのを不安がっているだろうか。


友の龍ばかりではない。全《すべ》ての龍たちは、どうしているのか。

(金気や穢《けが》れを嫌う龍たちは蹂躙《じゅうりん》された龍ノ原で、病んではいまいか)

□□□

皇尊のもとを辞した有間は回廊を歩んでいたが、ふと立ち止まり、軒をしたたり落ちる雨粒に目をやった。極力無駄を省けと命じてあるので、回廊の所々に置かれている油

げた。正殿へ続く回廊を、采女を従えた痩《や》せた女が、早足でこちらに来るのが見えた。

「加治《かじ》」

附孝洲の都、賀陽《かよう》に残してきたはずの妻、加治媛《ひめ》だ。美女ではあったが険のある細面で、手足も細くしなやか。皇尊一族の中でも、舞の名手として若い頃からもてはやされ、宴《うたげ》では常に男たちの視線を集めた媛だった。

簀子縁にあがってくると、加治は従ってきた采女たちに退《さが》りなさいと命じた。

「なぜここにいる、加治」

「お目にかかりたかったですわ、不津様」

傍らに腰を落とした加治は、媚《こ》びて身を乗り出し微笑む。

「国主、目戸様のはからいで参りましたの。賀陽から国軍が龍ノ原に続々と入っておりますので、それに輿《こし》を護らせて」

「また国軍が龍ノ原にか？　どれほどの国軍が龍ノ原に入ったのだ」

「わたしを護った国軍が、おおよそ最後と聞きましたわ。賀陽の国軍はわずかな数を残して龍ノ原に移ったとのことです」

附孝洲の国軍は常に都にあり、都を護る役目を負う。とはいえ都である賀陽は附孝洲の最南端の沿岸部にあり、さらに隣国の境から遠く、他国からの襲撃はほぼ想定されていない。国境《くにざかい》を護る各郡からの求めがあれば援軍として出る、予備の軍団の性格が強い。

「国軍をほぼ全て龍ノ原に移したということは……、国軍は、逆封洲に侵寇し続けているのだろうな」

龍ノ原が附孝洲の侵寇に加担していると、央大地には広まっているはず。

国軍を呼び寄せた目戸は、本腰を入れ逆封洲の土地の一部を獲《と》ろうとしている。

当初、龍ノ原に入るために目戸は、国境を護る各郡の軍団からいくらか軍士を割いて集めた。隣国との国境争いが落ち着いているためでもあるし、そもそも隣国の附敬洲《ふのけいしゅう》、附道洲《ふのどうしゅう》と比べても、軍士の数は多いために、多少人数を割いても問題はない。今、日織捜索を主に行っているのは、郡から集められた軍士たちだ。

（今、実際に皇尊の御位《みくらい》にあるのは日織だ。俺ではない。俺が、侵寇を許した皇尊となったわけではない。俺が御位に即《つ》けば、目戸と交渉し……龍ノ原を……）

皇尊となった後を思い浮かべようとするが、具体的な形にならない。

「不津様、即位あそばしたのでしょう？」

問われて、ぎくりとした。

不津は未《いま》だ入道《にゅうどう》を果たしていないが、ここで即位を否定はできない。加治の口からうっかり漏れてしまっては、不津が皇尊を騙《かた》っていると知れ渡ってしまう。

「即位した。俺が皇尊だ」

「お祝いを申し上げます、不津様」

深々と叩頭《こうとう》した加治だったが、喜びが薄いような気がした。日織の即位とともに龍ノ原を離れなければならなかったとき、加治はことに悔しがったものだ。不津が即位したと聞けば、はしたないほどに喜ぶだろうと思っていたが、言祝《ことほ》ぎも淡々としていた。言祝ぎの後に、ちらりと空に視線など向ける。

「どうした、俺が御位に即いて嬉《うれ》しくないのか」

欄干に肘《ひじ》をかけ、ふいと加治から顔を背けると、彼女はにじり寄り、不津の膝に手を触れる。

「とんでもない！　嬉しゅうございますとも」

「なら、なぜ喜ばん」

「喜んでおりますとも、心から。皇尊の妻として龍稜に入り、今日から大桜宮に起居するのだと思えば、心が弾みますわ。けれど龍ノ原に入ってからずっと、気になることがあって、つい」

「何が気になる」

「龍の姿を見ませんの」

不津は鼻で笑い、晴れて雲一つない空へ視線を向ける。

「一日、二日、龍の姿を見ないこともあるぞ。俺は」

「ええ、ええ。勿論《もちろん》わたしだって、そうですわ。ただ声も聞こえませんので」

「声を聞かぬ日もあろう」

「そうですわね。莫迦《ばか》なことを申しましたわ。不津様が即位なされたことに興奮して、わたしはきっと、耳がどうにかなっているのです」

取り繕うような言葉に、引っ掛かりを覚える。

「耳がどのような感じだと？」

加治は片手で耳に触れ、苦笑した。

「いやに、しんと感じるのです。まるで龍ノ原が空洞になったかのように、しんと。気のせいでしょうけれど、おそらく」

龍の声が聞こえない不津には、意味がよくわからなかった。神経質な加治が、気を高ぶらせているだけかもしれない。

□□□

八洲の城や柵《さく》は、外郭と内郭に分かれているようだった。

北門柵の外郭と内郭は簡単な板塀で区切られていたが、大蓋城《おおがいじょう》は築地《ついじ》塀《べい》で区切られ、通用門が三つもある。

外郭正殿が儀式や合議などが行われる場で、他の殿舎は客人のためであったり、家人《けにん》たちが寄り集まる場所であったりする。内郭は郡主《こおしゅ》や国主の私的な生活の場であるらしいが、家人たちも出入りしているようだった。八洲では概《おおむ》ねこのような造りだという。

日織が寝かされていたのは、内郭にある客殿らしかった。

大蓋城に入った翌日はさすがに御床から起き上がれなかったが、二日後には体がしゃんとした。目覚めるとすぐに、有間に会いたいと空露に段取りを頼んだ。

有間は近郊の郷《ごう》に出向いていて、大蓋城に戻るのは夕刻らしい。戻ればすぐに対面できるようにとりはからうと、壱岐が請け合ってくれたという。

早めの夕餉の後に、大衣や湯や布を抱えた女丁たちがやってきて、湯を使え衣を替えろと促した。

有間は城内の者に日織のことを、他国からの客人とだけ伝えているらしかった。どこからか話が漏れ、龍ノ原の皇尊が反封洲に滞在していると、不津に伝わらないとも限らない。その用心だ。同じような気遣いを、壱岐も柵でしていたのを日織は思い出した。戦《いくさ》をくぐり抜けた彼らは、用心深く頼りになった。

しかし日織を皇尊と知らない女丁たちが気安くて、それには閉口した。彼女たちは日織が、どこぞの国主一族の媛だと推測しているらしい。

日織の身なりを整えながら、しつこく、女物の大衣を身につけてはどうかと勧めてきた。日織が頑として男の衣で良いと言うと、今度は、髪をまとめるときに真珠の飾りをつけようとか、仕上げには化粧をさせようとか、散々弄《いじ》りまわされる羽目になった。うんざりはしたが、女たちのおかげで、日織は久しぶりに身なりが美しく整った。悠《はる》花《はな》が日織のもとを去って以来だった。

黒地に銀の草模様が微《かす》かに浮く大衣に、幅の狭い白い袴《はかま》。どちらも反封洲の衣で、こうやって着付けるのが常なのだと言われ、大衣のみ片方の肩を抜き、下衣《したごろも》の白をさらす。正式には腰に毛皮飾りをつけるらしいが、それはあまりに無骨だからと、女たちはつけなかった。かわりに、首筋の少し上で一つにまとめた髪に、真珠の飾りがついた小さな櫛《くし》を幾つも挿した。そうすると真珠が毛束の根元に散らばっているように見えて、美しい。薄く化粧され、目元と唇には紅。

悠花がいないとつい、身なりに構わなくなってしまう。こうして整えられてみると、自分がいかに無頓着《むとんじやく》かを思い知らされる。

雨音は止むことがなかった。游気の入れ替えのために開かれた蔀《しとみ》の隙間《すきま》から見れば、庭の景色は灰色がかって、暗い。

女たちが日織の化粧の仕上げをしていると、空露が「日織」と呼ぶ。彼は枢戸の方を見ており、その視線の先——戸にすがるようにして、小さな顔が覗いていた。

「与理売！」

不安げだった幼い顔に、笑顔が広がる。

日織の命令で龍ノ原を出た幼い子のことは、ずっと気にかかっていた。有間は与理売を可愛《かわい》がってくれると確信はしていたし、文からもそんな様子は読み取れてはいた。それでも幼い子が、親兄弟から離れて他国に預けられるのは、どれほど心細いかと想像はできたのだ。

「おいで、こちらに。おいで」

龍ノ原にいた頃に比べ、与理売は日に焼けていた。髪も頭の高い位置で結び馬の尻尾《しっぽ》のように揺らしていたし、身なりも、丈の短い衣と袴で、男の子のようだった。

日織は女たちに、もう良いからと言い、退らせた。彼女たちが去るのを横目で見てから、与理売が母屋に飛び込んできた。龍ノ原にいた頃より、身ごなしが軽い。

「皇尊！」

周囲を憚《はばか》る押し殺した声で呼び、日織の前に座る。

「元気にしていたか？　与理売」

「はい。わたし、弓を引いて杙《くい》を射落とせるようになりました」

表情も声も明るいことに、安堵を覚えた。

「弓？　それはすごい」

頭に手を乗せると、肩をすくめてくすぐったそうに笑う。

「会えるなんて思いませんでした、皇尊。わたし、ずっとずっと先でしか、龍ノ原に帰れないから。どうして反封洲に来たんですか？　来ても良いんですか？　しかも有間兄君が、人がいるところでは皇尊と呼んでは駄目だって」

「有間兄君？」

「うん。いいえ、はい。兄君って呼んで良いって言われたんです」

少し大人になったのだろう、与理売は言葉遣いを直し、それから少し押し黙った。

「与理売？　どうした」

幼いながら、与理売の瞳《ひとみ》に気遣わしげな色が浮かぶ。

「龍ノ原で戦があったって、本当なんですか？　家人がそんな話をしているのを、聞きました。有間兄君は、皇尊に問えと」

与理売の父、不津が日織に譲位を迫り、龍ノ原を附孝洲の軍士に蹂躙させた。自分を捨てた父が、今度は龍ノ原を蹂躙した──その事実を幼い与理売に聞かせても、彼女を傷つけるだけで意味はない。日織はかぶりを振る。

「そうだな。龍ノ原はすこし、周囲の国ともめているのだ。今までなかったことだから、皆騒いでいる。でも大丈夫だ。それをなんとかするために、わたしは、ここに来たのだから」

「大丈夫って本当ですか？　大人が大丈夫って言っても、大丈夫じゃないことが、たくさんあるから」

正直な真《ま》っ直《す》ぐな問いに、一瞬言葉が詰まる。

「与理売は賢いな」

苦笑する。

「大丈夫じゃないんですか？」

頭に置いていた手を肩に滑らせ、叩く。

「いいや。わたしは嘘《うそ》はつかない。わたしが大丈夫と言えば、大丈夫なんだ」

与理売に言い聞かせると言うよりは、自分に言い聞かせたようだった。

（龍ノ原はこの子の故郷。いつか帰ると思っている国だ）

その国を失ってはならない——。

「なら、良かった」

与理売が笑った。曇りのない笑顔は、龍ノ原では見なかったものだ。有間に預けたのは間違っていなかったらしい。同時に有間に深く感謝した。随分と、慈《いつく》しんでくれているのだと。

「失礼します。少々遅くなって申し訳ありませんでしたが、有間兄君が戻りましたので、お迎えにあがりました。お出まし願えますか？　衣は、整っておられましょうか？」

外から声がかかり、出入り口から壱岐が現れた。日織を見た彼は、

「お美しいですね……」

と、思わず口にする。与理売がむっとしたように日織の前に立つ。

「壱岐。駄目なんだよ。皇尊には、ちゃんとした悠花様っていう妻がいるんだから」

「え？　妻」

「妻よ。だから壱岐は妻になれないから」

壱岐が問うように日織を見やるので、頷く。

「わたしには、妻がいるんだ。色々と事情があってね」

「とってもお優しくてお美しいの、悠花様は。だから壱岐は妻になれない……あ、でも。二番目の妻なら良いのかな……？」

難しい顔で首を傾《かし》げる与理売に、壱岐は苦笑する。

「わたしは一番目でも二番目でも、人の妻になるつもりはない。約束するから殿舎にお戻りよ、与理売。これから皇尊は、有間兄君と大切なお話がある」

名残惜しげにふり返る与理売の手を、日織は握った。

「明日もまた会える。ここを出るときには必ず与理売に声をかけるし、絶対に、あなたが知らぬうちに帰ったりしないから、ね」

与理売は素直に頷き、出て行った。

壱岐に連れられ、空露とともに向かったのは、内郭北殿《きたどの》と呼ばれる殿舎。そこが有間の居所らしい。

雨模様のせいもあり、辺りは既に暗くなっている。雷鳴が、遠のいたり近づいたりしていた。

階《きざはし》をのぼり、簀子縁の床を踏むと足裏がひやりとする。もし灯りがあれば、自分の吐く息が白く見えそうな気がする。それほど冷えているのは雨のせいだろう。

北殿正面、開いた枢戸から簀子縁へぼんやりと灯りが落ちていた。湿った游気に塗り込められたような闇の中に、灯りはいかにも頼りなく揺らいでいる。

二

「皇尊をお連れしました」

簀子縁で跪《ひざまず》いた壱岐に、入れ、と中から有間の声が応じる。

壱岐に続いて、日織と空露が母屋に入る。

こぢんまりした母屋は三方に几帳《きちょう》が立てられて、寄り集まって暖が取れるように工夫されていた。火舎《かしゃ》が中央にある。周りに座るのは、初日、有間とともに正殿に現れた老人。壱岐は有間の左隣の藁蓋《わろうだ》に腰を下ろし、日織は有間の正面に座るようにと促された。空露も座るようにと勧められたが、彼は固辞し、枢戸の脇《わき》に控える。

「先日お目にかかったおり、ご挨拶《あいさつ》することもできず失礼をいたしました。御前衆《おんまえのしゅう》、佐々《ささ》九野《くの》と申します」

　有間の右隣に座る老人が頭を下げた。

「わたしを穴からすくい上げた、恩人だ。反封洲の良心だと皆が言う」

　有間の言葉に、九野は苦笑いした。

「さて、お美しくなられて見よくなった」

　有間は臙脂の大衣を身につけていた。地模様は鳥。白い髪に、濃く強いながら抑えた色味の大衣が映えた。

「城の者たちに、どこかの媛だと思われているようだ。女たちは、わたしを綺麗《きれい》に見栄《みば》え良くすると躍起になっていた」

「わたしの妻の候補と、勘違いしているらしい」

「妻か。妻だ夫だと、互いに難儀だな」

　漏らすと、有間はにやりとする。

「あなたには夫のあてがあるのだろう。そう言っていたではないか」

「あるからこそ悩ましい」

「しかし、夫だ妻だと、騒いでいる場合ではなさそうだな、皇尊。わたしが最も気がかりなのは、皇尊が龍ノ原を出て、央大地に異変がないかということだ。吾らも、央大地が沈んでもらっては困るのだが」

「まだ、沈んでいない。ことに変わった様子もない」

「まあ、そう願うしかないのか」

応じた有間の声には気づかわしさが滲《にじ》んでいたが、同時に、事の成り行きを待つしかないと言いたげでもあった。

有間の視線が枢戸の外の暗闇に向く。雨音が続いている。

「さて、それで。ようやく、あなたの話が聞けるわけだな、皇尊。あなたは龍ノ原を護るためにここに来たと言ったな。そして、わたしに約定を結べとも」

「一原八洲図《いちげんはつしゆうず》はあるか？　それを示しながら、話したい」

有間は壱岐に目配せした。立って外へ出た壱岐は、すぐに戻ってきた。手には一冊の折り本がある。彼は黄ばみの強いごわつく料紙をめくり、一原八洲図が描かれた面を広げ、日織の前に置く。

居住まいを正し、日織は口を開く。

「不津は、わたしに譲位を迫っていた。知っているな？　あなたと敵対していた勢力に、不津が書札《しよさつ》を授けたと東二《とうに》から聞いている」

有間が頷く。

「あなたを過誤の皇尊と貶《おとし》める、莫迦莫迦しい書札だった」

「わたしにも不津から、文が届いた。過誤の皇尊は譲位せよと。不津が附孝洲の力を借り、行動を起こすのは確実だった。その前に龍ノ原は、隣接五洲の国々のどれかと約定を結び、備えることもできた。だがわたしも、重臣たちも、それを躊躇った」

有間は目を細めた。

「用心深いな」

すぐその感想が出る有間の慧眼《けいがん》に、日織は己との差を感じた。

「用心深かったのは、わたしではなく臣だ。わたしは最初それしか方法がないと考え、飛びつこうとしたのだ。だがその相手――逆封洲が信頼に足るか否《いな》か、見極める必要があることにすんでの所で気づき、思いとどまった。下手な国と約定を結べば、逆にそれを利用されて約定を結んだ国に蹂躙されかねない」

「信頼する相手は、人でも国でも用心深く見極め、覚悟が必要だ。約定を躊躇ったのは、情報が少なく、見極めが困難だったからか？」

「見極めが難しかったのもある。しかしそれ以上に――信頼できる国と約定を結び力を借りることが、最善と思えなかったからだ」

日織は、床に置かれた央大地の図に視線を落とす。

「八洲の国々に比べ、龍ノ原のなんと小さいことか。龍ノ原の十倍の広さと強さの国の力を借り、十倍の広さと強さの国と、この小さな龍ノ原で対抗する。そうすれば、どうなるか」

「小さな神国が、八洲の国同士の都合の良い戦場になりかねん。軍士どもは遠慮会釈《えしやく》なく、田畑が焼けようが、人が焼けようが、好き勝手に戦うだろう。なにしろ双方にとって、自分の国ではない故《ゆえ》にな」

せせら笑うように言い、有間は続ける。

「もしこれが隣国からのただの侵寇であるなら、戦わねば、思うままに嬲《なぶ》られるだけだ。だが龍ノ原に入ったのは、吾こそは皇尊と自負する男。不津王《おおきみ》が皇尊として立ち、附孝洲に尻尾を振りながら良く国を治めるならば、龍ノ原を戦場にするよりはましかもしれん。残酷だが――」

淡々と有間は言う。

「あなたが死ねば、事が全て丸く収まらないか？」

遠慮の無い言葉に、隣にいた壱岐と九野が、「有間兄君」、「国主様」と、同時に有間を制するように声をかけた。しかし日織は軽く手をあげ、構わぬと示す。

「その通りだ、有間。わたしもそう考えた。わたしが譲位すれば最悪は免れると」

「では、なぜ逃げた？　土《ど》壇場《たんば》で死ぬのが怖くなったか」

「怖かった。だが怖いだけで逃げようとは思わなかった。逃げて、自分の望みも立場も何もかも投げ捨てれば、わたしは虚《うつ》ろだ。わたしが自責の念だけを抱え生きられるような人間であれば、皇尊の御位など初めから望まずに息を殺して生きていただろう。

それができないから、御位を望んだのだ。それに」

結び燈台の火が、吹き込む湿った風に真横になびく。影が揺れた。

「それに不津は――臣と民を殺したのだ」

膝に置いた拳《こぶし》が、自然と硬くなった。まざまざと肌に蘇《よみがえ》る、湿った冷たい、淡海皇子《おうみのみこ》の血の感触。

「太政大臣《おおまつりのおとど》を殺し、柵を護っていた、ほとんど抵抗もできぬ衛士《えじ》たちを殺し尽くした。殺したのは附孝洲の軍士で、命じたのは国主中目戸《あたりのまと》だ。しかし不津はそれを止めずに殺させた」

「止められなかったのかもしれんな、力を借りているのだから」

「だとしても同じこと。不津が皇尊となったときには、己のために臣や民を簡単に殺す。そのような者に屈し、龍ノ原を渡せるか？」

侵寇され戦わねば、思うままに嬲られると有間は口にした。それは正しい。不津は故国に御位を求めて戻ったという体裁をとってはいるが――臣と民が死んだのを知って日織は悟ったのだ。

「体裁は、不津の帰還。しかしこれは附孝洲による侵寇だ」

断言した。

「だから、わたしは生きねばならない」

「侵寇ならば戦わねばなるまい。しかし龍一頭のことで、吾らの力を必要とした龍ノ原だ。神国のみでは戦えぬだろう。急ぎ隣国と約定を結び、対抗する。それが最善ではないのか？　龍ノ原が戦場になろうとも、他国の軍士どもが好き勝手に暴れようとも」

「最善ではない。それは最後の手段だ」

　一呼吸置き、続ける。

「別の方法がある。だから、わたしは護領山を越えた。わたしが――皇尊が護領山を越え、神や龍に許されるなら最善だったのだ。そして護領山を越え、今は何も起こっていない。だから、これが最善なのだ」

「その最善とは？」

「龍ノ原はどこの国とも約定を結ばぬ。だが反封洲に、逆封洲、附敬洲と約定を結ぶことを勧める」

「吾が反封洲が、逆封洲、附敬洲と？」

　有間は眉《まゆ》をひそめ、壱岐も九野も訝《いぶか》しげな表情になった。

「逆封洲も附敬洲も、どちらも隣接していない国。端的に言えば、吾らと縁もゆかりもなく、また利害の関係もない国だぞ。それらの国々と約定を結べと？」

「そうだ。それは反封洲の益となる。わたしは反封洲に益をもたらすことを勧めに来たのだ。それがひいては、龍ノ原を護ることになるからだ」

日織と有間の視線が絡《から》む。

互いの腹を探るように見つめあった。

しばらくして有間は挟軾《きょうしょく》に肘をかけ、胡乱《うろん》げに日織を見やりながらも、落ち着いて口にする。

「ならば――伺おう。吾が国の益とやら」

一原八洲図の反封洲に、日織は指を置く。

「反封洲は、長年、隣国と境を争っているな？」

有間は鼻で笑う。

「長いな。神代《かみよ》から隣国、叛封洲《はんのほうしゅう》と葦封洲《あしのほうしゅう》とは争っている。そもそも八洲の国々は全て、隣国と争っているぞ。科人《とがにん》の末たる者どもの、性かもしれん。侵したの侵されたのと、衝突する。しばらく平穏を保っていても、過去の恨みは積み重なり容易には消えぬし、先の不安もある。常に疑心暗鬼だ」

「隣国と約定を結ぼうとは考えないのか？」

「何度も、どこの国も、そんなもの試みている。だが結局は国主が代替わりして約定が唐突に、一方的に破棄され侵寇されることも多い。実際、わたしが国主の座についたことで、葦封洲は国境の護りを厚くした。葦封洲は、戦を止めるために先代の父国主と一時的に和議を結び、わたしの母を差し出している。しかしわたしが国主となったことで、再び侵寇されるのを恐れてな」

「侵寇するつもりはないだろう？」

「ない。しかし民が飢えたとき、それを助けるためなら、やるかもしれん」

「それをやらぬと、約束する気はないのか？　代わりにこちらの困ったときには、助けてくれと」

「それは結んだとしても、双方、信頼はしない。互いに何度も約定を反故《ほご》にした。戦も重ねた。不信も恨みも、容易には消えん」

隣り合う国だからこそ、神代から積み重ねられたものがある。それを変えるのは容易ではない。

「では――」

と、日織は、静かに、しかし鋭く切り出す。

「不信や恨みの積み重ねがない国であれば、約定は可能か」

「それは逆封洲と附敬洲のことか？」

「そうだ」

「不信も恨みもないのだから、約定は考えられるだろう。だが先ほども言ったが、神代からの積み重ねがないのは双方に利がないからだぞ、皇尊。国が隔たっているので、互いに侵さぬ約束をしなくても、侵されない」

「侵される心配はなくとも、約定の利はないか？」

日織は反封洲に置いていた指を、逆封洲に置き直し、さらに附敬洲へと移す。それを二度、繰り返した。

体をずらし、日織の前にある一原八洲図を見た有間の目に、不意に兵《つわもの》の知恵が光る。

「挟み討てる」

「そうだ」

兵の思考の鋭さに、日織は頷く。

「反封洲と逆封洲が示しあわせれば、葦封洲は両国に蹂躙されるがままになろう。また逆封洲と附敬洲が示しあわせれば、附義洲《ふのぎしゅう》も同様。反封洲、逆封洲、附敬洲の三国が結べば、二国の間にある国を蹂躙し、両国で割譲し、一国を消す戦をしかけることすらできる。しかし——」

一拍間をおき、続けた。

「しかし、わたしは三国が約定を結び、隣国を獲れと勧めているわけではない。そうすることが可能であると示し、押さえ込むのだ」

有間が身を乗り出す。

「押さえる？」

壱岐と九野も、一原八洲図を食い入るように見つめる。

「これは八洲の安定をはかる策だ」

反封洲の国境の線に、日織は指を走らせた。

「三国の約定を結ぶことで反封洲は、葦封洲と叛封洲の国境――国境そのものに不安を抱く必要がなくなる」

二国に同時に攻められれば、国が滅びるかもしれない。その恐怖で、約定を結ぶ三国に挟まれた国は、約定を結ぶ国に対して容易に侵寇できなくなるはずだった。

仮に葦封洲や叛封洲が反封洲を侵寇すれば、約定を成している逆封洲が、葦封洲もしくは叛封洲の手薄な南の国境をつく。それは反封洲との約定のためばかりではない。隣国としての積年の恨みもあり、またそうすることで、わずかばかりでも土地を広げる可能性があるのだから、勇んで攻めてくれるだろう。

同様のことが、逆封洲と附敬洲にも言える。

逆封洲は龍ノ原をのぞけば、四つの国と境を接している。三国との約定で、四つの境のうち三方が安全になるのだ。

附敬洲は二国と境を接するが、その一方を心配する必要がなくなる。

「三国の約定を結べば、その三つの国は、国境を接する国の全て、あるいは一方、あるいは一部に不安を抱く必要がなくなる。これは大きな利だ。そうして互いに護ると約定し、さらには飢饉《ききん》などのときには商人たちを統制し、他国よりも優先して約定の国に米や麦を運べと命じる。売る相手を選ぶだけなので、売る方にも不利益はない」

　壱岐と九野がいつの間にか膝立《ひざだ》ちになり、一原八洲図を傍らから覗《のぞ》き込んでいた。

　有間は座る場所を日織の近くに移し、一原八洲図を覗き込む。白い髪が肩から落ちるのを鬱陶《うっとう》しげにかきやりながら、眉根を寄せた。

「――吾《われ》らには悪くない。だが、なぜそれを提案するのだ、皇尊《すめらみこと》。これが龍ノ原を救い護る方法なのか？」

「これだけで計は完成せぬ」

　鼻先を突き合わせるほど間近に互いの目を見て、日織は葦封洲、附義洲、附道洲と、三つの国を次々に指さす。

「反封洲、逆封洲、附敬洲の三国の約定、これを仮に『一附二封《いっぷにほう》の約定』と呼ぶ。他の五国はこの『一附二封の約定』に恐れを抱くはずだ。そこで葦封洲、附義洲、附道洲の三国にも、三国で約定を結べと、わたしが話をもちかける。この約定を仮に、『二附一封《にふいっぽう》の約定』とする――」

　有間の視線は、日織の指先を追う。

「ただ、こちらの『二附一封の約定』は、附義洲と附道洲以外のもう一国は、葦封洲である必要はない。叛封洲でもよいのだ。ただ葦封洲は、有間が国主に立ったことで警戒を強くしている。ということは叛封洲よりも反封洲への危機感が強く、約定に乗る確率が高いと思った故に、候補にあげた。附義洲と附道洲が、叛封洲との約定を望めば、それでもかまわんだろう」

九野が、喉に絡むような呻き声を出す。

「隣国同士は争いの歴史が長く、結びにくい。となれば、隣接せぬ三国と結ぶ策か」

「『二附一封の約定』をした三国もまた、互いに互いの国境を護ることになるのですね。となれば吾ら『一附二封の約定』をした三国も、『二附一封の約定』をした三国に踏み込めない。けれど」

壱岐は顎《あご》に手をやり、考え深げに言う。

「それが……龍ノ原を護る計……？　それに……」

しばし考えた後、壱岐がさらに悩ましそうに続ける。

「二つの約定が成っても、附孝洲と叛封洲はどの約定にも入れない。その二国のみは常に国境に怯《おび》え続けることになりますが」

鋭い目で有間は頷く。

「しかもその残り二国が互いに約定を結んだところで、二つの国が狭間《はざま》にあるために、国境が安定する利がない。その二国が結ぶことはない」

「それでいい。それで安定は成る」

日織は答えた。

反封洲、逆封洲、附敬洲の三国。これが『一附二封の約定』。

葦封洲、附義洲、附道洲の三国。こちらが『二附一封の約定』。

この二つの約定を成す。

二つの約定は互いに互いを牽制《けんせい》し、争いを抑止する。神代から続く隣国同士の小競《こぜ》り合《あ》いを、おおかた制する。

孤立した二国、叛封洲と附孝洲は、隣国に侵寇を試みるかもしれない。

しかし侵寇された国は、一方の国境に不安がないために、全軍で対抗できる。一方、侵寇を試みた方は安堵《あんど》できる国境がないために、全軍を侵寇に注ぎ込めない。最初から不利な条件での侵寇となる。

そんな危険な侵寇を、あえて繰り返す愚を犯すような国主がいるだろうか。

結果、三国の約定に組み込まれない二国の野心も抑止される。

「八洲はどの国も国力がおおよそ等しく、さらに秩序がなかった。ゆえに隣国同士は諍《いさか》い続け、落ち着かぬ。それが神代より続いた結果が現在だ。わたしは八洲に争いを抑制する秩序を作る」

反封洲の良心と言われているらしい老人の目が、輝く。

「この秩序が成れば、八洲の隣国同士の争いは減りましょう、必ず」

「減るはずだ。そしてさらにわたしは、この二つの約定を成し、その上で——」

日織の声は、低くなる。

「附敬洲と附道洲の国主に、今が附孝洲の地を奪う絶好の機と告げる。国主が龍ノ原にかまけている、このときこそ攻め時と。『一附二封の約定』と『二附一封の約定』の狭間にある附孝洲を攻めれば、常よりも容易《たやす》く土地を奪えると」

「……は？」

九野が愕然《がくぜん》と、日織を見やる。

「今、なんと仰《おお》せられました」

「附敬洲と附道洲の国主に、今が附孝洲の攻め時と告げる。そう言った」

「龍ノ原の、神国の長《おさ》たる皇尊が、八洲に秩序を成し、その上で——戦を……？」

神国の長とは思えない日織の言葉に対し、思わずだろう、久野が漏らした呟《つぶや》きに、日織は応じる。

「戦を、唆《そそのか》す。わたしが」

唾《つば》を呑《の》んだのか、壱岐の喉《のど》が上下に動く。

「神に最も近いところに在《いま》す、龍ノ原の皇尊が？　戦を？」

確かめるように壱岐は口にする。

雨脚が強くなり、吹き込む風もまた強くなり、几帳が大きく揺れた。

有間がふいに身をそらして笑い出す。

「あなたも大概、悪い人だ！　皇尊。秩序を与え安定をはかる策を成しながら、その策を利用して一方で戦いを唆すのか。どういった矛盾だ」

「矛盾ではない。唆すことも、安定を得るためのひとつの段階。安定のための贄《にえ》として、安定を乱す国は容赦しない。附孝洲は八洲《はっしゅう》において最も富める国。強き国となっている傲慢《ごうまん》さゆえに、さらに肥大することを求めている。それは欲だ。欲というものは容易に抑えがきかぬ。御するには、それを上回る何かが必要だ」

　日織はきつい目で有間を見やる。

「そして附敬洲と附道洲が、附孝洲に侵寇したとき——有間、あなたにも利が生まれる。反封洲が一附二封の約定を結び終えていれば、あなたは附敬洲に、船と兵を向かわせればいい」

「附敬洲に？　なぜだ」

「附敬洲の援軍として船と兵を出し、そこを拠点に附孝洲の沿岸に入るのだ。附孝洲の都、賀陽は沿岸部にあり、なおかつ国境に比べ護りの軍士は少ない。さらに都の民が冬を越すため、多くの米や麦が集められているはずだ。そこを急襲し、米や麦を奪い自国に運び、己が民が冬を越す備えにする。反封洲は冬備えが必要なのだと聞いた——必要なのだろう？」

　笑いをおさめた有間は、まるで日織に脅されたかのように凝然と見つめる。

九野と壱岐にいたっては、もはや唖然《あぜん》としていた。

「附孝洲から強奪するのか」

「それが戦ではないか？　戦を望んだのは附孝洲なのだから、文句はなかろう。反封洲から兵や軍士を船で送るのは、容易くなかろう。しかし大規模な軍団を送る必要はないはずだ。国境に比べて、油断している、無防備な都を襲うのだからな」

「大規模な盗賊団といったところで、充分かもしれぬな。数は千、二千。ならば大型の船を十艘《そう》。附敬洲を拠点にできるならば、そこから小回りのきく刳貫船《くりぬきぶね》を借り、乗り換え、密《ひそ》かに迫っても良い」

有間の目が真剣味を帯び、日織は強く言い切った。

「襲い、奪え。相手は戦を望んだ国だ」

「お怒りだな、皇尊」

確かめるかのように、静かに有間が言う。

「ああ。怒っている。わたしは――」

日織の中にうごめく感情が、有間にはわかったのだろう。おそらく彼も同じ感情を抱きながら内乱を戦ったのだ。

胸の中には不安と恐怖と哀《かな》しみと自責があふれていたが――それと一緒に常にあったのは怒り。身勝手な理屈で皇尊の御位を望んだ不津への怒り。さらにそれを利用し、龍《たつ》ノ原《はら》を蹂躙した附孝洲《ふのこうしゅう》、中目戸への怒り。

「わたしは——、わたしの国を侵し、臣と民を殺した者を、安堵させてやるつもりはないのだ」

静かに怒りを吐き出す。

「附敬洲と附道洲の二国は、一方の国境を、約定により安堵できているのだ。今までと違い、附孝洲の侵寇《しんこう》に全力を傾けてやってくる。さらに反封洲による賀陽への衝撃と食料の強奪も加われば、附孝洲は龍ノ原どころではなくなる。附孝洲の民の、国主《こくしゅ》への怨《えん》嗟《さ》が生まれ大きくなる。民は、飢えと哀しみに疲弊するかも知れぬ。しかし——それが報い。龍ノ原を侵し、わたしの臣と民を殺した報いだ」

国主の犯した愚により国が衰え、民は苦痛にあえぐ。それは当然のこと。多くの附孝洲の民は苦しむだろうが、それらの苦しみを思いやって、龍ノ原が侵され支配され、民が殺されるのを黙って見てはいられない。

それが高きところにのぼってしまった自分の責任であり、背負うべき罪だ。

唖然としている九野と壱岐を、有間が順に見やる。

「どうした、二人とも。おまえたちも知らぬはずなかろう？　神は怒らせると、手がつけられぬものなのだ。だから人は神を畏《おそ》れ敬う。皇尊が事実、神に最も近い場所に在す者であるならば、こうなるのも当然」

有間は目を細めた。

「皇尊は心の底からお怒りなのだ」

日織には龍《りゅう》の声は聞こえないし、まして神の声も意思もわからない。だから自分が神の意に沿うことをしているのかは、わからない。

だからこそ行い成して、問うしかない。神をないがしろにし、侮《あなど》るのではなく、日織は再び神に問うのだ。自分が皇尊の御位にあるべきなのか、と。

日織は、このように振る舞う。神は日織に対して、如何《いかが》なさるか——と。

この方法しかないと日織は考えた。乙名《おとな》もそう考えた。そして怒りが決断させた。

「この方法であれば、龍ノ原から附孝洲の軍団は追い払える。さらに、二つの約定で八洲に均衡が保たれれば、隣国同士の争いは減り、龍ノ原に手を出そうとする愚か者もいなくなるはずだ」

龍ノ原は二つの約定の国々を分かつ、要《かなめ》にある。そこに侵寇するのは均衡を崩すことであり、再び全《すべ》ての国は国境に不安を抱くこととなる。

争いを続けたい愚かな国主が現れたとしても、約定を結んだ他の二国が諫《いさ》めるはずだ。三国まとめて愚かな国主など、現れまい。現れたとしたら、それは央大地《ひさしだいち》が、神国が砕け鬼が跋扈《ばっこ》して海に没する定めだということ。

定めならば――従うしかない。

力の限り抗《あらが》ってもどうしようもないならば、諦《あきら》めれば良い。

治央尊《おさのひさしのみこと》が生まれた大地は、争いに明け暮れ海に没したのだから、央大地も同様になる。そうするとまた人は大海を彷徨《さまよ》い、運が良ければ龍に会えるのか――。

日織には、そこまで先を考える義理はない。

人が愚かであるならば、それは当然の帰着。受け入れるしかない。

これが日織の計だ。

三

「三国を約定に導くのは、おそらく、わたしにしかできぬ」

袖《そで》をさばいて座り直すと、日織は姿勢を正す。

「確かに」

顎に手をやり頷《うなず》いたのは、九野だった。

「八洲の国主の誰かが声を発しても、一国の国主が何を企《たくら》んでいるかと警戒されましょう。龍ノ原の皇尊が八洲に秩序を欲するとし、導けば、国主の誰かが先頭に立つよりは国主たちも話に耳を傾けますでしょう」

遠くで空が鳴っていた。風も強く、雨は激しく斜めに吹き込む。簀子《すのこ》縁《えん》から枢戸《くるるど》の際《きわ》まで水しぶきが跳ねる。

「秩序というなら、なぜ八洲全てをまとめる秩序を求めない？　なぜ二つの約定と、二国の孤立という複雑な形を望む」

有間が問う。

結《むす》び燈台《とうだい》の炎が映り揺れる有間の瞳を見れば、彼の質問の意図は明白だった。彼は日織の望む秩序を、日織自身が深く理解しているのか否か確かめようとしている。

「ひとつにまとまれば最良というのは、幻想だ」

応じると、壱岐が不思議そうな顔をした。

「え？　最良ではない？　なぜ」

「違ったものを無理に一つにまとめてしまえば、対立が生まれる。対立が生まれれば内部から崩壊する。さらに、仮に、まったく同じものが一つにまとまったとしても、それも危うい。その中で違ったものが生まれれば、人は異端と排除する。それがひずみになり、対立や諍いになり、崩壊する。別なら、別で良い。ただ均衡を保ちさえすれば良い。

闇雲《やみくも》に、一つが良いというわけではない」

日織は苦笑した。

「そもそも八洲の国々は、神代から隣国と争い続けている。わたしが取りなしたとて、簡単に隣国と和解できるはずはなかろう。神代からの恨み辛《つら》みは綺麗に流し、八人の国主たちが輪になって手をつなぎ笑顔でいるというのは幻想でしかないし、いくら龍ノ原しか知らぬわたしでもそのような幻想は抱けぬ」

ふっと息をつく。

「しかし、もし――少しずつ、百年、千年かけ、八洲の国同士の繋《つな》がりが変わっていけば、みることもできるかもしれない。二つの約定と、二国の孤立から、国同士の繋がりが変わり、年月をかけて形を変えて、いつか一原八洲が別々に均衡を保ち、それでいて手を取り合う――幻と思っていたものが現れるのを」

それはどれほど美しく、幸福な大地であろうか。

幻の大地。

今の人々にとっては。

「なるほど」

頷くと、有間は壱岐を見た。

「壱岐。凍酒《いてざけ》を用意させろ」

突然告げられ、一瞬戸惑ったような顔をした壱岐だったが、それでも「はい」と素直に応じて座を立った。

「これが、わたしの計。そして望みだ。有間。わたしが橋渡しをする。逆封《さかのほう》洲《しゅう》と附敬《ふのけい》洲《しゅう》と、三国で約定を結んでくれぬか」

腕組みし、有間は暗闇に沈む天井に目を向けた。しばらくして、口を開く。

「この内郭の北殿は、わたしの父国主の居所だった。わたしは父国主も、弟二人も殺した。そうしなければ、こちらが殺されていただろうからな。戦わずにすむのであれば、それが一番良い。しかし――戦わねばならないときは、戦うべきだ」

淡々と静かな声だったが、微かな苦痛が滲《にじ》む。彼に、戦を後悔している気配はない。しかし納得し、決意したにもかかわらず、最善と断言できないのが戦なのだろう。

「そして太刀や弓、槍《やり》を手にして戦うことばかりが、戦い方とも言えぬ」

有間は、視線を日織に戻す。

「皇尊。あなたは、こうした戦い方を選んだ。そうなれば、わたしも、あなたが屈服させるべき敵の一人だな」

「そうなるな」

薄闇に沈む枢戸の側《そば》で、空露が身構えた気配がした。九野が有間の傍らで、国主の合図や気配を見逃すまいとするように、息をつめている。

日織は言葉を続けた。

「しかしこの場合助かるのは、破れても命はとられぬ事だな。戯言《ざれごと》を嘲笑《ちょうしょう》され、追い返されるだけですむ。友であるあなた一人説き伏せられぬのでは、致し方ない。わたしは尻尾を巻いて龍ノ原に戻り、龍ノ原と約定を結ぶ国を探し、請《こ》い、結び、その国の助けを得て太刀をもって戦をする。もし結ぶ国がなければ、わたし一人で」

くつくつと有間は笑い出す。

「強気なのか弱気なのか、わからぬな。皇尊」

「わたしも、わからない。悪いが必死だから」

笑う有間を見据える。

「央大地を海に沈めるやも知れぬのに、護領山《ごりょうさん》を越えたのだ。わたしは、わたしが御位《みくらい》にあるためにこんなことになったと後悔したが、後悔して屈してはならぬと吾が臣に言われた。それよりも生きて臣や民を護《まも》れと。だから、必死なのだ。同じ死ぬにしても、逃げ隠れ、後悔して嘆いてただ意味もなく死ぬよりは、臣や民を護り死にたい。そう思うほどに、必死だ」

「忘れてないか？　皇尊」

有間は目を細めた。

「わたしは、あなたの書札のおかげで国主になったのだ。もっと、恩着せがましくしたら良いだろう。そして、もっと尊大になれば良かろう。胸をはって言えばいいのだ。自分の計は、反封洲に利があるもの。それに乗らぬのは、莫迦者《ばかもの》であるとな」

「そうだな。わたしの計に乗らぬのは、莫迦だ」

反射的に言葉が口をついて出た。

不意に、驚くほど明るい青紫の光が前庭を走り、間髪を容《い》れず生木を裂くような激しい音がした。

耳が痺《しび》れるほどの音の余韻の中、有間が言った。

「わたしも莫迦にはなりたくない。乗ろう」

「――乗る？」

「あなたの計に乗り三国の約定を求め、動く」

（有間が動く――、と）

こちらを真っ直ぐに見据える瞳に射貫《いぬ》かれたように、不意に力が抜けた。

自分でも驚いたことに体が傾き、それを支えるために、床に手をつく。手をついたそこは、一原八洲図の上。

日織の様子に驚いたらしい有間が支えようと手を伸ばしかけるが、もう一方の手をあげて押しとどめた。

「礼を言う、有間」

俯《うつむ》いたまま繰り返す。

「礼を――言う」

空露が馳《は》せ寄ってきたが、それも制止する。

「良い、空露」
二、三度、ゆっくりと呼吸して座り直した。
有間は、九野に目配せする。

「九野。おまえも異論ないな」

「国境が落ち着くのであれば、願ってもないこと」

「では、九野。このことを真壁《まかべ》と安人《やすひと》大叔父君に知らせろ」

かしこまりましたと九野が出て行くと、入れ替わりに盆を手に壱岐が戻ってきた。三本の小さな瓶《へい》と、土器《かわらけ》の薄い盃《さかずき》がのったそれを、有間の傍らに置く。

有間は広げられていた一原八洲図をたたみ、かわりにそこに盆をずらす。

無造作に瓶を手に取り、透明な液体を盃に注ぐ。一つを手に取り、日織に差し出した。

「これは反封洲《たんのほうしゅう》の酒だ。凍酒という。麦を砕き醸《かも》し、火で炙《あぶ》り酒精のみを採った酒。体を温めるし、腐らん。反封洲の者が自慢にしている酒だ」

日織が盃を受け取ると、有間はもう一つ盃を満たし、自分も手にする。

「色がない。水のようだ。綺麗な酒だ」

濁りのある酒しか知らない日織には、透明さが魅惑的だった。水のようではあるが、顔を近づけると酒精が香る。

「国主になったあかつきには、これを持って龍ノ原を訪ねるつもりだった。だが、あなたの方から御見えになったからな。ここで振る舞おう」

目の位置に、有間は盃を掲げた。

「あなたとの再会を祝い、そしてあなたの戦《いくさ》の勝利を願う」

盃をあげ、一口に有間は飲んだ。

日織も彼に倣《なら》い同じように飲んだ。飲んだ途端にかっと喉が焼けるように熱くなり、咳《せ》き込む。熱いものが喉から胸、腹の方へ降りていく。

咳が治まると、耳と頬が異様に熱くなり、全身が火照《ほて》った。

「なんだこれは？」

壱岐は顔を伏せて笑いをかみ殺し、有間は遠慮なく声を出して笑った。空露が眉をひそめ、有間を睨《にら》む。

「温まろう？」

壱岐と有間が並んでいるのを見て、悪戯《いたずら》好きは兄弟共通らしいと思った。

「温まる前に、潰《つぶ》れそうだ」

笑いながら自分の盃に再び凍酒を注ぎ、口をつけ、有間は問う。

「計が成らなければ、どうする？　もしくはこれから央大地に異変があったら」

雷鳴が断続的に響いていた。雨音は一層激しく、湿った風も強く吹く。天の底が抜けたようだ。

頰をかすめる湿り気に誘われるように、暗闇に目をやる。音ばかり激しいのに、外は真っ暗で何も見えない。

「さっきも言った。そうなればすぐに龍ノ原に戻り、太刀を持って戦う」

吹き込む風にふと、懐《なつ》かしい香りがした。白杉《しらすぎ》の樹皮を削り取ったような香りに、はっとし、空露を見やった。空露が首を傾げる。

「如何しました」

「いま、何か香らなかったか？」

游気《ゆうき》を嗅《か》ぐ仕草をして、彼は答えた。

「煤《すす》の香りが」

改めて目を閉じて香りに集中してみると、確かに煤の臭《にお》いしかしない。

「どうした」

「いや、なんでもない」

有間に問われ首を横に振る。

龍ノ原を出てから、この香りを感じるのは二度目。それほど自分は龍ノ原が恋しいのだろうか。あるはずのない香りを感じてしまうほどに。

日織が置いた盃に、有間が二杯目を注ぐ。

「次は龍ノ原で、龍ノ原の酒を振る舞ってくれ」

「約束する。必ず」

これは励ましなのだろう。有間を招くために、日織は龍ノ原を取り戻せ、と。

逡巡《しゅんじゅん》したが、再び盃を手に取り、透明な酒を少しだけ舐《な》めた。

傍らから凍酒に手を出す壱岐が、明るい目で日織を見やる。

「では、そのとき、わたしも一緒に行って良いですか？　龍を見たい」

「歓迎する」

少年のように壱岐の瞳《ひとみ》が輝く。

「一日も早く、二人を龍ノ原に招く。そのために明日にでも、わたしはここを出て逆封洲へ行こうと思う。あなたが三国の約定に承知したことを、逆封洲国主末和気《すえのわき》に会って知らせ、まず反封洲と逆封洲の約定を促す」

これから日織が逆封洲に向かうつもりだと聞いて、暗がりで空露が、安堵の息をついたのが聞こえた。

日織が追い詰められ、他国と約定を結ぶか護領山を越えるべきかとなった時に、空露は逆封洲に約定を求めろと強く勧めていた。彼は頑《かたく》なに理由を言わないが、勧めるだけの理由が確実にある。それがあったからこそ、初手は逆封洲へ行くのが最善と、日織は判断した。

三国の約定を成すときは、可能性の高い国を訪ねるのが正道だ。三国のうち二国が約定を成したとなれば、残り一国が乗り気になりやすい。

まず向かうべきは逆封洲。この決断に間違いないという自信があった。

逆封洲には悠花もいる。夏井《なつい》も来須居《くるすい》に待たせている。

（悠花に会えるはずだ）

期待は胸の中にあるが、その思いだけにかまけてはいられない。

逆封洲の国主末和気と対面し、反封洲との約定を勧め、結ばせ、次には附敬洲へ。二つの約定を成すために、日織は急がねばならない。

「わたしもあなたとともに、逆封洲へ行こう」

盃に口をつけつつ、有間が言った。驚いて見返すと、彼はにやりとする。

「皇尊に、わたしの伝言なり書札なりを預けて任せるよりも、国主のわたしが一緒に出向く方が、逆封洲にしても乗り気になると思わぬか？　これはあなたの計だが、約定を成すのは吾ら三国なのだ。皇尊にお任せしますでは、逆封洲も吾らの誠意は感じ取れまい」

「なぜ、そこまでなさいますか」

　不可解そうに問うたのは壱岐だった。弟を見返す有間の瞳に、暗い、しかし確固とした決意があった。

「一人でも多くの民が、冬を越すためだ」

　はっと壱岐が息を呑む。

「皇尊の計は、吾ら反封洲に大きな益をもたらすぞ。吾らの国境が安堵するのは、当然ありがたい。さらに事実、吾らの民は、今年の冬を乗り切るための食い物が不足している。これは内乱で田畑を焼いた、わたしの責任だ。それを償うためならば、なんでもする。三国約定を成し、さらにそれによって食い物を附孝洲から強奪する機会があるならば、奪う。龍ノ原を侵した報いをもたらすのだと、正しき者のような顔をしながら、盗賊まがいの働きをするのだ」

　有間はよくわかっている。正しい戦などない。日織の計にしても、正しきものでもなんでもない。龍ノ原を護りたい者が望む計、というだけのもの。だがそれに乗り、有間は自分が護りたいものを護ろうとしている。

（正しさなどない。だが、それで良い。わたしは正しさなど求めない。そもそも正しきことなど、この世にあるか？　立つ位置が変われば正しきことが過誤になり、過誤が正しきことになる。そんなあやふやなものは、求めない）

日織が求めるのは、慈《いつく》しむ者を護ること。それは譲れず、それ以上は求めない。

「奪えば良い」

応じた日織の胸の中に、力強いものが湧《わ》く。

「ともに逆封洲へ行ってくれるというなら、頼む」

「承知した。参ろう」

盃を掲げた有間に応じ、日織も掲げ、目を交わし合って互いに飲み干す。喉を焼く酒に咳き込みそうになるのを堪《こら》えた。

酒精のせいか、体の中で熱く感情が煮えとける。

（わたしは——護るのだ。なんとしても）

翌朝。逆封洲国主末和気に宛《あ》てた皇尊の書札《しょさつ》を携え、空露が鳥手《とりて》二人に護られながら、大蓋《おおがい》から川船を使って北門津《ほくもんつ》へ向かった。彼はそこから、壱岐の手配した船に乗り込み逆封洲の戸津《とのつ》へ海路を行く。

空露は先触れ。

皇尊が、国主との対面を望む。しかも龍ノ原ではなく、八洲の都に足を運ぶとなれば、前例のないこと。先触れは必要であり、さらにそれをもたらす者も、相応の身分ある者でなければならない。

しばらく国を空けることになる有間は、御前衆《おんまえのしゅう》に留守を任せるための段取りをした。なおかつ北郡郡主《ほくぐんこおしゅ》たる壱岐に、北門津に入る商人の大型船を、交渉して可能な限り津に留めさせるように命じた。さらには北郡の軍団に、船での遠征準備をさせよ、とも。時が来れば素早く、附孝洲の都である賀陽《かよう》を襲うためだ。

それらの指示を、有間は二日で終わらせた。

日織も旅の支度を整え、与理売に別れを告げ——。

空露に遅れること三日。日織と有間は、兵《つわもの》と鳥手たちに護られ、逆封洲へ向けて出立した。

雨は降り続いている。

有間は帆柱の近くに立って低い灰色の雨雲を見あげていた。彼は身なりに頓着《とんじやく》しないたちなので、白い髪は濡れたまま、額や頬に貼《は》りつく。

「どうした、有間」

甲板の小屋の窓から有間の様子を見た日織は、気になって外へ出た。左右の揺れに翻《ほん》弄《ろう》されないように姿勢を保ちつつ歩み、背後から声をかけると彼はふり返る。

「濡れるぞ、皇尊」

「あなたも濡れている」

「わたしは濡れてもかまわん。あなたは濡れたら、細い骨にまで雨が染《し》みこんで凍えそうだ。わたしの母も、濡れると随分寒そうにして震えることが多かった」

母と聞いて、日織は複雑な思いがした。有間の母は科人《とがにん》が落とされる穴の底で数年生き、死んだという。事もなげに彼は母のことを口にするが——そんなふうに口にできるまでに、どれほどの葛藤《かっとう》があっただろうか。しかしだからこそ彼は、果敢であり、強いのだ。

有間は壱岐に、船と軍団の準備を命じた。三国の約定が成って附孝洲から米麦を奪える機会がきたとき、相手に身構える隙《すき》も、不安を抱く暇も与えず、雷光のごとき速さで襲いかかるためだ。

それを実現するために、さらに有間はこの船に、北門柵《ほくもんさく》で飼育していた夜《よ》鳴鳩《なきばと》を十五羽積んだ。鳥は、船よりも馬よりも早く知らせを届ける。長距離の場合は、猛禽《もうきん》に襲われたり迷ったり悪天候に巻き込まれたりで、確実性が低いのが難点だが、それを補うために十五羽も用意したのだ。約定が成るや鳥を放ち、これによって出撃を促す。

周到さに日織は驚嘆し、改めて思うのだ。戦うと決めれば、戦う。あるいは奪うと決めたら奪う、彼の強さを。

船は反封洲国主の所持する船で、商人が荷を運ぶ船に比べて幾分小さい。小回りがきき、浅い箇所も通り抜けられるが揺れは大きい。

「気をつけよう。凍えないように、髪も拭《ふ》く。何を見ている？」

沖合から吹く潮の香りのきつい風に眉をひそめつつ、有間はまた空に視線を向けた。

「……よく、降る。降りすぎる」

大蓋にいる間は勿論《もちろん》だったが、北門津を出てからも雨は降り続いていた。

北門津から戸津までは、通常であれば三日の船旅。雨は降っているものの、波が荒れていないおかげで順調に海路を辿《たど》っていた。明日には戸津に入れる予定で、右手に見える陸地はすでに、葦封洲だった。

「反封洲の秋は、雨が多いのか？」

「まさか。冬には嫌というほどに雪は降るが、春から秋にかけては乾く。それが今年はなぜか雨が続いている。反封洲だけのことかと思っていたが、南下を続けても雨が止《や》まぬ。葦封洲も反封洲と同様、雨が続いているのだろう。葦封洲の秋も、さほど降らんはずだが――妙だ」

ぎくりとした。

（雨――もしや）

反封洲と葦封洲に、例年にないほどに雨が降っているという。雨と龍は強い結びつきがある。そして思い返せば、龍ノ原を出て数日後から、晴天を見ていない。

もしこの雨が、反封洲、葦封洲、逆封洲のみならず、八洲に降り続いているとしたら。

（これは異変か？　わたしが――皇尊が龍ノ原を離れたが故《ゆえ》の）

日織の顔色に気づいたらしく、有間が鋭い横目をこちらに向ける。

「これは、あなたが護領山を越えたための異変か？」

「すまんが、わたしにも、わからぬのだ。もし一原八洲《いちげんはつしゆう》全てにこのような雨が降り続いているとするならば、もしやとは思うが」

「なるほどな。おい」

有間は甲板に目を戻すと、舳先《へさき》からこちらにやってくる船長に声をかけた。

はいと応じてやってきた彼は、家人《けにん》ではあるが、刀も佩《は》かず、身なりも船乗りのそれだった。北門津に出入りしていた商人の船に長年乗っていた者を、家人として抱えたらしかった。常に北門津にいて、船を整え、配下の水夫《かこ》たちを束ねる。

「北門津に出入りする連中から、八洲の雨について何か噂《うわさ》を聞いているか？」

船長は有間の問いに、難しい顔をした。

「そうですね。どこの津から来る船の連中も、雨が多いとは口にしますが、それが八洲全部でそうかと問われれば、わかりません」

「他に、天候について気になる噂などないか」

「特には……」

と、船長は答えようとしたが、背後を通りかかった水夫が足を止めた。

「天候と言えるかどうかわかりませんが。変な噂は聞きましたぜ、船長」

「変な噂？」

船長がふり返り問い、日織と有間が顔を向けると、水夫は頷く。

「へぇ」

「どのような噂だ」

有間が直接問うと、国主に直接声をかけられた水夫は、緊張した面持ちで応じる。

「一昨日《おととい》、北門津に入ってきた附義洲の船の水夫が、逆封洲の沿岸で空に変なものを見たって申しましたんで。へぇ」

「変なものとは」

「雨雲の間に、銀とも白ともつかないような変な色が、ちらちらと見えたと。よく目を凝らしたら、魚の鱗《うろこ》のように見えたと。そんなものを見る連中が、近頃いるそうで」

有間が驚いたように、日織をふり返った。日織も目を見開く。

（白銀。そして鱗!?）

日織と有間の反応に、船長と水夫は顔を見合わせた。

「変事でしょうか？」

船長が不安げに問うので、有間は鷹揚《おうよう》に手を振る。

「いや、なんでもない。その変なものとやらに、多少心当たりはあるがな――心配はない。仕事を続けろ」

船長と水夫が仕事に戻っていく背を見ながら、日織の胸は強く鼓動していた。

「皇尊は、どうとらえた。先ほどの噂とやら」

「龍――かもしれぬ」

頬にあたる雨粒がいやに冷たく感じられるのは、畏《おそ》れからだろうか。

「龍ノ原にしか棲《す》まぬ龍が、八洲に現れたとしたら、あなたが護領山を越えたのと無関係ではあるまい」

頷くしかない。

皇尊が崩御すると、龍が不安がり殯雨《もがりあめ》が続くのだと言われている。龍が皇尊の存在に安堵を覚える生き物であるとするならば、彼らは、皇尊を求め、龍ノ原から泳ぎ出たのかもしれない。さらに龍たちの不安が、八洲に雲を呼んだのか。

「これが続けば、どうなる？」

「皇尊が崩御して降り出す殯雨は、八十一日が節目だ。殯雨が降り続いても、八十一日を過ぎるまでは川も山ももちこたえる。しかしそれを過ぎれば一気に川があふれ、山肌が崩れ龍ノ原が水に侵されはじめ、さらにそれを過ぎれば、周囲五洲にも禍《わざわい》が広がる」

額に手をやり、考える。

（わたしが護領山を越えて十九、いや二十日？　確実に二十日近く過ぎた）

有間が淡々と言う。

「悠長にかまえていれば、央大地が沈むやもしれんな。殯雨は八十一日が期限だろうが、この場合がそれと同じとは言えぬ」

仮に八十一日を期限としても、あとふた月ほどで央大地全体が水の禍に見舞われるかもしれない。ただそれは有間が言うとおり、殯雨と似た経緯を辿ると仮定した場合で、八十一日を待たずに大異変が起こる可能性もある。

前例のないことだから、誰にもわからない――。

「とてつもない禍が起こったならば、わたしはすぐさまに護領山を越えて、龍ノ原に戻らねばならない。しかし今はまだ」

空に目を向けた。

灰色の低い雲から、白い筋となって雨が降り続いている。空を映した水面は、暗い深緑色ののっぺりした色。舳先が切り裂き泡立つ波だけが白い。

「まだ――空の底が抜けてもいないし、地も鳴動していない。この間に二つの、三国の約定を成さねば」

低く、有間が応じる。

「異変が始まっているとしたら、急がねばならぬな。皇尊よ」

言われるまでもなかった。唇を嚙《か》み、考えを巡らす。

（仮に反封洲と逆封洲、附敬洲の三国の約定が成ったら、次は葦封洲、附義洲、附道洲の三国の約定を進めなくてはならぬ。しかし、わたしがその三国を説いて巡っていては、時がかかりすぎる。もっと早くその三国の約定を進められはしまいか）

雨粒が頰を打つ。潮の香りがきつい。

（わたし一人では到底――）

不意に、乙名の声が耳に蘇《よみがえ》る。

――事を成すためには、皇尊お一人では難しいこともありましょう。そのときはあなた様の命により、わたしも動かねばならぬ時が必ず来るはず。時を――待ちます。

はっとした。そして感嘆した。

（乙名は見越していたのか、このこと）

きゅるる、きゅるると、甲板の小屋から夜鳴鳩の小さな声が聞こえている。龍ノ原でも飼われているこの鳥は、普通の鳥と同じように普段は昼間に目覚め夜に眠る。しかし他の鳥に比べ、帰巣《きそう》の本能が強く、翼も強靭《きょうじん》だ。放たれると、巣に戻るために昼夜にわたって飛び続ける。夜目がきく。しかも悪天候に強い。

（鳥か）

有間を見やり、答えた。

「そうだな、急ぐ。そのために、協力してくれまいか」

「できることならな」

「戸津に到着したら、わたしは鳥手たちに護衛以外の任を与える。となれば、わたしは一人になる。戸津から来須居まで、あなたと、あなたが連れている家人たちに、わたしを護ってもらえないだろうか」

「どうせ、ともに行くのだ。特に問題はないが——鳥手たちに、なにをさせるつもりだ」

「わたしにできぬことを、代わりにしてもらう」

小屋の方へ声をかけた。

「馬木《まぎ》！」

小屋の奥から隻眼《せきがん》の鳥手の長が現れ、日織の前に跪《ひざまず》く。

「お呼びでしょうか」

「頼みがある。戸津に到着したら、鳥手の全てを連れて龍ノ原へ戻れ」

驚いたらしく馬木は顔をあげた。

「なにを仰せになられますか。吾《われ》らには、皇尊をお護りする勤めがあります」

「だからこそ、行くのだ」

強く命じた。

「わたしを護るというなら、わたしのために働け。随分と無茶なことを命じるつもりだ。しかし鳥手と呼ばれる者に相応《ふさわ》しく素早く、鳥手の面目をかけ、行け。それがわたしを護ることになる」

五章　誅罰《ちゅうばつ》の雨降れかし

一

「吾《われ》らは逆路《さかろ》から行方《なめかた》山地に沿った南部を押さえ、その北端は作根《さくね》泊《とまり》里。周囲の里郷《りごう》に入っている軍士の数は、おおよそ二万」

　大地の北方から吹く風の冷たさに、風鐸《ふうたく》が澄んだ音で鳴る。

逆封洲国主《さかのほうしゅうこくしゅ》の居城、来須《くるす》居城《いじょう》の外郭正殿《せいでん》の最奥《さいおう》に座す国主、末和気《すえのわき》は、正面に端座する附孝洲《ふのこうしゅう》の使者を、瞬《まばた》きもなく凝視していた。茶の髪に濃茶の瞳《ひとみ》をした少年国主の顔立ちは端正で、瞳は高い知性を窺《うかが》わせる。しかし正面に座る、いかにも肝が据わって世慣れた男に比べれば、迫力という点では劣った。

　彼らの対比が、国そのものの力関係を示しているようだった。

花鳥を描いた高い天井に、朗々と使者の声が響く。

「二万は国軍の精鋭です。吾らが押さえた地には、民も多く残っております。吾らも、無体な真似《まね》は働きとうございません。民を巻き込むのも、本意ではござらぬ。逆封洲国主様の命によって、吾らと対峙《たいじ》している軍を引いてくださいませぬか」

挟軾《きょうしょく》に置いた和気の手が、強く拳《こぶし》をにぎる。堂々と勝手な要求をする使者を怒鳴りつけたり、激高したりしないだけでも、立派だった。

左右の温檜葉《ぬくひば》の柱の前に控えた御前衆《おんまえのしゅう》、関金蒲生《せきがねのがもう》は使者を射殺しそうな目で睨《ね》めつけている。兵守《つわもののかみ》も刑守《ぎょうのかみ》も同様。蔵守《くらのかみ》の戸津東二《とのつのとうに》は、よくもそんな無恥な要求ができると言いたげに心底呆《あき》れかえった顔をしていた。

和気の傍らに控えた悠花《はるはな》の腹も、怒りに煮える。

（なんという身勝手な要求か）

附孝洲の軍士が逆封洲南部に入り込んでから、状況は膠着《こうちゃく》したままだった。民を盾に取りつつ、進みも退きもしない附孝洲の軍団と、逆封洲の軍団が睨《にら》み合って、十日以上。数日前に附孝洲から交渉を申し入れると使者があり、応じると、この男が作根泊里から来須居にやってきて国軍の副将軍と名乗った。

「引いて、どうせよと言うのか」

和気の問いに、男はよどみなく答えた。

「現在、吾らの支配にある土地を、龍ノ原《たつのはら》の土地とお認めください」

龍ノ原の名を出されては黙っておられず、悠花は口を挟む。

「龍ノ原と仰《おつしや》る。しかし皇尊《すめらみこと》はそれをお望みなのか？」

「無論」

男は大きく頷《うなず》く。

「御位《みくらい》に即《つ》かれた新たな皇尊は、附孝洲に、彼《か》の地を龍ノ原の一部にせよと命じられました」

和気は鋭い視線を男に向ける。

「皇尊は行方知れずと聞いているが？」

逆封洲から龍ノ原に放った間諜《うかみ》から届いた報によれば、皇尊については、様々な噂《うわさ》が入り乱れて真偽のほどがわからないという。祈社《きしや》から、新たに皇尊が即位したとの知らせがあったようだが、それは偽《にせ》の皇尊と言う者が多い。

「いいえ。間違いなく、新たに皇尊が即位なされました。そして割譲をお望みなのですぞ、従いなされよ。皇尊は、地大神《ちのおおかみ》の最も近きところにあらせられる御方。その御方の求めですぞ」

薄ら笑う男を睨めつけつつも、和気は呻《うめ》くように答えた。

「家人《けにん》たちと合議の上で返事をする。それまで双方の軍、動かさぬ。その約束で良いか」

「かまいませんが、お返事はいつ頂けましょうや」

　要求の図々《ずうずう》しさに、和気の嚙《か》みしめた奥歯が鈍く鳴る。

「近いうちだ。それで満足せよ」

「まあ、承知いたしましょう」

　一国の国主に対し、他国の、たかだか軍団の副将軍とは思えない不遜《ふそん》な態度。蒲生が思わずだろう、膝立《ひざだ》ちになり太刀の柄《つか》に手をかけたが、和気が視線で「やめよ」と制す。

　男は悠然と大衣《おおきぬ》の袖《そで》をさばき、叩頭《こうとう》した。

「では、これにて帰らせて頂きます。返事をお待ちしております」

　男が出て行くと、蒲生が呻く。

「附孝洲の、吾が国に対する侮《あなど》り。なんたる屈辱か」

「しかたありませんな。あちらさんは、皇尊を掲げておるのですから。その威光を存分に借りるでしょう」

　東二が、威光を借りる卑怯《ひきよう》を嘲《あざけ》るように言うと、悠花を見やる。

「しかしそれは嘘《うそ》でしょうかね？　悠火《ゆうび》殿。皇尊の夫である王《おおきみ》が、そのように仰いましたのでしょう」

　悠花は頷く。

「夏井《なついの》王は、皇尊はご無事で、けして附孝洲の手の届かぬところにおわすと」

ただ本当に怪我《けが》もなく、心身ともに健全で無事であるのかはわからないと、悠花は危ぶんでいた。ここ、来須《くるす》居《い》で龍《りゅう》の声を聞き、姿らしきものを垣間見《かいまみ》たからだ。

皇尊が健《すこ》やかに龍ノ原にいれば、龍に異変など起ころうはずはない。

龍が八洲《はっしゅう》に姿を現したという、神代《かみよ》からなかった異変があるうえに——。

（この長雨）

開いている枢戸《くるるど》から、視線を外へと向ける。灰色の分厚い雲が空全体を覆《おお》い、雨が強くなり弱くなりして降り続いていた。

太い木々が少ない来須居城の至る所で、筋になって水が縦横に流れている。正殿の前庭もぬかるみ、泥水が大きな水たまりになっていた。そこに雨粒が降り注ぎ、波紋を広げる。雨と土の匂《にお》いが游気《ゆうき》に満ちていた。

ここ十日ばかり断続的に雨が降る。逆封洲の者たちも、これほどの長雨はあまりないと口を揃《そろ》えて言う。

龍と雨。その関連は無視できない。

おらぬ——と、悠花の耳には龍の声も聞こえた。

龍が「おらぬ」と捜す者は皇尊しかない。皇尊の姿や気配を、龍が見失っているとするならば、日織が果たして、無事でいるのかわからない。夏井は無事を請け合ったが、彼が日織《ひおり》と別れた後に、なにかがあった可能性も大きい。

「龍ノ原の威光をたてに八洲を乱そうとする附孝洲に、屈することなどできない。割譲など、せぬ」

和気の声に、おずおずと兵守が反応する。

「しかし。だとすれば、いかようにいたしましょうか。民と軍士を犠牲にし、戦《いくさ》を決意し、附孝洲を押し返されますか」

刑守が呻く。

「それほどの犠牲を払うべきだろうか。附孝洲に押さえられているのは、さして広い土地でもなく、重要な土地でもない。このまま割譲してもさしたる損失ではないやも」

「割譲すれば、また数年後に、奴《やつ》らはそこを足がかりにして土地を広げようとするはず。割譲はあり得ぬ」

蒲生のきつい声に、東二は肩をすくめた。

「そうなろうと思います。しかし吾らのような小心の民は、できるだけ争いは避けたいもの。この度は致し方なしとして、犠牲を大きくせず、次に備えるのが肝要と言うかもしれないですな。そしてそれが、正しくもあるかもしれない」

兵《つわもの》である家人たちと、新たに商人から家人となった者と、それぞれに理屈があり、判断がある。それを聞き決断を迫られるのは、国主和気。

俊秀の国主といえど、目に迷いと苦悩の色が濃い。彼に最善を提案したいが、悠花自身も、どうするのが最善か迷う。

「失礼をいたします！」

家人たちの紛糾する議論を遮る声が、枢戸の外、簀子《すのこ》縁《えん》からかかる。国庁《こくちょう》からの書類を国主に取り次ぐ役を仰《おお》せつかっている馴《な》染《じみ》の兵が、焦《あせ》りの表情を浮かべて跪《ひざまず》いていた。普段は内郭北殿《きたどの》に書を入れた箱を運んでくるだけの役割の者が、国主が内郭に帰るのも待たずにやってきたのは珍しい。

「どうしました」

悠花が声をかけると、兵は一礼し母《も》屋《や》に早足で入ってきた。国主の座の前で再び跪き、告げる。

「八社《はっしゃ》より遣いが参りました。今、八社に、龍ノ原の祈社に属する護領衆《ごりょうしゅう》、代祇《だいぎ》空露《うつつゆ》と名乗る御方が御見えで、国主様にお目通りを願っておられるそうです」

（空露!?）

悠花は息を呑《の》む。

さらに兵は続ける。

「その御方は国主様に宛《あ》てた、皇尊の書札《しょさつ》を預かっておられると」

思わず悠花は声が出そうになった。

（日織からの書札!?）

空露が今ここに現れ、なおかつ日織の書札をたずさえているとしたら、彼女は無事なのかもしれない。しかしなぜ和気に書札が届けられたのか。日織は他国と約定を結びはしないだろうと、夏井は言っていたのに。

事情が変わり、日織は逆封洲との約定を求めてきたのか。それとも、もっと別の何かがあって書札がもたらされたのか。

何が始まったのか悠花にはわからず、ただ驚き戸惑った。

和気が膝立ちになる。

「皇尊というと、新たに即位した？」

「いえ」

悠花は鋭く否定した。

「空露という護領衆は、幼き頃より今上《きんじょう》に仕えている者です。彼が持参した書札であれば、それは新たに即位した偽の皇尊やもと噂される方の書札ではなく、間違いなくまことの皇尊たる方の手によるものです」

悠花の言葉に、蒲生が眦《まなじり》を吊《つ》り上げる。

「書札がもたらされたとなれば、ご存命であるのか。やはり新たに即位したという者は偽の皇尊」

「書札を持参した護領衆をこちらに呼べ、今すぐ！」

和気の命令に、兵は慌《あわ》てて出て行く。

重臣たちは互いにひそひそと言葉を交わし、待つ。和気は緊張した面持ちを崩さず、時々悠花を見やった。悠花は、勇気づけるように頷いた。

一刻ばかりが過ぎ、取り次ぎの兵がやってきた。

「龍ノ原祈社の代祇、空露殿おいでになりました」

叩頭した兵に、和気が硬い声で応じる。

「通せ」

跪いたまま兵が枢戸前から移動すると、黒衣をまとった空露が現れた。肩と髪が濡《ぬ》れている。すこし痩《や》せた感があるが、その顔は、護領衆らしくいつもの無表情。母屋の中を落ち着いてひと渡り見渡し、悠花の姿に目を止めたが、すぐにそらす。真《ま》っ直《す》ぐ国主の座の前までくると腰を落とし、叩頭する。

「逆封洲国主、末和気だ。顔をあげよ」

空露は顔をあげた。

「祈社の護領衆、代祇空露と申します。皇尊の側《そば》近く仕える者にございます。御目通りお許しくださり、ありがとうございます。吾が主《あるじ》、皇尊より国主様に書札を預かってこちらに参りました」

懐《ふところ》から取り出した書札を、空露は両手で捧《ささ》げて頭《こうべ》を低くする。

和気の目配せで、悠花はそれを受け取った。受け渡しの一瞬に空露と目が合った。彼は何か言いたげだったが、読み取れない。

（白杉《しらすぎ》の香りがする）

受け取った書札の料紙は、多少よれがあってくたびれてはいたが、懐《なつ》かしい香りだけは強く感じた。手渡すと和気は、急いで開き書面に目を落とす。

一読し、目を見開く。

「……なに？」

信じられないと言いたげに一言漏らし、取れと促すように悠花の方に書札を差し出す。

「まことか？　ここに書かれていることは」

問う和気の声を聞きながら、悠花は受けとった書面を読み、ぎょっとした。驚き、正面に座る空露を見た。和気の問いと悠花の驚きの視線を受け止め、空露は頷く。

「はい。皇尊がこちらへの御臨幸をお望みです。そして既に、ある場所を発《た》たれ、こちらに向かっておられる。到着は四日後の予定」

重臣たちが、ざわつく。

悠花は啞然《あぜん》とした。

（莫迦《ばか》なことを！　皇尊が護領山《ごりょうさん》を越えるなど、何が起こるか――）

はっとした。

（龍と雨は、そういうことなのか⁉　日織は既に、十日以上前に護領山を越えたのか）

夏井が日織の身の安全を自信満々に語った理由が、ようやくわかった。

（しかし、なんということをしたのだ、日織）

不津《ふつ》や附孝洲の手を逃れるためであれば、護領山を越えるのが最も安全だ。しかしそれによって、央大地《ひさしだいち》にどのような異変があるかわからない。なおかつ附孝洲に蹂躙《じゅうりん》されている龍ノ原の民を置いて、民に支えられて生きる皇尊が逃げ出して良いものか。

央大地を危険にさらし、民を置き去りにし、命惜しさに逃げたのか――？

（……いや。日織はそれほど、臆病《おくびょう》でも愚かでもない）

浮かんだ疑念を、悠花はすぐに打ち消す。

神を欺《あざむ》こうと覚悟してまで、皇尊の御位を望んだ人だ。様々なものを恐れ、いつも不安を抱いてはいるが、それを必死に抑え込み強くあろうと覚悟する人が――ただ、命惜しさに逃げるはずはない。

「皇尊が龍ノ原を離れて、良いものなのか？　神代よりそんな例はなかったはず」

和気の問いに空露は淡々と応じる。

「良いか、悪いか。皇尊は行い為《な》すことで、神に問うておられます」

重臣たちのざわめきが一層大きくなり、蒲生が高い声を出す。

「央大地を賭《と》して、皇尊は神に問われているのか⁉　空露殿。そのような大それたことは、皇尊とて許されるのか」

空露が蒲生に鋭い目を向けた。

「皇尊がそう決断なさらねばならなかったのは、八洲の者どもの罪！　責めるならば八洲の者として、八洲の者を責められよ」

場が静まった。空露は和気に視線を戻す。

「皇尊はこちらに臨幸なされ、国主様と対面することを望まれております。それに先立ち国主様には、政《まつりごと》の要《かなめ》にある方々をこちらに召して頂きとうございます」

「なぜだ」

「皇尊がお望みです。逆封洲の先行きを決める大事を、国主様お一人の決断では、できまいと」

「そもそも、空露とやら。皇尊はなんのために臨幸なさるのか。逆封洲の先行きとは？　皇尊は逆封洲に、附孝洲に対抗するための助力をお求めなのではないのか？　それ以外は考えられぬが」

和気が言うとおり、悠花もそのため以外で日織がここに来る理由は思いつかない。

しかし。

「違います」

空露は即座に否定した。

「しかしこれ以上は、ただの遣いであるわたしの口からは申し上げられない。臨幸なされましたそのときに、皇尊よりお言葉があろうと思います」

悠花は困惑した。

（あなたは――何をするつもりなの、日織）

□□□

民が消えている。

気味悪そうにその噂を不津の耳に入れたのは、加治媛《かじのひめ》だった。

「消えている？」

秋が深まるにつれ夜風は冷たい。大桜宮《おおさくらのみや》の正殿は蔀《しとみ》も枢戸も閉じ、不津が座る周りには几帳《きちょう》を立て、傍らに火舎《かしゃ》も置かれている。それでもどこか薄ら寒く、足指の先が冷えるので、不津は加治に酌をさせて酒を飲んでいた。

例年よりも寒く感じるのは、游気がひどく乾いているからだ。そのために冷えが強く感じられ、喉《のど》が痛む夜も多い。

「はい。そう聞きました」

傾けた瓶《へい》の首が土器《かわらけ》の盃《さかずき》に当たり、小さく音を立てる。失礼いたしましたと加治は小さく口にした。彼女には珍しく粗相をしたのは、気持ちが乱れているからだろうか。

「どういう意味だ。民が消えるとは」

「言葉どおりの意味のようです。采女《うねめ》たちが申しておりました。附孝洲の軍士たちが里郷へ向かうと、もぬけの殻なのだそうです。冬の蓄えの米や麦も、藁《わら》も、干し物も、ほとんどの品も消えて。どうやらそれらを背負って、逃げ出したようだと」

「逃げるといっても、何処《どこ》へ逃げる」

「さあ……」

不安げに加治は手元に目を落とす。日に日に彼女の不安が増しているのを、不津は感じ取っていた。龍の声が聞こえない、龍の姿を見ないと言うのだ。

当初は、数日そんなこともあろうかと口にはしていたが――それが続くと、不安が高じてきた様子が見て取れた。もしや自分が龍の声が聞こえない、いや、それどころか見えもしない遊子《ゆうし》のような者になってしまったのか、と。

不津も龍の姿を見ていなかった。最初は気に留めていなかったが――時が経《た》つにつれ心に引っかかり、皇尊一族末席の女を大桜宮に招いた。

加治を慰めるための話し相手にと召した女は、終始怯《おび》えた様子だった。そして彼女も口にしたのだ、このところ龍の声も姿も消えた、と。

気味が悪かった。

(日織が、なにかしているのやもしれぬ。龍が消え、民が消えるなど)

龍は、人が思うように操れる存在ではない。

しかし聞いたところによれば、日織は宣儀《せんぎ》で、呼笛《よびぶえ》も使わずに龍を呼んだという。そんな技ができるのは人ではない——邪《よこしま》なものの力を借りないかぎり不可能だ。治央《おさのひさしの》尊《みこと》でさえできないことをなすとしたら、正しき力であろうはずはない。

龍を消すとは、まさに邪な技だ。

(それにしても游気が乾いている)

白杉柱が、含んだ湿り気を吐き出し尽くして細りそうなほどに、龍ノ原全体が乾いている。常に游気が乾いている龍道《りゅうどう》にいるかのようだった。

真っ黒に立ちあがる地睡戸《ちのねむりと》の隙間《すきま》からは、龍道の暗闇《くらやみ》に向けて常に熱い呼気のような風が吹く。そのために游気が乾いているのだが——それに似ている気がした。まるで龍道の範囲が膨れ上がって、龍ノ原全体へと広がったかのようだ。

地睡戸から吹き出る熱気が強く大きくなり、その奥にあるものが、じわじわと地睡戸に近づき、押し開こうとしているように——。

(龍道?)

そこまで思ったとき、ぎょっとした。

(今、龍道はどうなっているのだ)

まさか、立ち入ることもできないほどの熱気が満ちてはいないだろうか。もしそうだとしたら、地睡戸の向こうにあるものが躍り出て来ようとしているのかもしれない。

酒が絡《から》み、不津は喉に手をやった。

「確かめねば……。龍道へ行く」

酒が絡む声で小さく口にして立ちあがろうとしたが、加治が袖を引く。

「え、なんですの？　なぜ龍道に」

閉じた殿舎《でんしゃ》の外から、采女の悲鳴が聞こえた。顔をあげると同時に、枢戸が開く。吹き込んだ風に、几帳の絹が大きくたわむ。

「目戸《まと》？」

暗がりを背に無表情で立っているのは、中《あたりの》目戸だった。

夜更《よふ》け、しかも許しもなく現れた目戸の背後には、兵が五人ほど従っていた。怯えた加治が身を縮め瓶を抱え込むので、不津は彼女の前に立って声を高くした。

「無礼だぞ、目戸。いきなり何用だ」

それに応じることなく、目戸が背後の兵たちに目配せすると、彼らは素早く母屋に駆け込み、几帳の陰を覗《のぞ》き込み、並べられていた櫃《ひつ》を許しもなく開いていく。

「目戸！」

怒鳴ったが、彼は腕組みしたまま冷えた目で不津を見つめるのみ。兵の頭らしい者が目戸に近づき「なにもありません」と告げると、目戸は目顔で彼らをさがらせた。

「なんのつもりなのだ、これは。目戸」

　怒りに眦を吊り上げる不津の前に近づくと、目戸は懐から、幾枚かの料紙を取り出し、不津の胸に押しつけた。

「民どもが里郷を捨て、護領山へ登っています。どうやら百枝皇子《ももえのみこ》という者が、里郷の長《おさ》を唆《そそのか》しているようですよ」

「百枝皇子？　それは」

「龍ノ原の兄君の、師ですよね？　そこに百枝皇子が書いたとおぼしき文があります。空になった郷の、郷長《ごうのおさ》の家に残されていたそうです」

　押しつけられた数枚の、一番上にあるくしゃくしゃの料紙には、見覚えのある師の筆跡で、附孝洲の軍士が里郷に来れば、あらゆるものが強奪され、民は殺される。軍士が近づく前に、荷をまとめて背負い護領山へ逃げ込めと書かれている。

　しかも——。

「俺が？」

　愕然《がくぜん》としたのは、逃げろと警告しているのは不津王だと書かれているのだ。

「俺は知らぬ。そもそも師とは十年以上も会っていない……」

「二枚目、三枚目、ご覧あれ」

冷ややかに、目戸が不津の声を遮る。

「大祇《おおぎ》真尾《まなお》、造多麻呂《つくりのたまろ》。両名の行方が、昨夕から不明です。両名の居所にそれが残されていました」

二枚目は、多麻呂から真尾に送られた文。もう一枚は、それに対する真尾の返答。

多麻呂は、不津王から密《ひそ》かに、附孝洲国主中目戸を亡《な》き者とし、龍ノ原の実権を取り戻す役目を仰せつかった。附孝洲のやり方は目に余り、もはや我慢がならないと不津王は仰せだ、と。多麻呂は不津王の意向で身を隠す。不津王は真尾にも同様のことをお望みなので、ぜひ、ともに立ちあがろう、と。そんな内容だ。

真尾はそれに、自分も加わるために身を隠すと応じている。

「莫迦な。このようなことを信じるのか、目戸」

「龍ノ原の兄君がご不満そうなのは、わたしも理解しておりましたよ?」

「だからとて、こんなことを望むか!?」

「望まないとは断言できません。ただ確かに、あからさま過ぎますね」

「そうだ、わざとらしく、このような文を残していくはずがなかろう」

「そうですね」

にこりと目戸は微笑《ほほえ》む。

「しかし、用心に越したことはない。大桜宮の正殿から、出ないで頂きましょう。ここは外から閉じ、見張りを立たせます。念のため、阿知穂足《あちのほたり》と能市王《のいちのおおきみ》、高千王《たかちのおおきみ》も捕らえましたので、彼らは獄所へ繋《つな》いでおきます」

「なんだと」

愕然とする不津に、目戸は笑みを深くした。

「少しのご辛抱ですよ、龍ノ原の兄君。皇尊が捕らえられるか、もしくは百枝皇子なる者か、造多麻呂、大祇真尾が捕まるかして問い質《ただ》せば疑いが晴れましょう。それまでのご辛抱です」

驚き、屈辱と――目戸への恐怖。声も出ない不津に軽く礼をとり、目戸は出て行った。

「待て、目戸！」

ようやく一歩、すがるような声とともに踏み出しかけたが、無情にも戸は閉じられた。

「……やられた。日織……っ！」

戸に縋《すが》りつき、爪《つめ》を立て、呻く。

（おそらく全て、日織の謀《はかりごと》。なんという邪なことを考えつくのか、あの者は）

去って行く目戸の足音を聞きながら、歯を食いしばる。

（なんとかしなければならぬ、日織を。しかし正しき皇尊になるためには、まずは目戸を――あの増長激しい者をなんとかせねばならぬ。俺を閉じ込めるなど、許せぬ。まずは目戸を！）

しかも龍ノ原に、大きな異変が起こっているのかもしれないのだ。地睡戸の向こうに眠るものが目覚め躍り出たとしたら、央大地が沈む。

（龍ノ原の異変も神の怒りに違いない。目戸が龍ノ原を蹂躙したことを、神はお怒りなのだ。なんとかしなければ。わたしは、正しき皇尊となるべき者なのだから。わたしが、なんとかしなければならないのだ）

□□□

護領山のあちこちに、多くの民が入り込み潜んでいた。彼らは里郷から食べ物や藁や布を担《かつ》いで持ち出し、斜面に苦労しながらも、身を横たえる簡単な場所を整える。不便ではあった。しかし皆殺しにされた里郷の噂はあちこちに流れていたので、不平を口にする者はいなかった。

里郷の長に、ありったけの荷を担いで護領山に逃げ込めと指示したのは、皇尊一族の一人、百枝皇子だった。彼の指示は里郷から里郷に伝わっていた。

百枝皇子自身も護領山を巡っているらしく、潜む民のもとに現れた。そこで不便を強いられる民に生活の工夫を伝え、護領山へ入ってくる軍士たちを見張って、いち早く逃げ出すこつなどを教えていた。

民たちは不安がっていた。里郷を逃げ出さざるを得なかったことも不安だったし、さらに龍の姿がないのも彼らを不安にさせた。

龍の姿がない。

神代よりなかったことで、民が怯えるのは当然だった。

龍ノ原はもはや、神に見放されたのではないか、いつまで逃げ隠れせねばならないのか――と、民たちは百枝皇子に問うた。彼は、神は龍ノ原を見放してはいないと請け合い、皇尊がお戻りになるまでの辛抱と答えた。

皇尊がお戻りになられれば、附孝洲の者たちは追い払われ、龍も戻ると。

戻るということは、皇尊は、龍は、いったい何処《いずこ》におわすのか。

それに百枝皇子は、こう答えた。皇尊も龍も、地龍《ちりゅう》の御許《みもと》にあらせられる。邪を払う力を得て必ずお戻りになると。

そして――。

民が多く潜み続ける護領山を、ある夜、鳥手《とりて》に護《まも》られた三つの人影が越えた。

二

戸津《とのつ》に到着した日織を待ち受けていたのは、比多《ひた》だった。彼女は先に来須居に到着した空露の指示を受け、遅れて到着する日織を迎えるためにやってきたらしかった。

空露と夏井は今、八社に身を寄せているので、そこにお連れすると比多は言った。

八社と聞き、日織の胸は高鳴った。そこには護領衆と偽って、悠花も身を寄せているはずだった。

ようやく悠花に会えるのだ。彼はどんな態度で日織に接するのだろうか、と考えながらも、来須居へ向けて出発した。

反封洲《たんのほうしゅう》の兵たちと日織は、比多が手配した馬に乗った。日織は大衣を身につけていたので、有間《ありま》たち一行の中にいれば目立たない。

反封洲の兵の身なりは、逆封洲の兵とすこし違う。しかし央大地最大の津を抱え、他国と荷のやりとりの多い逆封洲の民たちは、他国の者を見慣れている。道で行き会う者たちは、ちらりと日織たち一行に目をやるも、「ああ、他国の者か」とすぐに興味をなくし、通り過ぎた。

すれ違った民も泊里《とまり》で顔を合わせた旅人も、誰一人、これが皇尊と反封洲国主の一行とは思いもしなかっただろう。

降り続く雨のせいか、馬はうなだれて元気がない。ひたすら歩き、蹄《ひづめ》が泥を跳ねあげる。

戸津から南へ、来須居へ続く道をたどり三日目。

比多が、急げば今夕にも来須居に到着できるはずだと言ったので、一行は馬を歩かせ続けていた。簑《みの》は水を吸って重く、表面を滑る雨粒が膝から下を濡らし、そこから冷えが体に広がる。

来須居に近づくと、往来の荷車や人の数が多くなった。ぬかるみが人の足や車輪、馬の蹄に荒らされ、泥水が方々に溜《た》まった道はひどいありさまになっている。

有間と彼の配下たちは、さりげなく日織の周囲を固めて馬を歩ませていた。

「休むか？」

馬を並べていた有間が問うたのは、日織が小さく身震いしたのに気づいたからだろう。

「いや。このまま……」

応じようとしたその時、荷を背負い前を歩んでいた旅人の一人が、「えっ」と不思議そうな声をあげて立ち止まった。

「なんじゃ、あれは？」

どこか暢気《のんき》な声だったが、ふと気にかかり、日織も馬上から旅人の視線の方へ目をやった。

　旅人が見あげているのは低い雲。ぶ厚い雲が、黒と灰が煮溶けるように混ざり合い、ゆっくりと蠢《うごめ》きながら東へと流れている。

　雲の合間に何かが見えた。日射《ひざ》しがあるはずもないのに、隙間《すきま》に、ぬめるような白銀に光るものがあった。

（あれは――っ！）

　思わず、日織は手綱を引く。

　気づいた有間と兵たちが、同様に馬の足を止めた。先を歩んでいた比多も、ふり返り、立ち止まる。日織たちのみならず、目をすがめて空を見あげる旅人の周囲で、徐々に人の足が止まる。馬の足が止まる。荷車の車輪が止まる。

　雨の斜線が白くけぶった。

「皇尊」

　緊張した囁《ささや》き声で、有間が呼ぶ。日織は息を詰めて雲間を凝視する。

　低い雲の隙間が横に裂けるように広がり、垣間見えていた白銀のぬめりがさらに大きくなり、それらが鱗《うろこ》で覆われているのまで見て取れた。

　その方向から、強く冷たい風が吹き下ろし、日織の濡れた体を包む。風に香るのは白《しら》杉《すぎ》の樹皮を削り取ったような香気。

ぬっと、曲がった爪が黒い雲にかかった。

誰かがあっと声をあげ、指さしたのに応じるように、髭《ひげ》をそよがせた龍の頭が雲間から突き出た。

悲鳴があがった。

なんだと騒ぐ声と、逃げろと叫ぶ声。駆け出す者、ぬかるみに足を取られ、転倒する者。尻餅《しりもち》をつく者。道の傍らにある森へ逃げ込む者。

（龍――龍だ。こんなところに……！）

日織は震えた。

噂には聞いたが、本当に龍が、龍ノ原の外に泳ぎ出しているのだ。

龍はさほど大きくない。せいぜい大人二人分の大きさで、胴も日織が抱えられる程度だろう。若い龍だ。

澄んで大きな金の瞳がぎょろぎょろと周囲を威嚇《いかく》するように動いたと思うと、龍は爪を深く雲にかけ、身をくねらせ、翔《と》んだ。尾を打ちふるって、雨雲を真上へ突き抜ける。雲が上へ向けて勢いよくめくれるように流れた。

先ほどとは比べものにならない強い風が吹き下ろし、森の枝葉が激しく揺すられ、ざわめき、雨の滴《しずく》を吹き乱した。

再び大きく悲鳴があがり、馬が怯え蹈鞴《たたら》を踏むのを、日織たちは手綱を引いて抑える。

雨音が激しくなった。

その場に座り込んだ、あるいは突っ立ったままの人々は全てが空を見あげて唖然としていた。

雨音のみが響く街道で、誰かが言った。

「龍だ」

呼応して別の声が問う。

「龍？　龍ノ原にしかいない生き物ではないのかい」

「どうして龍が逆封洲にいるんだ⁉」

癇癪《かんしゃく》を起こしたかのような金切り声があがった。

「きっと、きっと、地大神がお怒りなんだ！　央大地は鳴動して沈むんだ」

その場にいた者たちは動揺し、顔を見合わせた。

（龍が八洲に……）

実際こうして龍の姿を見る衝撃は大きかった。神代より定まっていたものが、ほどけ崩れるのを目《ま》の当《あ》たりにすると、感じるのは恐怖に近い焦り。さらに奇妙で、恐ろしく感じたのは、龍が、日織の存在を一顧だにしなかったこと。

（龍は、わたしを捜して龍ノ原を出たはず——）

日織が護領山を越えたのをきっかけに、龍が八洲に出現したのは明白だ。龍は日織を捜しているはずなのに――あの龍は、日織に視線を向けもしなかった。

（まさか、わたしの姿が龍に見えていない？）

どういうことだろうかと混乱しつつも、周囲の者たちが騒ぐのを見回す。人々の動揺の中にあっては、自分も気持ちが乱れそうだ。

しかし今は、少しでも早く先に進まねばならないときなのだ。

「……進もう」

日織が声を低め促すと、比多が不安げにふり返る。

「よろしいのですか？　あれは……」

「ここにいても、どうしようもない。龍は去ったのだ。わたしは、ここにいるより――進まなければならないだろう。進む」

承知しましたと応じた比多は歩き出し、騒ぐ旅人たちの間を縫って、馬を進めた。有間に同行する兵たちは、彼と一緒に龍ノ原に行った経験のある者たちで、龍の姿に動揺はしていなかったが、不可解そうな表情だった。

「龍は、あなたに気づかなかったのか？」

かなり歩を進めたところで、有間が声を潜めて問う。額を滑る雨粒を手で拭《ぬぐ》いながら、日織は空に目をやる。彼も日織と同じことが、気になったのだろう。

「気づいたか、気づかなかったか、わからぬ。龍は犬猫のように懐いて擦り寄ってくるものでもないし、またその思考を明確に察することもできん。ただ――」

考えながら、答えた。

「気づけていないようには思う、わたしの存在を。ただの感覚だが」

日織の宣儀に姿を現した龍の数は、千か、二千か。そんな数だったように思うが、正確にはわからない。とてつもない数が渦を成したと思ったが、それは髭平《しのひら》の上空を覆ったのみで、考えてみればさほど広大な範囲でもない。

あのとき集った龍たちが全て八洲に泳ぎ出したとしても、八洲の一国の広さは龍ノ原の十倍。それが八つ。とてつもない広さに、数千の龍が飛び出しても、それは一抱えある盥《たらい》の中に、砂粒を数千ばらまいたのと同じ。

そして日織の存在は、砂粒よりもまだ小さく、龍の目には見えぬほどに違いない。

小さすぎる皇尊の気配や姿を、龍は確かに感じ取れないのかもしれない。龍は地大神地龍の和魂《にぎみたま》であり大きな存在の一部であるが故《ゆえ》に、小さすぎる日織は、他の小さきものと区別し辛《づら》いかもしれない。

(だから儀式というものがあるのかもしれないが)

吾はここだと、吾が声を聞き給《たま》えと、場所を整え、威儀を正し、心を整え、大きな存在に訴えるための手段か。

(しかし儀式でなくとも、友となった龍は龍ノ原でわたしの前に現れたことがある。もしや――龍ノ原にいることで、皇尊の存在は強くなり、龍の目に見える者となるのか？）

龍ノ原を出た日織の姿が、龍たちに見えなくなっているとするならば、龍を落ち着かせるためには龍ノ原に戻るしかない。

日織は馬の足を速めた。

（龍たちは不安なのだ。だから皇尊を捜し泳ぐ。この不安が地大神に伝われば、大地鳴動して央大地は海に没する。しかも今回の不安は、崩御のように龍たちが知る不安とは違うもの。知らぬ不安の中にある龍たちの動揺が大きければ、八十一日など待たずに、次の異変が起こる）

かといって何も成さずに龍ノ原に戻っては、龍ノ原そのものが終わりかねない。一刻も早く事を成し戻る。それしか日織には道がない。

日が沈む直前に日織は来須居に入った。来須居は戸津とも大蓋《おおがい》とも違う趣で珍しくはあったが、感慨を抱く心の余裕はなかったし、また日も暮れかかっているうえに雨の紗《しゃ》幕《まく》が邪魔し、詳細に都の全景を把握することはできなかった。

来須居に入ると、比多はまっすぐ日織たちを八社へ案内した。

八社が近づくにつれ、日織の緊張は高まった。

(悠花に会える)

どれほどこの時を待ちわびていたか――。

八社の神職たちには、近々空露と夏井を訪ねて反封洲から客人があるとだけ伝えられていたらしい。薄暗闇に沈みかけている八社の門を比多が潜《くぐ》り案内を請《こ》うと、従丁《じゅうてい》と呼ばれる神職が日織たちを奥の客殿へと導く。

有間の配下たちは簀子縁に控え、小さな客殿の母屋に日織と有間だけが入った。

枢戸の側と奥に二つずつ、結《むす》び燈台《とうだい》に灯りが入っている。母屋の中央に夏井が座り、斜め背後に空露が控えており、日織と有間の姿を認めると叩頭した。

悠花の姿がなかった。

(いない？　なぜ)

護領衆に身をやつした悠花が、当然空露と夏井と一緒に待っていると思っていたので、落胆が大きかった。

(もしや空露が隠したか)

考えてみれば悠花は、日織との関わりを断つと決め、空露はそれに加担しているのだ。

今に及んでも、彼らは信念を貫くのだろう。

(それならば、それで良い。すべてのことが終わったとき、悠花を連れ戻せばいいの

だ）

日織は落ち着いて、濡れた袴《はかま》の裾《すそ》を気にしつつも彼らの前に座った。有間も同様に、日織の斜め背後に腰を落ち着ける。

「顔をあげよ、二人とも」

「ご無事で、なによりでした」

顔をあげた夏井が、片えくぼを見せておっとり微笑む。

「紹介しておこう。彼が反封洲国主伴《ともの》有間だ」

夏井は有間に叩頭した。

「夏井と申します。お見知りおきを」

「有間だ」

短く応じると、この男は何者だと問う視線を日織に向ける。

「皇尊一族の一人、夏井王だ。わたしの夫」

ほぉと、有間は面白そうに夏井を見やった。

「あなたが、あてがあると言っていた夫がこの方か」

「いや、違うのだが。事情があって、仮に夫となってもらった」

「わたしは、皇尊にお仕えする官吏です」

夏井が言い添えるので、有間は不可解そうな顔をしたが、それ以上は問わなかった。

複雑な事情があると察したのだろう。

「まず、訊《き》きたい。夏井、空露。逆封洲《さかのほうしゅう》でも雨は続いているな？」

二人同時に頷き、夏井が口を開く。

「逆封洲に限らず、他洲から入ってきた旅人たちの口からも、同様に長雨が続いていると聞きます。八洲全てが長雨に見舞われております。龍《たつ》ノ原《はら》から附義洲《ふのぎしゅう》を経由してやってきた者の話も耳にしましたが、龍ノ原は八洲とは逆に雨が一滴も降らず乾き続けていると。さらに——龍の姿を八洲で見たという噂《うわさ》もちらほら、八社に入ります。不安を覚えた民が、八社に注進に来ています」

「吾《われ》らも龍を見た。戸津から来須居への道中で」

日織が応じると、空露は眉根《まゆね》を寄せる。

「皇尊が護領山を越えたための異変が、始まっています。日織」

不安が滲《にじ》む空露の目を、見返す。

「だからとて、今すぐ龍ノ原に戻っては意味がない。異変が央大地を飲み込むほどに大きくなる前に、約定を成す。空露、わたしの書札は逆封洲国主に届けたか？」

「直接、お渡ししました。皇尊が臨幸なさるときには、家人《けにん》を集めて対面されると」

「今すぐに末和気に遣いを出せ、わたしが来たと。可能な限り早く会いたいと伝えよ。今夜は……」

と、開いている枢戸の方へと視線を向けた。日が落ちるか落ちないかの頃合いではあっただろうが、雨のせいもあり、外は杉の影も見えないほどの薄暗さだった。これから対面を望むのはあまりにも礼を欠く。

「今夜は、無理かもしれぬ。しかし明日、可能な限り早く。朝にでもと」

承知いたしましたと、空露は立って出て行く。日織は夏井に視線を戻す。

「あなたにも訊きたかった、夏井。悠花のことはわかったか」

「はい。八社に鹿角音《かづぬね》として遣わされた護領衆、祇従《ぎじゅう》悠火殿という御方に、皇尊から悠花皇女《ひめみこ》へ宛てた文はお渡ししました。悠火殿は、悠花皇女はご無事であり、文も渡すと約束してくれました」

「悠火というのか、その護領衆は」

悠花が騙《かた》るのが、その名なのだろう。

「はい。悠火殿はお元気です。ご安心を」

微笑む夏井に頷き返そうとして、違和感を覚えた。夏井は、日織が悠花皇女ではなく、悠火という護領衆の安否を気にしているかのように応じなかったか？　夏井を見返すが、彼は穏やかな表情のまま、ことに含むところもなさそうな顔だ。

夏井は続ける。

「ただ、悠火殿は今は神職を離れ、逆封洲の家人として来須《くるす》居城《いじょう》で仕えておられます」

「家人？　なぜ。護領衆が、どうやって家人になれたのだ」

あまりに意外なことに目を瞬《しばたた》く。

「どういった経緯で家人となられたかは、聞いておりませんが」

（悠花、なぜ――？）

疑問が大きくなるが、日織には追及する暇がない。悠花に会うのも、事実を確かめるのも、和気と対面が叶《かな》った後のことだ。彼が健《すこ》やかでいるのを知れたのだから、まずは安心すべきだ。

しばらくして空露が戻って来た。翌朝来須居城から、八社に輿《こし》を遣わすとのことだった。今夜のうちに和気は来須居に呼び寄せた家人たちに知らせを送り、朝一番に参上させる手筈《てはず》らしい。


降り続く雨音を聞きながら、一晩を八社で過ごした。翌朝、日が昇らぬうちに、荷物から衣《きぬ》を取り出して身支度を整えた。髪は一つにまとめただけで、飾りもない。せめてと夏井が差し出したのは、鵲《かささぎ》の尾羽二枚。青とも黒ともつかない光沢のあるそれは、日織たちとの旅の途上で拾った、あの尾羽だった。あれからずっと大切に持っていたらしく、尾羽の艶《つや》は失われていない。

（鵠の羽）

滑らかなそれに触れる。夏井が尾羽を拾ったときのような、切なくてたまらない感傷は覚えない。代わりに別の思いが浮かぶ。

（美しいと――、いずれこれに触れて憂《うれ》いなく、ただ微笑むために、わたしは今ここにあるのだ）

何度か羽に指を滑らせ、感触を確かめた。

どれほど華やかになるかはわからなかったが、夏井にとってはうち捨てておきがたい美しいものなのであろうそれを、まとめた髪の根元に挿した。

有間は地模様のある見栄《みば》えのする黒の大衣《おおきぬ》を身につけ、反封洲の流儀で肩脱ぎにし、腰に毛皮飾りをさげた。

来須居城から遣わされた腰輿《ようよ》は二台。

反封洲国主《こくしゅ》が同行しているとの旨《むね》を伝えたからだが、有間は腰輿を断って馬に乗った。降り続く雨で、簑をまとっても大衣や袴の裾は濡れるが、それで構わないと固辞したのは兵《つわもの》の信念だろう。

日織は空露を、有間は配下の兵をともにして、来須居城へ入った。

来須居城の南門も正殿《せいでん》も呆《あき》れるほどに大きく、日織と有間、その配下たちは目を見張った。平地に毛氈《もうせん》を敷くかのごとく広がる城は、龍稜《りゅうりょう》とも大蓋とも趣を異にする。さらに彼らを迎える兵の身なりは、有間たち反封洲の者たちとも少し違う。

異なるものの中に入り込む緊張を覚える。この城では日織が異物であり、有間もまた、日織とは別種の異物であった。

しかし――緊張しながらも興を覚える。

見慣れたものの中に混じる、異なるもの。混じることそのものが、硬直したなにかを変えうる発端となるかもしれないのだ。

正殿前に腰輿がおろされ、有間もそこで馬を下りた。

腰輿から出て、高い軒端《のきば》の上にある、雨が降り続く空を見あげた。軒端には円錐《えんすい》に三つの細い棒を組み合わせた風鐸《ふうたく》があった。あるかなきかの風にもそよぎ、澄んだ音を雨粒の中に染《し》み渡らせている。

五、六人は並んで歩けそうな階《きざはし》に足をかけた。有間が続く。

空露と有間の配下は簀子《すのこ》縁《えん》に控え、日織と有間のみが枢戸《くるるど》の前に立つ。枢戸も日織の背丈の三倍ほど高さがあり、莫迦に大きい。

「皇尊《すめらみこと》臨幸にございます」

枢戸の傍らに控えていた兵が叩頭《こうとう》しながら声を発したが――震えを帯びていた。それは尊崇か戸惑いか、わからない。

母屋《もや》の中に満ちる、耳に痛いほどの静寂と緊張は、冷たい游気《ゆうき》となって枢戸の前に立った日織の頬を打つ。

高い敷居をまたぎ越し、中に入った。

「反封洲国主、伴有間様。御出《おいで》になりました」

同じ兵の声に促され、有間も日織に続く。

母屋に踏み込むと、正面の国主の座とおぼしき高い場所が空だった。左右に並ぶ温檜《ぬくひ》葉《ば》の柱の前には、五人の家人。その中には東二の姿があった。

一段高い座の前に、こちらを向いて叩頭した少年の姿がある。

(あれが末和気)

和気の傍らには護衛の兵なのか、黒衣の男が控えて叩頭していた。大衣を身につけていたが、護領衆《ごりょうしゅう》のように肩で髪を切り揃《そろ》えており、他の兵とは様子が違う。

「奥の座にお進みください、皇尊」

叩頭したまま和気が言う。

日織は奥の座に向かい座った。傍らの一段低い場所に藁蓋《わろうだ》があり、そこが有間のための座らしく、近くに控える兵が有間を導く。

静かだった。日織が袖《そで》をさばいた衣擦《きぬず》れの音が、高い天井に響いた。静かに、張り詰めたものが満ちている。

顔を伏せる国主と家人たちの、戸惑い、疑念、不安、不審、緊張。皇尊がこの場にいて、良いはずがないという——畏《おそ》れ。彼らの思いが肌を擦《こす》るように伝わってくる。

一呼吸置き、告げた。

「皆、顔をあげよ」

日織が命じるとともに、逆封洲国主と家人たちが一斉に顔をあげた。

東二をのぞく家人たちが、日織と有間の姿を直視して驚きの表情を浮かべる。有間は白い髪が、そして日織は女でありながら男の身なりをしているところが、家人たちには珍しかったのだろう。

末和気は伝え聞く通り、十四、五歳の少年だ。細い肩と細い首。薄茶の髪をしており、瞳《ひとみ》は濃い茶。表情は引き締まり、利発な印象を受ける。

和気の背後に控える者——その顔を見て息を呑《の》む。

腰が浮きそうになった。

（悠花⁉）

目が合った瞬間、悠花に鋭く見つめ返された。無言で「静かに」と伝えられた気がし、言葉を飲み込み、座り直すふうを装《よそお》って腰をおろす。

（悠花だ……。悠花、悠花！）

鼓動が速い。

悠火と名乗っている悠花が来須居城にいるとは聞いていたが、まさか国主の傍らに侍《はべ》っているとは思いもよらなかった。

（やっと会えたのに、悠花。あなたは、なんて場所に座っている。しかも髪を――。悠花）

乱れる気持ちを抑え込もうと、目を閉じて己の鼓動を聞く。游気に混じる雨の湿った匂《にお》いを吸う。

悠花がなぜ和気の傍らにいるのか経緯はわからないが、動機ならば察しがつく。

（わたしのためなのだな）

護領山を越える決意をするまで、空露がしきりに逆封洲と約定せよ、信頼できると口にしていた理由が、ようやく理解できた。悠花が何らかの手段によって和気の近くに侍り、日織が必要なときには力になってくれることを空露は知っていたからだ。

日織のもとを離れたのだから、彼は以前から求めていたように、気ままに自在に生きることもできたはず。それなのに――こんな場所にいる。

（なんという人なのだ、あなたは）

情が深く、そして果敢。

（こんな人が他にあるだろうか）

なにがあっても取り戻したい。思いが大きくなり熱く体を満たす。だからこそ日織は死ねないし、龍ノ原を護り取り戻さねばならない。

「あなたが逆封洲国主だな」

目を開くと、日織は和気に視線をすえる。少年国主は頷《うなず》く。

「末和気にございます、皇尊」

声変わりが終わったらしく、声は意外にも低くなめらか。しかし口調は弾むかのようで、きりりとした少年らしさがある。憧《あこが》れと戸惑いが濃い茶の澄んだ瞳にあった。

「臨幸賜り恭悦です。しかしながら正直に申し上げます。わたしも含め、家人一同も不可解を覚えております。皇尊がこの地に臨幸なされた理由。さらには反封洲国主殿までもが、同行されている理由。吾らには見当もつきません」

龍ノ原に対する礼を尽くしながら、かといってただ闇雲に畏れひれ伏すのみではない聡《さと》さが、和気の言葉からくみとれた。

対話ができる相手だ。

実の母である遠音《とおね》を自らの命で斬首《ざんしゅ》したと聞いたが、粗暴さや激高しやすいといった気配はない。ただ少年らしからぬ翳《かげ》りのようなものは、微《かす》かにある。

「さらに、皇尊が護領山《ごりょうさん》を越え逆封洲に臨幸なされたことと関わりがあるのか、逆封洲でも他の八洲《はっしゅう》でも、龍ノ原にしか棲《す》まぬはずの龍が現れております。しかも八洲は、例のない長雨に見舞われております。このことについても、皇尊にお伺いしたいのです。これは皇尊が護領山を越えられたための、異変でしょうか」

戸津から来須居への途上で、日織も龍に遭遇したが、同じように八洲のあらゆる場所に龍が現れ、長雨が続いている。

当然和気も不安なはずで、まずは一番に皇尊に問いたいことだろう。

「龍が八洲に現れたことも、長雨も、おそらくわたしが護領山を越えたための異変だ」

それは間違いない。なにしろ、それ以外の要因はないのだ。

「これが続けば如何《いかが》なりましょう」

「神代《かみよ》より誰も試したことがないので、断言はできぬが。殯雨《もがりあめ》と似たものと考えれば、わたしが護領山を越えて八十一日を過ぎれば、大きな禍《わざわい》が八洲を襲う。そしてわたしが護領山を越えて既に二十五日ほど、三十日に近い日が過ぎた」

家人たちがざわめき、和気が思わずだろう、身を乗り出す。

「もし八十一日が期限であるなら、残りは五十日あまり!?　そうであるならば、なぜ、こちらにおわしますのか!?　龍ノ原に御帰り頂かなくては、央大地《ひさしだいち》が海に没します!」

「それができぬから、ここにこうして、反封洲国主をともなって来たのだ。龍ノ原から附孝洲《ふのこうしゅう》の者どもを追い払わぬ限り、わたしは戻れぬ。そして追い払うために、あなたに対面を望んだ」

「わたしに会うことが……とは？」

和気は戸惑い顔で、なおかつ不審げだ。

「龍ノ原に附孝洲の軍士が入ったことは、承知しておろう。そして逆封洲にすらも、彼らは入り込んできた。八洲が乱れ、龍ノ原が蹂躙《じゅうりん》されている。わたしはこの乱れをおさめたい。おさめなければ龍ノ原に戻れぬからだ。末和気よ。国を侵す者どもを退け、乱れをおさめたいと願うのは、あなたもわたしも同じではあるまいか」

「はい。しかし――容易ではありません」

軽く反発するように、和気は応じた。簡単に言ってくれるなと言いたげな、苛立《いらだ》ちめいたものが声音に滲む。

「安々とそのようなことができるならば、吾らは十日も、他国が吾がもの顔で吾が国の土地に居座るのを黙って見てはおりません。侵寇《しんこう》を食い止め退け、乱れをおさめる方法があるならば、わたしはとっくにその方法を試しております。今からでも、迷いなくその方法をとります」

ままならない現実に苛立ちを抱え、それが面に出る和気を、若いと思った。さりとて日織も、人のことを言えるほど立派ではない。

だが――今は、威厳あり迷いない皇尊として振る舞う必要がある。

「方法はある。あなたの国、逆封洲。そしてこちらにいる有間の国、反封洲。双方が約定を結ぶのだ。双方、因縁も恨みもない国。約定を阻《はば》むものはなかろう」

和気が眉をひそめた。

「おそれながら、国を隔てた二つの国。約定を結ぶ理由が見えません」

「二つの国が約定を結べば、次にわたしは附敬洲《ふのけいしゅう》に、逆封洲と反封洲の約定に加わるべきと勧める。その三国をして約定を結ぶ。これを『一附《いっぷ》二《に》封《ほう》の約定』とする」

顔を見合わせざわめく家人たちの声を遮るために、声を張った。

「さらに！」

ぴたりとざわめきが止《や》み、日織は続ける。

「その三国の約定が成ったあかつきには、わたしは、葦封洲《あしのほうしゅう》、附義洲、附道洲《ふのどうしゅう》の三国にも約定を結ぶのが賢明と伝え、促す。この約定を『二《に》附《ふ》一封《いっぽう》の約定』とする。二つの約定が成れば、和気。わたしとあなたの願いが叶うと信じている」

家人たちは互いに顔を見合わせ、ひそひそと言葉を交わす。

「そうは思わぬか？　末和気」

和気は考え込むかのように身動きせず、瞳が床の一点を見据えている。

悠花は日織を見つめていたが、すぐに何かに気づいたのか、はっとしたようになり目を見開く。まさかと、問う色がそこにはあった。

「二つの約定をして、互いに互いを護り、互いに互いを警戒し、国の均衡を保つ。そういうことでありましょうか、皇尊」

瞳が動き、和気がようやく日織に視線を戻して問う。

(なんと、理解が早い)

彼の聡明さに驚きつつも、頷く。

「そうだ」

「しかし均衡を保つだけでは、附孝洲を退けるのは不可能です。附孝洲と叛封洲《はんのほうしゅう》は二つの約定に組み込まれていないぶん、国境《くにざかい》が危うくなりましょう。しかしだからと言って、富める附孝洲が、それだけで龍ノ原や吾らの国から退きましょうか？」

「無論、それだけではない。わたしは――附敬洲と附道洲には今こそ好機と伝えて、富める附孝洲から少しでも得られるものがあれば得れば良いと、伝える」

和気は目を見開く。

「それは皇尊が――附敬洲と附道洲に、戦《いくさ》をせよと促すという意味ですか」

「そうだ」

家人たちがどよめいた。

「皇尊が戦をと？」

「まさか」

「いや、そう仰《おお》せだ」

　戸惑いは和気も家人たちと同じだろうが、彼の思考はたぐい稀《まれ》なほどに、鋭いらしい。戸惑いながらも、その先のことを口にした。

「しかし、皇尊。皇尊がそうせよと仰せでも、附敬洲と附道洲は動きましょうか？　二の足を踏みましょう」

「そのために附敬洲の背を押す。背を押すのは——反封洲」

　日織は有間に目配せした。有間が口を開く。

「わたしは反封洲国主、伴有間。お初にお目にかかる、逆封洲国主殿」

　軽く礼をとる有間に、和気も礼を返す。

「反封洲は皇尊が促す三国の約定を成したいと考え、こちらに参った。まずは和気殿。吾らは逆封洲と約定を結びたい。そしてさらに、附敬洲に、約定に加わってもらいたいと考えている」

「三国の約定を望まれる理由を伺ってもよろしいですか、有間殿」

　物怖《ものお》じせず問う和気に、有間は鷹揚《おうよう》に頷く。

「国境が安定する。戦が少なくなる。これ以上に望ましいことはない。戦わねばならぬときは戦うが、闇雲《やみくも》に血を流したくはない。だからこそ国境が安定し、八洲の均衡が保たれるならば、それに乗る。反封洲は、附敬洲が附孝洲を攻める場合、兵や軍士を出し、沿岸にある附孝洲の都を攻めると約束する。そのための船も軍士も整えさせている」

驚きの声が鋭くあがると、有間が家人たちに一瞥《いちべつ》をくれた。

家人たちが静まったので、日織は続ける。

「附孝洲との諍《いさか》いが長い附敬洲は、この好機を逃すだろうか。もしここで動かねば、附孝洲は、附敬洲とはなにがあっても攻めてこぬ、こられぬ国と断じ、次に狙《ねら》うは附敬洲と定めるかもしれぬ。事実、隣国である附敬洲は攻められやすい。附敬洲の国主と民の恐怖は、逆封洲のそれに匹敵するだろう」

悠花が、自分の思考を確かめるように呟《つぶや》いた声が聞こえた。

「附敬洲が動けば、同じく恐怖を覚えているはずの附道洲も……」

有間が口元で笑う。

「附敬洲と附道洲の双方に国境を攻められ、さらに都が襲われる。そこまで攻められた附孝洲は、逆封洲や龍ノ原に入れた軍団をそのままに戦えるか？」

「……今、逆封洲に入っているのは国軍と聞きましたな」

家人の列の中から、興奮を押し殺したように聞こえた囁きは、東二の声だ。

「そうか。賀陽《かよう》は裸同然か。屈強と名高い反封洲の兵たちは、動きやすかろう」

淡々と日織は応じた。

有間が顔を伏せ、笑みを深くしたのが横目に見えた。容易に攻め奪えると、確信を得た笑みだろう。彼が大きな目的としているのは、反封洲の民に冬を越させること。自国の民に食べ物を与えるのが急務だった。

「反封洲と附敬洲と約定を結べ、末和気。さすれば附孝洲の軍を追い払える」

「お待ちください！」

断言した日織の声を遮ったのは、悠花だった。

三

和気がふり返り、家人たちも悠花を注視する。

「二つの約定をすすめ、均衡を保つのは八洲の安寧のために役に立ちましょう。しかし約定の後に皇尊は、反封洲を巻き込み、附孝洲と附道洲に戦を唆すと仰せになったのです。地大神《ちのおおかみ》の最も近きところにあらせられる、穢《けが》れなくあるべき皇尊が、そのような罪深きことをなさいますのか」

悠花は怒っているのだろう、日織を睨《ね》めつけていた。そんな非道な真似《まね》をするのか、と。

「する」

短く応じ、日織は微笑《ほほえ》む。

（悠花は気づいたんだな、危うさに）

彼がそれに気づき、さらにそのことで怒りを覚えただろうことが――嬉《うれ》しかった。悠花はやはり日織を何よりも案じている。だからこそ、この場で我慢できずに口を開いたのだろう。

「龍ノ原を護るためであれば、わたしはやろう。神に近い場所にあるわたしがそんな真似をして、何があるかはわからないが。おそらくそうなった場合は、それはわたし一人の身の罪。央大地を巻き込むこともなく、龍ノ原が砕けることもなく、わたし一人の身でおさまるだろう。龍ノ原さえあり、附孝洲に侵されていなければ、わたしの身がどうなろうが、新たな皇尊が立つ」

「一人の身の――罪？」

絶望したように、悠花が呟く。

悠花は皇尊が非道を働くのを責めるかのように言ったが、本当は、このことによって日織の身がどうなるのかを心配しているのだ。

神の心などわからない。ゆえに、何か事を成そうとするときは、試すしかないことばかりだった。それが皇尊という尊く危うい存在。

ただ、人は誰しも運命というあやふやなもののなかで生きているのだから、試して生き続けるしかない。日織は皇尊だから、問う相手が己の運命に対してではなく神だというだけ。

「吾らは皇尊の罪に加担するのか？」

恐ろしげに口にしたのは、髪に白いものが混じる男。和気の近くに座っているので、御前衆《おんまえのしゅう》の一人だろう。

「これは……恐ろしいことかもしれん。皇尊がこちらにおわすことも、恐れるべきやもしれぬ。皇尊には、早く龍ノ原にお戻り頂くことのみを願うべきではなかろうか」

確かにと、ざわめく声。三十代とおぼしき、頬に傷のある優男が鼻で笑う。

「そのような、あるかないかわからぬものに恐れを抱く前に、現実にある附孝洲を恐れるべきだろう、雨屋《あまや》」

「神を畏れぬおまえらしいな、蒲生《がもう》。しかしおまえこそ考えよ。附孝洲に南を割譲しても、神の怒りには触れぬし、犠牲も少ない」

「あるかないかもわからぬものを、恐れるのかと言っているのだ」

「あった場合はいかにする」

「やめよ、雨屋、蒲生！」

和気が語気強く制し、交互に二人を見やる。

「二人の考え、双方に理がある。だからこそ、これはわたしが判断しなければならないことだ。悠火」

和気が悠花にふり返る。

「あなたはどう考える。今、あなたは皇尊の罪を口にしたが、それがあるから、吾が逆封洲はどうするべきだと言うのだ？」

　唇を引き結び、悠花は日織を真《ま》っ直《す》ぐ見た。

「わたしは……」

　言葉を発した唇が震えるのを見て、日織は表情を緩める。

「皇尊とは穢れなく罪なく、あらせられるべきと考えます。ただ、龍ノ原と逆封洲を護り救う方法がそれしかない場合は——」

「それしかない」

　悠花の言葉を、日織は優しく断ち切る。

　方法がそれしかない場合と悠花は口にしたが、彼は、日織の提示したものが今考え得る唯一《ゆいいつ》の方法とわかっているはずだ。だから口にするのを躊躇《ためら》った。それは日織に、罪を犯せと言っているのと等しいからだ。

　どっと風音がし、風鐸が激しく鳴り出す。正殿の軒端にあるものは勿論《もちろん》、来須居城内にある全《すべ》ての風鐸が一斉に鳴り出したかのように雨音を突き抜けてくる。

　音に脅されるように、はっと表情を変えた和気が、風の吹き込む枢戸の方へふり向く。目に怯《おび》えの色があった。

　決断を迫られた国主は、何に怯えるのか。

（判断の過《あやま》ちで民を苦しめることへの、怯え。もしくは罪への怯え）

日織は、ゆっくり立ちあがった。和気もその気配にこちらに視線を戻し、周囲の全ての視線が日織に向かう。

「わたしも逆封洲で龍《りゅう》を見た。彼らは、わたしを捜しているのかもしれぬ。だが、たとえ皇尊といえど、わたしは神の目から見ればただの人でしかなく、小さすぎる存在だ。おかしなものだが、皇尊という、人であり、小さすぎるものが龍ノ原を護《まも》るものの一つとして必要らしい。ただ、神ならぬ身。過ちも罪も犯す。それによって小さなわたしを、神がどうあつかうかは、わからん。そもそも、この雨も」

戸の向こうに見える、白い斜線となって降り注ぐ雨を指さす。

「護領山を越えたわたしに龍が苛立ち怒り、降らせているかもしれない。龍ノ原を離れたわたしを罰する誅罰《ちゅうばつ》の雨であり、早く龍ノ原に戻れと促す雨かもしれない。しかし降れば良いのだ」

集まる視線を跳ね返すように、日織は全員を見回す。

「わたしは、人だ。しかし龍ノ原というものを成す要素の一つ。わたしを龍ノ原から追った人というものが、わたしが龍ノ原へ帰るための助力をせぬのならば、それは人というものが己の命運を己で決めたこと。人はわたしを龍ノ原に帰さず、央大地が没するのを望んだということ。なればこの雨は降り続ければ良い、そして央大地を沈めれば良い」

ちりっと、微かに太刀が鞘《さや》の中で鳴る音がした。有間が咄嗟《とっさ》に膝立《ひざだ》ちになり、柄《つか》に手をかけて構えをとったのは、雨屋と呼ばれた白髪交じりの男の方向だった。

雨屋の手は腰の太刀の柄にかかり、瞬《まばた》きもなく、視線は日織を捉えている。

「皇尊は、皇尊一族のどなたでも良い。であるならば、わたしがあなた様を弑《しい》し奉《たてまつ》り、新たな皇尊がお立ちになれば——わたしは大罪を犯した者として誅されても、央大地は護られませぬか？」

「愚か者」

日織は低く言う。次には声を高くした。

「そのようなこと、わたしが考えなかったと思うのか！　わたしが譲位して龍ノ原が護られ、逆封洲が安泰になるのであれば、そうしたわ。しかし今わたしに代わり、不津王《おおきみ》が即位してどうなる。別の者が即位してどうなる⁉　それら新たな皇尊は結局、附孝洲の傀儡《かいらい》ぞ。八洲は乱れ、龍ノ原は龍ノ原としてあることもかなわず、神国は穢され続け弱り、砕け散る。そうなれば一原八洲《いちげんはっしゅう》は神の抑制を失った鬼の住処《すみか》になり、結局いずれは海に没する」

鋭く告げた。

「わたしを殺したいならば、殺すが良いのだ。三国の約定など成さぬと、背を向ければ良いのだ。わたしは、命じはしない。選べば良い！　選ぶのは、あなたたちなのだ。選べ！」

気迫におされたように、雨屋の腰が引けて柄にかかった手が離れる。

構えをときながら、有間が低く言った。

「吾ら反封洲は、三国の約定を成すことを選んだ」

鋭く和気を見やる。

「逆封洲はどうする」

「吾らは」

和気が膝の上で拳《こぶし》を握った。

「吾らは……、吾らも、皇尊の御意向に従います」

絞り出すような声で、和気が答えた。

「国主様！　皇尊の犯す罪に加担なさるか」

雨屋の声に、和気は自分の気持ちを確かめるかのように、ゆっくりとふり返った。

「雨屋、考えてみよ。加担と言うが、吾らは三国の約定を結ぶのみなのだ。戦を唆《そそのか》すのは皇尊。罪は皇尊のみにあると、御自身が仰《おつしや》っている。怯える必要はない」

「怯えているのではなく、それが正しきことなのでしょうや」

和気の瞳に翳りが浮かぶ。

「わからない。わたしには正しいことなど、わからない。必要であるから、わたしは吾が母を斬首したが、それが正しいかを問われれば、わからない。ただ必要であれば、やるしかないのだ。――必要であれば。だから――」

胸をつかれたように雨屋は口をつぐむ。

翳りがありながらも、和気の瞳と声に迷いはなかった。

「罪があった場合は、罪をその身ひとつで受けると仰せの方に、わたしは従う」

沈黙した雨屋を暫《しば》し見つめた後、和気は家人たちをぐるりと見回す。異存はないかと無言で問う仕草に、全ての家人が頷く。

それを確かめ、和気は有間に向かって礼をとった。

「有間殿。逆封洲は反封洲と約定を結びます」

「承知した。二国の約定を結んだ証《あかし》の書札《しょさつ》を作り、吾らの名を記そう。そして」

日織を横目に見て、有間は続ける。

「それをもって、わたしは附敬洲へ向かう。それで良いか？　皇尊、和気殿。和気殿には、逆封洲の使者として御前衆か国主一族の誰かの同行を願いたい」

「行ってくれるのか、有間？」

驚きながら日織が問うと、彼は口元に笑みを浮かべた。

「二つの三国の約定が成って、最初に益を得るのは反封洲だ。しかもわたしは、ここまで来ている。ついでだ。しかし、やるのはそこまで。さすがに自ら軍を率い、附孝洲の都を攻めはせんがな。三国の約定が成ってすぐさま、吾が国に鳥を飛ばして出撃を促す」

「逆封洲は、御前衆のどちらかを、有間殿に随行させます」

有間と和気二人に見つめられて、日織は気が引き締まる。

「ならば、わたしも書札とともに空露を遣わす。附敬洲国主に」

『一附二封の約定』が成るのに、残り一国。附敬洲。

隣国の附孝洲への不安を抱える附敬洲が、反封洲と逆封洲が結んだと聞けば、そこに加わる益は大きく、約定に入る可能性は高い。

「しかし」

和気が思案顔になった。

「皇尊は、『二附一封の約定』もお考えです。確かに吾ら三国の約定、『一附二封の約定』が成ったとき、附道洲、附義洲、葦封洲の三国は、吾らの約定を脅威と受け止めるでしょう。対抗する方策を求めるは必定。そこに『二附一封の約定』を持ちかければ、三国が、益ありと判断する可能性は高いと存じます。ただ」

　雨音は激しい。それにわずかの間、耳を傾けた後に和気は続ける。

「約定を進めるために、皇尊は附道洲、附義洲、葦封洲に向かう必要がありましょう。そうして一国一国を順に説き伏せていては、時がかかりすぎます。時がかかりすぎれば、この雨も、龍も、どうなっていくのか」

「『一附二封の約定』が成ればすぐに、わたしは附道洲へ向かう。附孝洲と境を接する国が、三国の約定の要《かなめ》となるはずだから、わたしが行く必要がある。それと同時に、他の二国へは、わたしの代わりに龍ノ原から使者を遣わす。附道洲、附義洲、葦封洲、三国同時に約定を促すのだ」

　すかさず応じた日織に、和気が驚いた表情になる。

「しかし龍ノ原からと仰っても、皇尊は龍ノ原にお戻りにはなれず」

「わたしが戻る必要はない。使者を、既にこちらに呼んだ」

「既に？」

　日織はこの計のために護領山を越え、必死だったのだ。今と先を交互に見据えながら考え、旅し、ここまで来たのだから、必要と思われる手は先に打っていた。

「使者を遣わす準備は、はじめている。わたしを護る鳥たちを放っている——鳥たちは必ず使者をわたしのもとに連れてきて、その者たちが附義洲、葦封洲の二国へ向かうだろう」

断言した。

逆封洲の家人たちが、わずかに怯えを含む目で日織を見ていた。この皇尊は、戦を唆す冷徹さと、それを実現するための周到さをも、もちあわせているのだ——と。

八洲の民にとって龍ノ原は龍に護られた神国で、その長《おさ》である皇尊とは民に傅《かしず》かれ高きところにある厳《おごそ》かな者と見なされている。そこから連想される皇尊像はおそらく、穏やかで柔らかな、侵しがたい神聖さにあふれる存在。

しかし——。

今、目の前にある日織は、彼らの想像を悉《ことごと》く裏切っただろう。

和気を筆頭に、逆封洲の家人たちの目が驚きに満ちて言っていた。

これが皇尊という者なのか——と。

□□□

日織が八洲の国に戦を唆す。

罪を自覚しながら日織がそう口にしていることを理解してから、悠花はただ呆然《ぼうぜん》としてしまった。

すでに日が昇ったはずなのに、雨のために正殿の中は薄暗い。その中にある日織の輪郭が、薄暗さに滲み溶ける気がして、悠花は寒気を覚える。ざっくりと結った髪の根元にある鳥の羽根も、青とも黒ともつかぬ光沢はあるが暗い色。不吉だ。

（日織）

名を呼びたかったが、怒りで全身を満たし、皇尊として立つ日織は、悠花の知る、不安げで迷いの多い彼女とは別人のようだった。恐れもせず、揺れもせず、他洲の国主に選べと命じる強さに驚愕した。

日織は、こんなことができたのかと。

しかし、驚きばかりで悠花は声が出なかったのではない。同時に、大きな不安と焦《あせ》りが湧《わ》きあがったからだった。

龍ノ原と逆封洲から附孝洲を退け、八洲を安定させるのに、日織の計は最善で唯一のように思える。

だが――そのようなことを成した皇尊を、穢れを嫌う神や龍がどう判ずるのか。

神代より護領山を越えた皇尊はいない。それはなんらかの天変地異があると想像できたからであり、実際、今、龍が八洲に出現し、長雨が続くという異変が起きている。

神代から皇尊が護領山を越えなかったのと同様に、龍稜も皇尊も、穢れてはならぬとされている。

穢れが、なんらかの影響を及ぼすからだろう。

日織が成そうとしているのは、皇尊自身が刃傷沙汰《にんじょうざた》を起こして血で穢れるといったような、生やさしい穢れではない。戦という大きな禍を命じる、とてつもない穢れだ。

（龍ノ原と逆封洲を取り戻し、護れたとして、日織の身はどうなる）

大きな穢れを身に受けた皇尊――、それは八虐《ぎゃく》の最も重い罪を犯した禍皇子《まがつみこ》の穢れよりも大きい。

だとしたら何が起こるのか。

日織は、そこにいる者たちにはわかりやすいように罪という言葉を使ったが、実態はそんなものではないはずなのだ。

地龍《ちりゅう》と縁《えにし》を成した者として、なんらかの異変なり制約なりが、日織の身に生じているのは間違いない。ただ人《びと》が罪を犯し、神罰が下るのを恐れるような、あやふやなものではない。地龍と龍ノ原と龍という、大きな力の中に日織は組み込まれてしまっているのだから、影響は必ずあるのだ。

大きすぎる不安に、悠花は息苦しくなった。

さらに――自分がここでやったことが、日織の助けにならなかったという、虚《むな》しさ。彼女がこんなふうに追い詰められないように、悠花は逆封洲に来たはずだったのに、と。

日織と有間、和気の三者で交わされる会話を聞くにつけ、日織がどれほど考えながら行動していたのか知れた。おそらく彼女は、悠花が何を言おうが、もはや計を止めることなどしないだろう。

日織が枢戸の方へ向かって歩み出し、その場にいる者が全員顔を伏せた。悠花もそれに倣《なら》い顔を伏せ、日織の足音が簀子縁へと出ていくのを聞いた。

顔をあげると、その場には有間がまだ残っている。彼は和気の傍らに跪《ひざまず》き、何事か告げていた。和気が気後れしたように首を竦《すく》めながら、はにかんだ微笑みを浮かべているのは、有間から嬉しい言葉でもかけられたのか。

和気の近くへ行かねばと思いながらも、力が抜け、ぼんやりしていた。

蒲生と雨屋が、有間と和気の方へと近づき、書札を整える段取りをはじめている。

(和気様の側《そば》に、行かねば)

立ちあがろうとした背に、手が触れた。ふり返ると空露だった。

「日織が、あなた様を呼んでおります。会いたいと。八社《はっしゃ》においでください」

囁《ささや》く声に、目を瞬く。

「わたしは日織に会ってはならない。おまえもそう思うからこそ、今まで」

無表情のまま、空露は首を横にふる。

「様々なことに耐えて、お二人はここにある。これほど近くにありながら、会わないのは惨《むご》すぎます。あなた様にとっても、日織にとっても。あなた様を日織のお側にと、認めるのではありません。ただひとときだけ。日織が龍ノ原を護り取り戻すまでの、束《つか》の間《ま》ならば」

　龍ノ原がもとの龍ノ原に戻り、日織が皇尊として龍稜に戻れたとしても、やはり悠花は側にいるべき者ではないのだろう。しかし先が見えない今、日織の身がどうなるかさえも、わからない。だから会えと――と。そういうことだろう。

　悠花は決意して日織のもとを去ったのだから、束の間とはいえ拒絶するべきと、わかっている。自分の覚悟を、束の間だからと、このような時だからと、変えて良いとは思えない。

　だが――、会いたかった。

　同じ時、同じ場にありながら、日織は遠すぎた。強い姿が、強いからこそ痛々しかった。悠花の知る日織とは違ってしまっているのには何があったのかと、抱きしめて問いたい。労《いたわ》りたい。

束の間のことだ、それさえ忘れなければ――会っても良いのかもしれない。

空露は念押しすることもなく、出て行った。

膝に力を入れて立ちあがり、悠花は和気の方へ向かう。三国の約定を決断した和気を労《ねぎら》い、書札の準備を手伝わなければならない。

それが終われば日織に会いに行く。鼓動が速くなり、喜びがあふれる。

（会える、日織に）

束の間と自分に言い聞かせながら会うのが、未練がましいのはわかっていた。

だが――、会いたかった。

日織の姿を見たために、もはや我慢ができなかった。

□□□

八社の客殿は、皇尊の仮の居所と定められた。有間たち反封洲国主とその一行は、来須居城内に留まり、約定のための合議を続けている。

日織は客殿に、空露とともに入った。

昨夜、八社は日織が皇尊と知らずに受け入れていたが、今朝、来須居城から腰輿が来たことで事実を知り、あまりの畏れ多さに従氏《じゅうし》や従丁《じゅうてい》たちは大変な混乱をきたしたらしい。しかし空露が采配《さいはい》し、客殿を皇尊の居所として整えさせ、さらには和気の計らいによって、八社の周囲に軍士が配置され護りも固められた。

夏井は八社の別の殿舎《でんしゃ》に移り、そこが居所と定められた。夫とはいえ、皇尊と同じ殿舎に彼を押し込むのを八社が憚《はばか》った。

（悠花は来るだろうか）

来須居城の正殿を出るとき空露に、悠花を呼べと命じた。彼が日織の命令を聞いてくれるか疑問だったが、その通りにしてくれたらしい。八社に戻る腰輿に追いついてきた空露は、「日織の願いは伝えましたが、御見えになるかは悠花様次第です」と、言った。

二つの約定が成り、日織が唆した戦が始まれば、日織は龍《たつ》ノ原《はら》に入る。

ただ——附孝洲も、一旦《いったん》手に入れた龍ノ原には、逆封洲《さかのほうしゅう》のわずかな土地以上に執着するはず。龍ノ原に一人の軍士も残さずに退《ひ》くわけはない。さらに不津も龍稜に入っている。

他洲と約定を結ばないと決めた日織は、龍ノ原の力のみで、附孝洲の軍士たちを追い払わねばならない。

何が起こるかわからない上に、戦を唆すような皇尊を、神はどのように裁くのか。

日織の未来が予見できない今、空露も哀れに思って、悠花を呼ぶ命令に従ってくれたのだろう。裏を返せば、それほど日織は危ういところにいるということ。

しかし——。

(少し慣れたな。いや、麻痺したか)

命を賭《と》すことが当然のような気になっている。命を落とす恐ろしさは妙に現実味がなく、そうなったら仕方ないと乾いた思考があるのみ。考え得る限り、できる限りのことは、やったのだ。これで吾《わ》が身が終わるのであれば、自分はそういうものだったのだろうと納得できる。

自分というものが消える恐怖は、いっそ己が消えれば楽なのかもしれないという、現実の疲労から来る考えに霞《かす》む。死と真摯《しんし》に向き合えば恐怖は必ず襲うだろうから、麻痺した心を麻痺させたまま、進もうと決意していた。

雨音が激しく、時折、空を裂くような鋭い雷鳴が耳に届く。閉めきった客殿母屋《もや》の中は、仄《ほの》かに暖かい。火舎《かしゃ》が、杉の香りのする湿った游気《ゆうき》をわずかに温める。杉の香りは白杉《しらすぎ》と似ているが、青臭さが強く野生味を感じた。

ぱたぱたっと、簀子縁に滴《しずく》が落ちる音がした。枢戸の向こうに、人の気配らしきものがする。

「参りました」

閉じた枢戸《くるるど》の向こうから聞こえた声は、悠花のもの。

胸が一つ、大きく鼓動した。

空露が立って戸を開くと、日織の傍らにある結《むす》び燈台《とうだい》の火が、雨風のため奥に向けてなびく。

暗闇を背に簀子《すのこ》縁《えん》に跪いているのは、黒地に秋津《あきつ》の地模様が織り込まれた大衣《おおきぬ》をまとった者。枢戸の内側にある結び燈台の明かりが届かず、表情はよく見えない。雨よけの皮衣を着てきたのだろうが、襟と袴《はかま》の裾《すそ》が濡《ぬ》れて色を変えているのだけはわかった。

「お入りなさいませ」

空露は悠花を促すと、入れ替わりに外へ出て戸を閉めた。

枢戸が閉じられると、風になびいていた炎がおとなしく起立し、明かりが安定した。狭い母屋にほんのりとした明るさが戻る。

悠花は枢戸の前に立ち止まり、動かない。

「悠花」

会いたかったとか、髪をどうしたのかとか、どうして末和気の側に侍っているのかとか、言いたいこと訊《き》きたいことは山のようにあったが、咄嗟には何を言えばいいのかわからず、ただ名を呼んだ。

悠花はこちらを見つめて、微かに苦しそうな顔をした。

「来るべきではなかったのに――」

己に対してだろう、苦々しく口にした。来てしまったが、日織と対面して後悔をしたのだろう。それは日織の反応によってか、自分の心によってか。

「元気そうで良かった、悠花」

緊張しつつも言うと、悠花も硬い声で返す。

「日織も――無事で良かった」

「近くに……悠花」

小さくため息をつき、悠花は日織の前に来て端座する。

襟と袴の裾が冷たそうで、肩で揃えた髪も少し濡れていた。

大衣から出た手首や、袴からのぞく踝《くるぶし》は、有間などに比べれば細いのだが、日織よりも随分がっちりとした男のそれで、目の前に端座した悠花からは、今までなかった男の強さを感じる。髪を切ったせいばかりではなく、彼もまた日織と同様に、何かがその身を通り過ぎたのかもしれない。

「髪を切ったのだな」

戸惑った末に、日織の口から出たのはそんな言葉だった。責められもせず、かといって縋《すが》られもしないので、ほっとしたのか悠花が苦笑する。

「護領衆らしくしないとね、怪しまれるから」

「わたしのために、そうしたんだな？　どうやったのかはわからないが、わたしのために末和気の近くに侍ったのだな。そもそも、姿を消して夏井をわたしの夫にと寄越したのも、わたしのためだな」

「違うと否定しても、無意味でしょう？　あなたがそう信じているから」

「そうだな。わたしは、あなたのやったことは全て、わたしのためと信じている。だから言う。夏井から、あなたに届けた文にも書いたが。もう——いい」

　小首を傾《かし》げると、悠花の髪がさらりと肩に揺れる。それが明かりに映えて美しかった。彼の睫《まつげ》も、頬に落ちる睫の影も、瞳《ひとみ》も、唇も、なにもかも美しく見えた。

「あなたは、わたしのために何かしなくても、もういい。決めたのだ。わたしがあなたを護り、大切にして甘やかすのだ。だから命じる。龍ノ原を取り戻したら、すぐにあなたを迎えに来るから——、わたしと、ともにあれ」

　悠花は首を横に振った。

「それをしてはならないから、わたしはここにいるのだよ、日織。龍ノ原を取り戻し安寧が訪れたら、せっかく取り戻したものを、内側から乱してはならないでしょう」

「乱させはしない」

「現実は、望みの通りにいかない。よくご存じでしょう」

「試してみなければわからぬ」

悠花がため息をつく。

「……らちが、あかないね。あなたが意固地になってそう言い張るだけならば、やはり、来るべきではなかったかもしれない。わたしの意を知り、受け入れ、この時だけとわりきって会えれば良いと願ったけれど……。ほらね、こんな風に。現実は、望み通りにはいかないから」

立ちあがる気配を見せた悠花の手首を、思わず摑《つか》む。

「待て」

「放して」

「わたしとともにあると、承知しなければ放さない。もしここで手を放したら、あなたのことだ。また身を隠すだろう」

「よくわかっているね」

「許さぬ！」

かっとして腰を浮かした日織は、悠花の手を握っていない方の手で、思わず彼の胸ぐらを摑む。勢いに押されて悠花が後ろに倒れ込み、日織は悠花に覆《おお》い被《かぶ》さった。馬乗りになり見おろす。驚いたように、悠花が目を瞬《しばたた》く。

「なぜ、信じてくれぬ!?」

声を絞った。

「なぜ、あなたが信じてくれぬのだ！　あなたが傍らにいて安心できるように、禍皇子だの遊子《ゆうし》だのと、周囲にとやかく言わせぬほどに強い皇尊《すめらみこと》となると言っている。あなたは、それができぬと言っているのと同じなのだ。ならば、わたしは今、どうすればいい。二つの約定が成ると、龍ノ原を取り戻せると、大きな禍が起きる前にそれができると、己を信じようとしているのだ。しかし、あなたがわたしを信じないのに、わたしは、わたしを信じて良いのか!?」

淡海皇子の血で衣を濡らし、逆封洲の無辜《むこ》の娘を抱きしめながら死なせ、日織は一原八洲を平らげたいと強く願った。

しかし龍が八洲に出現し長雨は止まず、不安は大きくなるばかり。苦しかったし、大海の向こうへ行ければ良いと気持ちが彷徨《さまよ》うこともあったのに、踏みとどまれたのは悠花の存在があったからだ。彼がいつか傍らに戻ってきてくれる時が来る――それを思うと、切れそうになる気持ちを繋《つな》いでいられた。

悠花が日織を皇尊と認めてくれる、と。実際、最も日織を頼りないと感じていたのは重臣の誰でもなく、悠花なのではなかろうかと、そんな思いは常にあった。だからこそ、その彼が認めてくれるようにと。

「わたしは……わたしを信じて良いのか？　悠花。教えてくれ」

視界が滲《にじ》み声が震える。

「ああ――、そうか。本当に」

悠花の体から力が抜け、握っている彼の手首が、くたりと力をなくす。

「そうだね。わたしが一番、あなたを信じていなかったね。あなたを、お可愛《かわい》らしいと思うばかりに」

悠花の瞳に、濡れた輝きがあふれた。それを見て日織の中にあるものもあふれ、滴が悠花の頬に落ちる。悠花の手首を握っていた手の力が緩み、離れた。

悠花の両手が日織の頬を包む。

「あなたは、あなたを信じて良いよ。わたしは――信じる。でもね、あなたとともにはいられない。わたしは――罪を犯したよ」

悠花の声が震えた。

「末和気に近づき彼を国主《こくしゅ》として立たせようとして、結果的に、彼に母を斬首《ざんしゅ》させることになった。わたしが彼に母を殺させた。その償いでわたしは、彼が望む限り、彼の側にいると決めたんだ。わたしはあなたを信じるけれど、あなたとともにはいられない」

思いもよらない告白に驚き、日織は言葉が見つからなかった。

遠音が、実の子によって斬首されたと聞いたとき、たった十四歳の子どもがそんな決断をしたのかと驚いた。そして思ったのだ――誰かに、操られてではないかと。

悠花は操ったわけではないかもしれないが、彼自身が罪と言うからには、彼がいなければそんなことにはならなかったのだろう。そうだとすれば罪は重い。

しかしそれも元を正せば、彼が日織のためにやったことのはずなのだ。窮地に陥るはずの日織が、逆封洲を頼れるようにと。

「わたしのために、罪を」

「あなたのため、だけではない。わたしは悠花皇女ではなく、わたしとして生きてみたかった。だからそうした。それだけのこと」

悠花は微笑む。

「わたしの罪がなければ、あなたの命に従えた。けれどそれが叶《かな》わない。でも、日織。あなたのことは信じているのだから。だからあなたは、自身を信じていれば良いよ。わたしは――あなたを信じている。あなたは、龍ノ原を取り戻す」

あやすように、日織の頬を包んでいた悠花の両掌《りょうてのひら》は、日織の耳に滑り、さらに首に、肩に触れる。

そして――一つに結った髪の根元に揺れる、鵲《かささぎ》の滑らかな尾羽に触れた。

「あなたの罪を消したい。わたしが龍であれば、あなたの罪を食って砕く。そうすればあなたは、わたしとともにいられる」

震える声で言った日織を宥《なだ》めるように、悠花は微笑む。

「飛翔《ひしょう》するあなたとともにと？　無茶なことを。ならばわたしも、龍にならねば」

つがいの龍が、かつて大海にあったという。その一方が死に、一方は哀《かな》しみにくれて大海が恐ろしいばかりになったと。

（地龍は、今もどれほど哀しいのだろうか）

神の哀しみなど推し量るのさえも不遜《ふそん》だが、日織には地龍が眠り続けたいと願った気持ちがわかる気がした。しかし——地龍と違って、日織の大切な人は今ここに生きているのだ。肌が触れあい、そして心が触れあって、互いが満たされる気配が全身を温かくする。

「では、今——今だけなのか？」

日織の問いに、悠花は頷《うなず》く。

「そう」

日織は両手で悠花の胸ぐらを摑み、罰するように彼に口づけた。悠花は応《こた》え、しばらくして互いに唇を離すと、彼は唇を日織の唇に触れさせながら、囁く。

「附道洲へ行くのだね、日織」

「行く」

喘《あえ》ぐように応じると、悠花は吐息まじりの声で言う。

「お行きよ。あなたは龍ノ原を取り戻す」

優しい囁き声ではあったが、言葉はまじないのように、確信に満ちていた。

再び二人は口づけ、灯火が作る二人の影が、几帳《きちょう》の絹に映り揺れた。

雨音は激しく、雷鳴がとどろく。雷鳴は不思議なほどに長く尾を引き、雨の暗闇を抜けていく。それはもしかすると、龍の咆哮《ほうこう》だったのかもしれない。

【参考文献】

『戦争の日本史３　蝦夷と東北戦争』／鈴木拓也著／吉川弘文館
『天平の律令官人とくらし』／出川広著／桜山社
『日本服飾史　女性編　風俗博物館所蔵』／井筒雅風著／光村推古書院
『日本服飾史　男性編　風俗博物館所蔵』／井筒雅風著／光村推古書院
『図解日本の装束』／池上良太著、新紀元社編集部編／新紀元社
『日本の服装　上』／歴世服装美術研究会編／吉川弘文館
『ビギナーズ・クラシックス　日本の古典　万葉集』／角川書店編／角川ソフィア文庫
『図説日本文化の歴史３　奈良』／黛弘道著／小学館
『古代史復元９　古代の都と村』／金子裕之著／講談社
『全集　日本の歴史３　飛鳥・奈良時代　律令国家と万葉びと』／鐘江宏之著／小学館
『古代の女性官僚　女官の出世・結婚・引退』／伊集院葉子著／吉川弘文館
『飛鳥むかしむかし　国づくり編』／奈良文化財研究所編、早川和子絵／朝日新聞出版
※奈良県立万葉文化館の展示および、同館が毎月発行されている「よろずは」も参考にしています。

本書は新潮文庫のために書き下ろされた。

三川みり著

龍ノ国幻想1

神欺く皇子

皇位を目指す皇子は、実は女！　一方、その身を偽り生き抜く者たち——命懸けの「嘘」で建国に挑む、男女逆転宮廷ファンタジー。

三川みり著

龍ノ国幻想2

天翔る縁

皇尊即位。新しい御代を告げる宣儀で、龍を呼ぶ笛が鳴らない——「嘘」で皇位を手にした罰なのか。男女逆転宮廷絵巻第二幕！

三川みり著

龍ノ国幻想3

百鬼の号令

反封洲《たんのほうしゅう》の伴有間《とものありま》は、地の底に落とされて生き抜いた過去を持つ。闇に耐えた命だからこそ国の頂を目指す。壮絶なる国盗り劇、開幕！

三川みり著

龍ノ国幻想4

炎《も》ゆ花の楔《くさび》

皇尊《すめらみこと》となった日織に世継ぎを望む声が高まる。伴侶との間を引き裂く思惑のなか、最愛ゆえに妻が下した決断は。男女逆転宮廷絵巻。

小野不由美著

魔性の子

—十二国記—

孤立する少年の周りで相次ぐ事故は、何かの前ぶれなのか。更なる惨劇の果てに明かされるものとは——「十二国記」への戦慄の序章。

小野不由美著

月の影　影の海（上・下）

—十二国記—

平凡な女子高生の日々は、見知らぬ異界へと連れ去られ一変した。苦難の旅を経て「生」への信念が迸る、シリーズ本編の幕開け。

杉井　光著

世界でいちばん透きとおった物語

大御所ミステリ作家の宮内彰吾が死去した。『世界でいちばん透きとおった物語』という彼の遺稿に込められた衝撃の真実とは——。

杉井　光著

この恋が壊れるまで夏が終わらない

初恋の純香先輩を守るため、僕は終わらない夏休みの最終日を何度も何度も繰り返す。甘く切ない、タイムリープ青春ストーリー。

清水　朔著

奇譚蒐集録
—弔い少女の鎮魂歌—

死者の四肢の骨を抜く奇怪な葬送儀礼。少女たちに現れる呪いの痣《あざ》の正体とは。沖縄の離島に秘められた謎を読み解く民俗学ミステリ。

町田そのこ著

コンビニ兄弟
—テンダネス門司港こがね村店—

魔性のフェロモンを持つ名物コンビニ店長（と兄）の元には、今日も悩みを抱えた人たちがやってくる。心温まるお仕事小説登場。

町田そのこ著

夜空に泳ぐチョコレートグラミー
R-18文学賞大賞受賞

大胆な仕掛けに満ちた「カメルーンの青い魚」他、どんな場所でも生きると決めた人々の強さをしなやかに描く五編の連作短編集。

白河三兎著

冬の朝、そっと担任を突き落とす

校舎の窓から飛び降り自殺した担任教師。追い詰めたのは、このクラスの誰？　痛みを乗り越え成長する高校生たちの罪と贖罪の物語。

米澤穂信著

ボトルネック

自分が「生まれなかった世界」にスリップした僕。そこには死んだはずの「彼女」が生きていた。青春ミステリの新旗手が放つ衝撃作。

米澤穂信著

満願

山本周五郎賞受賞

磨かれた文体と冴えわたる技巧。この短篇集は、もはや完璧としか言いようがない――。驚異のミステリー3冠を制覇した名作。

辻村深月著

ツナグ

吉川英治文学新人賞受賞

一度だけ、逝った人との再会を叶えてくれるとしたら、何を伝えますか――死者と生者の邂逅がもたらす奇跡。感動の連作長編小説。

辻村深月著

盲目的な恋と友情

まだ恋を知らない、大学生の蘭花と留利絵。やがて蘭花に最愛の人ができたとき、留利絵は。男女の、そして女友達の妄執を描く長編。

道尾秀介著

向日葵の咲かない夏

終業式の日に自殺したはずのS君の声が聞こえる。「僕は殺されたんだ」。夏の冒険の結末は。最注目の新鋭作家が描く、新たな神話。

住野よる著

か「」く「」し「」ご「」と「

5人の男女、それぞれの秘密。知っているようで知らない、お互いの想い。『君の膵臓をたべたい』著者が贈る共感必至の青春群像劇。

イラスト　千景
デザイン　川谷康久（川谷デザイン）

龍ノ国幻想6

双《そう》飛《ひ》の暁《あかつき》

新潮文庫　み－60－16

令和五年十月一日発行

著者　三《み》川《かわ》みり

発行者　佐藤隆信

発行所　株式会社 新潮社

郵便番号　一六二―八七一一
東京都新宿区矢来町七一
電話　編集部(〇三)三二六六―五四四〇
　　　読者係(〇三)三二六六―五一一一
https://www.shinchosha.co.jp

価格はカバーに表示してあります。

印刷・錦明印刷株式会社　製本・錦明印刷株式会社

ISBN978-4-10-180272-5 C0193